LA CAUTIVA DEL HIGHLANDER

Al tiempo del highlander Livro 1

MARIAH STONE

Traducción:
SOFÍA BORGSTEIN

Stone
Publishing

*«La libertad es como la vida, solo la merece
quien sabe conquistarla todos los días.»*
— JOHANN WOLFGANG VON GOETHE

PRÓLOGO

CASTILLO DE DUNOLLIE, fiordo de Lorn, Escocia, 1296

LA CRUZ ARDÍA EN LLAMAS.

Bum. Bum. Bum. El sonido de cientos de palmas tocando los tambores resonaba en el pecho de Craig Cambel al mismo ritmo que su corazón.

Detrás de él, esperaban doscientos miembros del clan Cambel. Todos habían respondido a la antigua llamada de la cruz en llamas, que ardía junto al caballo del jefe del clan.

La llamada a derramar sangre. La llamada a restaurar el honor. La llamada a rescatar a un ser querido.

El castillo de Dunollie, hogar del clan MacDougall, se erguía ante Craig. Tenía cuatro muros cortina, un gran portón, que se hallaba justo enfrente de los Cambel, y una simple torre cuadrada de tres pisos integrada en la esquina derecha. Sobre el techo y los muros, los arqueros estaban preparados; las cuerdas, tensadas y las flechas, apuntadas hacia él y sus hombres.

Sin embargo, los Cambel prepararon sus propias flechas de fuego para responder. El ariete se encontraba listo delante del portón, y los guerreros disponían de algunas escaleras de asedio largas y reparadas, así como también de otras recién construidas.

Sir Colin Cambel, jefe del clan y abuelo de Craig, levantó un brazo y todos los tambores se silenciaron al unísono.

—¡John MacDougall! —El grito llegó lejos, se alzó hacia el cielo plomizo e hizo eco entre las piedras y las paredes—. ¡Déjate ver!

Los arqueros que se hallaban parados en la muralla titubearon y luego le cedieron paso al hombre que apareció entre ellos.

—Cambel —gritó el recién llegado—. ¿Vienes a devolverme mis tierras?

—Las tierras me las concedió el rey Juan de Balliol y ya no son tuyas.

—Claro, y tú estabas ansioso por aceptarlas. No olvides que aún eres mi vasallo.

—Parece que eres tú quien está olvidando las cosas. Cosas como el honor. Cosas como cumplir con tu palabra y proteger a tus vasallos.

—Yo no le debo protección a ladrones.

—¿Ladrones? —*Sir* Colin escupió en el suelo—. ¿Cómo te atreves? Devuélveme a mi nieta. Y, si sabes lo que te conviene, me entregarás al bastardo de tu hijo, que no sabe aceptar el no rotundo de una muchacha. Yo le enseñaré a tener honor. Es evidente que su propio padre no lo ha hecho.

Al recordar el día en que su hermana Marjorie había desaparecido, Craig apretó la mano alrededor de la empuñadura de su espada *claymore*. Marjorie había salido del castillo con su criada para ir a recoger hierbas para la cocina. Al poco tiempo, la criada había vuelto sola, corriendo, gritando, temblando y con un profundo corte en la mejilla.

A los Cambel les llevó dos semanas de búsqueda e interrogatorios para descubrir quién se la había llevado: Alasdair MacDougall. El hijo del *laird*.

Craig apretó la mandíbula, pues ardía de la necesidad de encontrar al bastardo y liberar a su hermana.

John MacDougall se quedó en silencio durante un momento.

—Si quieres a tu nieta, *sir* Colin, tendrás que venir por ella. Es la prometida de mi hijo, y solo te la devolveré cuando mi hijo quiera que se marche.

En las orillas de la bahía de Oban reinó el silencio. En lo más profundo de su ser, Craig sabía que ese día no terminaría sin que se derramara sangre.

Aún quedaba por ver si Marjorie había sufrido algún daño.

Un gruñido de furia nació dentro de Craig, se le elevó por la garganta y se difundió a todo lo largo y lo ancho del campo. Los MacDougall lo miraron. Los Cambel se tensaron; estaban listos para lanzarse a la señal de su *laird*.

—Si tu hijo le ha tocado un solo pelo de la cabeza... —Craig escuchó cómo su propia voz se alzaba en el aire—, haré que la misión de mi vida sea brindarle una muerte larga y dolorosa.

Su familia rugió. Todos estaban allí: en el caballo de al lado, su padre, junto a sus dos hermanastros, su abuelo, sus tíos y sus primos. El resto del clan los siguió con las hachas y las espadas alzadas. Se volvió a oír un estruendo, pero esta vez no provenía de los tambores, sino del choque de las armas contra los escudos.

—¡*Cruachan*! —*Sir* Colin gritó el llamado del clan Cambel a tomar armas, y el clan lo recibió. La palabra retumbó en el campo y los unió a todos como si fueran uno.

La muerte podría estarles esperando, pero ellos morirían por su sangre. Por lo que era correcto. Y Craig moriría con gusto para salvar a su hermana.

Los Cambel se lanzaron al ataque. Escudándose de las flechas que caían como granizo sobre ellos, llegaron hasta la torre. Sus propios arqueros lanzaron flechas de fuego hacia el castillo, y las primeras impactaron contra la estructura de madera que había entre las paredes de piedra.

La muerte eligió a sus víctimas entre los Cambel. Los guerreros aullaban de dolor, la carne se desgarraba, y el olor metálico a sangre, suspendido en el aire, estimulaba la furia y el miedo de Craig.

Craig siguió corriendo hasta que llegó al muro del castillo.

El ariete impactó contra la puerta. Los Cambel colocaron las escaleras contra el muro. El enemigo comenzó a empujarlas hacia abajo, y algunas se cayeron. Otras se quedaron de pie, y los Cambel comenzaron a subirlas.

A Craig le latía el pulso con violencia en la sien. Miró a la izquierda y a la derecha, tratando de ver más allá de los hombres de su clan. ¿Cómo podría colarse en el castillo sin que el enemigo se diera cuenta?

Sostuvo el escudo sobre la cabeza y echó a correr hacia la derecha, a lo largo de la línea de los hombres de su clan, quienes estaban subiendo las escaleras de asedio. El plan del jefe del clan era asaltar los muros del frente y del oeste, que eran más bajos, para que los MacDougall dirigieran la atención a esos lugares. Pero no a los del este.

Dobló en la esquina y corrió a lo largo del muro oeste de la torre, que llevaba al muro cortina. Se detuvo bajo tres ventanas: una en cada piso.

Hasta ese momento, no lo había visto nadie en la torre. Todos los arqueros estaban mirando hacia donde se encontraban la mayoría de los Cambel.

Craig era buen escalador. Se colocó el escudo en la espalda, sacó dos navajas de escalar y miró hacia arriba. Solo necesitaba llegar hasta la primera ventana.

—No es más que una montaña empinada —se dijo a sí mismo—. Y tú ya has escalado rocas empinadas cientos de veces.

«Por Marjorie».

Afortunadamente, los surcos entre las piedras eran perfectos para esas navajas. Craig clavó la navaja en la primera grieta, y el acto le produjo tanta satisfacción como si le estuviera atravesando el corazón a un MacDougall. Se impulsó hacia arriba con un brazo y clavó la segunda navaja un poco más alto.

«Traidores».

Se volvió a impulsar y sintió que se le entumecían los músculos del hombro y los bíceps del brazo a raíz del esfuerzo, pero la furia le alivió la tensión. Cuando volvió a clavar la daga, se desprendió una mezcla de polvo y arena del hueco.

Alguien gritó en lo alto, y una flecha le pasó volando muy cerca, pero aterrizó en el suelo. Craig miró hacia arriba. Los hombres sobre la muralla le apuntaban con flechas.

«De prisa. ¡De prisa!»

Una flecha le rozó el hombro.

Se apresuró; sin perder un solo momento más, clavó el puñal en la pared y siguió escalando. De pronto, sintió un ardor en el hombro: una flecha lo había rasguñado.

Ya casi había llegado a la ventana. Tras una última puñalada en la pared, logró alcanzar la cornisa. Metió el cuchillo en la ranura que había entre las persianas de madera, desplazó el pestillo y, cuando este cedió, las persianas se abrieron de golpe.

Acuclillado en la cornisa, Craig miró hacia el interior. Por todo el esfuerzo de la escalada, le ardían los músculos. La ventana daba a una habitación. En una esquina, una vela titilaba débil y dejaba en penumbras la figura de una persona. Había alguien de pie contra la pared, a la derecha de la ventana.

Tomó una pequeña piedra que se había desmoronado de la pared y la lanzó hacia el interior de la habitación.

Un tablón de madera pasó volando por la ventana. Craig tomó impulso y saltó al interior de la habitación. Luego de aterrizar, atrapó a una mujer, su atacante, y le sujetó los brazos detrás de la espalda.

Le apretó el puñal contra la garganta.

—Marjorie Cambel —le dijo—. ¿Dónde está?

La mujer era la esposa de John MacDougall. En un rincón junto a la cama, había unos niños acurrucados. Craig miró a su alrededor, pero no vio a nadie más allí.

—¿Dónde está? —repitió subiendo el volumen y apretándole más la hoja del puñal contra la garganta—. No quiero hacerte daño, solo he venido por mi hermana.

La mujer cerró los ojos con fuerza.

—En el tercer piso —le respondió—. En la habitación orientada hacia el este, al igual que esta.

Craig la soltó, desenvainó la *claymore* y abrió cauteloso la puerta. Ojeó el pasillo.

¿Acaso podía confiar en las palabras de la mujer? ¿Y si lo estaba enviando hacia donde se encontraba la mayor resistencia? Si ese era el caso, lo averiguaría pronto.

Escuchó unos pasos pesados al final del pasillo. El ariete volvió a arremeter contra el portón de madera.

Craig subió rápido los estrechos escalones y se asomó por detrás del hueco de la escalera.

Dos centinelas corrieron hacia él. Una espada chocó contra otra espada y un escudo, y así comenzó la danza para la cual se había entrenado desde que había podido sostener un arma. ¡Clanc! ¡Zas! ¡Bang! Uno se cayó apretándose el corte que tenía en el costado, y el otro quedó inconsciente.

Craig subió corriendo el siguiente tramo de las escaleras.

Los gritos provenientes del techo se escuchaban más fuertes en el tercer piso. El olor a humo le llenó la nariz. El techo de madera debía estar en llamas, de modo que necesitaba darse prisa y sacar a Marjorie de allí antes de que el fuego llegara al último piso.

Con mucho sigilo, avanzó hacia el pasillo. Delante de la puerta de la habitación, había un centinela de pie que se volvió para mirarlo. Sus miradas se cruzaron. El hombre apenas empezaba a levantar su espada cuando Craig lo atacó con el escudo. Un segundo centinela vino de las escaleras, Craig lo enfrentó con la *claymore* y le hizo un corte en el muslo.

Más hombres se abalanzaron contra él, pero, de repente, un fuerte golpe que provenía de abajo resonó en el aire e hizo que las paredes se sacudieran. ¿Acaso sus hombres habían logrado tirar abajo la puerta con el ariete? Craig se agachó para esquivar la espada del centinela y lo apuñaló en el estómago.

Mientras el hombre caía, Craig se precipitó hacia la puerta

que daba al este. Cuando la abrió, lo recibió alguien que le hizo un tajo en el costado con una espada.

El dolor lo cegó, y sintió su propio grito en todo el cuerpo. El suelo comenzó a moverse y un mareo le nubló la mente.

Craig blandió la espada para defenderse, pero falló y no alcanzó a asestarle al atacante. Cayó sobre una rodilla, pero de inmediato levantó la *claymore* para chocarla contra la otra espada. Empujó con fuerza hacia adelante y se incorporó.

Alasdair.

—¡Cerdo! —escupió Craig.

En la cama yacía una figura pálida con el cabello oscuro derramado sobre las almohadas y el rostro en penumbra. Él reconocería a su hermana en cualquier lugar. Marjorie tenía una pierna descubierta llena de moretones, arañazos y varios rastros de sangre seca en la cara interna del muslo, que se hallaba indecorosamente expuesta.

¿Estaría muerta?

—¿Qué le has hecho? —gritó.

—¡Solo lo que se merecía, con ese carácter tan obstinado que tiene! —gruñó Alasdair.

Craig soltó un fuerte rugido y volvió a atacar. Alasdair era mucho mejor guerrero que cualquiera de sus centinelas y lo esquivó antes de abalanzarse hacia él blandiendo la espada con gran destreza. Craig logró detener la *claymore* de Alasdair, pero se hallaba más debilitado, y el dolor de la herida le estaba drenando todas sus fuerzas.

—¡Te voy a matar, alimaña! —soltó apretando los dientes contra el rostro de MacDougall.

Alasdair apretó la *claymore* contra su enemigo, pero Craig encontró fuerza en lo profundo de su alma y lo empujó. Alasdair perdió el equilibrio y dio un paso hacia atrás. Eso bastó. Con un movimiento rápido, Craig empuñó el arma y se la clavó en el corazón. Alasdair soltó un grito y luego se quedó inmóvil; su rostro registraba una mezcla de sorpresa y dolor. Cuando Craig retiró la espada, el hombre se desplomó al suelo.

Al otro lado de la puerta, el sonido de la refriega iba en aumento.

«Qué bien». Los Cambel ya estaban dentro de la torre.

Craig cayó de rodillas al lado de Marjorie, y la sangre se le congeló en las venas. El pecho de su hermana subía y bajaba, aunque era apenas perceptible. El rostro de la muchacha se hallaba todo distorsionado por los cortes y los moretones. Marjorie tenía un ojo cerrado por la hinchazón, la piel roja y moreteada, un labio cortado y la nariz parecía rota. El vestido que llevaba puesto estaba desgarrado y sucio. Ella dormía. O tal vez estaba inconsciente.

—Marjorie —murmuró y le acarició el cabello.

Ella apenas abrió los ojos para mirarlo. La vista se le llenó de lágrimas, y una sonrisa casi invisible le acarició los labios.

—Hermano —dijo con voz ronca.

La puerta se abrió de golpe, y su primo Ian entró con el rostro magullado y salpicado de sangre; su *lèine croich,* un abrigo largo y fuertemente acolchado, estaba agujereado, desgarrado y empapado de sangre.

—La encontré —le informó Craig.

—Qué bien —repuso Ian—. Vámonos. El camino está despejado.

Craig envolvió a su hermana en una manta y la levantó en sus brazos. Marjorie se veía muy pequeña y se sentía como si no pesara nada. Cuando Craig salió al pasillo con ella, los Cambel dejaron de pelear y se volvieron hacia él. Ahí se hallaba su padre que, al ver a su hija, hizo una mueca de dolor que le deformó el rostro. Los ojos de su tío Neil y de sus primos echaban chispas de angustia y furia.

Ian bajó las escaleras primero, blandiendo su espada en busca de cualquier señal de peligro. Mientras Craig lo seguía por las escaleras, la lucha en el piso inferior se fue extinguiendo.

Cuando finalmente salió a la luz del día, vio toda la sangre que cubría la hierba hasta tornarla casi de color púrpura. Fue entonces cuando vio con profundo dolor una cara familiar entre los guerreros que yacían muertos en el suelo.

Sir Colin Cambel. El jefe. Su abuelo.

Craig se acercó a él y cayó de rodillas a su lado sin soltar a Marjorie. Tomó la mano de su abuelo en la suya y la apretó. Una lágrima le recorrió la mejilla.

Ian le apoyó una mano en el hombro.

—La tengo, *sir* Colin —le dijo Craig—. Tu muerte no habrá sido en vano, juro por tu cuerpo y por tu corazón que nunca más volveré a confiar en un MacDougall. Y nunca más permitiré que un Cambel caiga presa de su traición.

CAPÍTULO 1

Castillo de Inverlochy, Escocia, noviembre de 2020

Amy MacDougall se apoyó contra el muro del castillo y cerró los párpados. Después de tres días de lluvia helada, sintió la calidez del sol de noviembre en la piel.

Su hermana, Jenny, se acercó a ella y se sentó en la roca de al lado.

—¿Va todo bien con los rebeldes? —le preguntó Amy.

—Ya lo veremos —Jenny lanzó una mirada dudosa alrededor del patio cubierto de hierba, donde un grupo de adolescentes caminaba, reía, corría y se tomaba *selfies*—. Zach amenazó con subir a esa torre y cantar *The Star-Spangled Banner*. —Jenny señaló con la cabeza las ruinas de una torre desmoronada que había al otro lado del patio—. Se está luciendo para Deanna, por supuesto. Tú estás en una posición estratégica para atrapar a Gigi si decide ir a ver si hay esqueletos en las mazmorras de la torre este.

Jenny asintió a su izquierda, y Amy frunció el ceño al ver la entrada negra y profunda de la torre. Un pequeño escalofrío le recorrió la columna vertebral al imaginarse el confinamiento de las paredes de dos metros de espesor y el antiguo techo que podría colapsar en cualquier momento.

La sonrisa de Jenny se desvaneció.

—Solo estaba bromeando, cariño —dijo Jenny—, nada de calabozos para ti.

Amy movió la cabeza y forzó una sonrisa.

—Está bien, vamos. Estoy bien. Puedo entrar en un calabozo. Después de todo, mi trabajo es ir a lugares peligrosos. ¿Acaso me pediste que viniera para eso?

—Bueno, esperemos que no pase nada. Es bueno tener una oficial de búsqueda y rescate como apoyo en un viaje escolar, pero no es por eso que te invité a reemplazar a Brenda. Simple y sencillo: quería pasar tiempo con mi hermana.

Amy apoyó la cabeza contra la pared.

—¿Sí? ¿Y cuándo comienza esa parte del programa? Porque pensé que habría más *whisky*, más *highlanders* apuestos y menos drama de adolescentes.

—Bueno, lo siento. Yo también pensé eso. Brenda tiene mucha más autoridad sobre ellos porque los gobierna con mano de hierro. Ellos creen que yo soy débil. Oh, cielos, ¿crees que pueden oler el miedo, como los perros?

Amy se rio.

—Sí, hasta yo puedo oler tu miedo.

Ambas rieron, y Amy apoyó la cabeza en el hombro de su hermana. ¿Cuándo fue la última vez que rieron juntas con tanto entusiasmo? Tanto Carolina del Norte como Vermont estaban llenos de recuerdos, saturados del asqueroso sabor al miedo y el rechazo.

Pero aquí no había nada de eso. Aquí había aire fresco y frío, paredes gruesas y antiguas y la belleza impresionante y brutal de las Tierras Altas de Escocia. Aquí reinaban los colores del otoño, como si las mismas rocas se hubiesen oxidado; el musgo crecía por todas partes, y las hojas siempre estaban envejecidas. Había tanta historia, cientos y miles de años de historia; y una parte de ella también pertenecía a este sitio.

LA CAUTIVA DEL HIGHLANDER

—¿Crees que alguno de nuestros antepasados vivió aquí? —preguntó Amy.

Jenny se encogió de hombros.

—Tal vez. El abuelo lo hubiera sabido.

—Sí, es cierto.

—Incluso papá, probablemente... —Jenny se calló de repente, pero aún tenía la boca abierta.

—No te preocupes —le contestó—. Puedes mencionar a papá. ¿Cómo está?

Jenny tragó con dificultad y se miró las manos.

—Bien. Pregunta por ti.

Amy frunció los labios y sintió que se le comenzaba a cerrar la garganta.

—Bueno, yo también estoy preguntando por él, ¿ves? ¿Sigue sobrio?

—Sí. Aguantando.

—Bueno, eso está bien.

—Sí. Gracias de nuevo por el dinero, por cierto.

—No es nada. No puedes mantenerlo sola con tu salario de maestra.

Era difícil hablar de su papá. Para distraerse del ardor que sentía en la garganta y evitar ver la expresión de agradecimiento en el rostro de Jenny, Amy estudió un arbusto casi pelado que crecía junto a la pared a su derecha.

—No estoy sola. Tengo a Dave... —los ojos de Jenny se agrandaron al mirar al otro lado del patio—. ¡Oye! ¡Zach! ¡Basta, bájate de ahí ahora mismo!

Sin embargo, Zach ya estaba a medio camino a la pila de piedras desmoronadas, dirigiéndose a la cima de la torre, y no disminuía el paso. Jenny se incorporó de un salto y corrió tras él, agitando los brazos y ordenándole a gritos que se detuviera. Amy se sentó más derecha, en posición alerta, por si acaso. Rozó la mochila con la mano y sintió la forma familiar del botiquín de primeros auxilios que tenía en el interior.

—Qué lindo grupito de niños —dijo una voz femenina y cadenciosa.

Amy elevó la mirada y volteó el rostro hacia la derecha. Una mujer joven se hallaba de pie junto al arbusto pelado que había estado estudiando hacía tan solo un momento. El aire se llenó de aroma a lavanda y césped recién cortado. Qué extraño. Un escalofrío la recorrió entera. Amy recordaba haber tenido esa misma sensación cada vez que Jenny y ella se contaban historias de fantasmas: de repente, las sombras se tornaban más oscuras en los rincones de su habitación, y ella casi podía ver formas que no había notado antes.

La mujer era bonita, tenía rasgos delicados, piel translúcida y unas pecas diminutas que le salpicaban la nariz y las mejillas como canela. Una capa de lana de color verde oscuro le colgaba de los hombros y la capucha le cubría el brillante cabello cobre.

—Sí —asintió Amy. Sospechaba que había perdido la capacidad de cerrar la boca.

Estudió la entrada norte que se encontraba a unos diez metros de distancia. ¿Acaso la mujer había entrado por allí para que ella no la notara?

—Son un lindo... grupito —llegó a agregar.

Para entonces, Zach había llegado a la cima y comenzó a cantar:

—«Amanece: ¿lo ves a la luz de la aurora...?»

—¿Qué está cantando? —preguntó la mujer—. Me gusta esa canción... —Movió la cabeza de un lado a otro al ritmo desafinado de los bramidos de Zach.

—Eh... Es el himno nacional de los Estados Unidos... —le respondió.

—Oh. El himno nacional de los Estados Unidos. Recordaré esa canción.

Amy sonrió educadamente. ¿Quién era esa mujer? Bajo la capa, parecía estar vestida con un atuendo histórico, pues llevaba una larga falda de lana verde y una camisa blanca que se asomaba por debajo del dobladillo.

—Me gusta tu disfraz —comentó Amy—. ¿Eres una guía turística?

—¿Una guía turística? —La mujer rio—. Supongo que se podría decir que sí. Mi nombre es Sìneag. Y tú, ¿quién eres?

—Amy.

Zach continuó cantando a los gritos:

—«Fulgor de cohetes, de bombas estruendo...»

El niño dio un paso atrás y, como perdió un poco el equilibrio, la pequeña multitud de sus compañeros, liderados por Jenny, gritó.

—¡Baja de ahí, Zach! ¡Ahora mismo! —le ordenó Jenny—. O no podrás usar el teléfono hasta el final del viaje.

Pero Zach solo tenía ojos para Deanna, quien cantaba con él.

—Oh, parece que está enamorado —señaló Sìneag.

Amy se rio.

—Dudo que eso sea «amor». Solo busca atención, como todos los chicos de su edad, eso es todo.

—Oh, ¿sí? Y tú, ¿conoces el amor?

Amy se cruzó de brazos. No cabían dudas de que Sìneag era de ese país, de modo que tal vez allí era normal saltarse las charlas superficiales y abordar sin preámbulos los temas profundos.

—¿Que si conozco el amor? Pues, sí, he estado enamorada. ¿Quién no lo ha estado?

—Pero aún no has conocido a tu hombre... —señaló Sìneag despacio y se frotó la barbilla.

—¿Mi «hombre»? —Amy rio.

—Sí, el único hombre al que amarás de verdad. Aquel por el cual cambiarías. Aquel con el que querrás morir el mismo día. Aquel por el que estarías dispuesta a cruzar países, océanos, montañas... incluso el río del tiempo.

Amy suspiró y sonrió.

—Sìneag, eres toda una romántica. Puedo asegurarte de que no tengo un hombre así y nunca lo tendré. La relación que describes no existe.

Sìneag inclinó la cabeza.

—¿Por qué estás tan segura, Amy?

—Porque ya he estado casada y ahora estoy divorciada. Pensaba que él era mi alma gemela. Así que créeme, sé que lo que describes es imposible.

Sìneag, pensativa, la estudió.

—¿Sabes cómo se construyó este castillo?

—Lo leí en el tablero de información que está ahí mismo: «construido por el poderoso clan Comyn en el siglo XIII».

—Sí, ¿pero sabes que fue construido sobre una fortaleza de los pictos?

Amy alzó las cejas.

—No, no lo sabía.

—Pues, así es. Y esos pictos usaban magia muy poderosa. Podían abrir el río del tiempo y construir un túnel secreto debajo de él para ayudar a la gente a atravesarlo.

Amy volvió a sonreír. Sìneag era tan adorable, aún le gustaban los cuentos de hadas.

—¿Hablas de viajes en el tiempo?

—Sí.

—Nunca escuché un cuento de hadas sobre viajes en el tiempo. ¿Me lo cuentas?

—Bueno, el castillo se construyó sobre una piedra que puede abrir un túnel como ese, y solo una persona que tenga un propósito puede volver a abrirlo y viajar.

La sonrisa de Sìneag adquirió un matiz travieso, y Amy arqueó las cejas.

—Había una vez un *highlander* aquí, un tal Craig Cambel. Era un poderoso guerrero y un hombre de honor. ¿Has oído hablar del rey Roberto I de Escocia?

Amy se preguntaba por qué Sìneag no le contaba el cuento de los viajes en el tiempo sin más dilaciones, pero tal vez llegaría a eso en algún momento.

—Estás hablando de las guerras de independencia de Escocia, ¿no? —preguntó—. En el tablero de información decía que el rey tomó el castillo de Inverlochy que antes le pertenecía a los Comyn.

—Sí. Los Cambel, que en la actualidad se llaman Campbell, eran aliados del rey. Roberto I le había pedido a Craig que protegiera el castillo contra sus enemigos.

Amy se rio.

—Ese Craig habrá sido un hombre importante.

—Sí, era un hombre de grandes logros, pero tenía una profunda pena en el corazón. El clan MacDougall lo traicionó, tanto a él como a su familia, y eso lo marcó de por vida. Craig juró que nunca volvería a confiar en nadie con tanta facilidad.

—Menos mal que nunca me conocerá. Yo soy una MacDougall.

Los ojos de Sìneag se iluminaron.

—¿De verdad?

—Bueno, sí. Mis abuelos emigraron de Escocia a los Estados Unidos, así que soy estadounidense. Pero mi apellido es MacDougall.

—¡Sí! ¡Sí! ¡Qué bueno! —La voz de Sìneag temblaba un poco de emoción.

Amy frunció el ceño, algo en esas palabras la puso en guardia.

—En fin. ¿Qué hay de este Craig? ¿Viajó en el tiempo o qué?

—No, no viajó en el tiempo. Se casó con una buena muchacha para consolidar una alianza entre dos clanes, pero nunca fue feliz. Vivió su vida siendo un buen hombre. Un hombre bueno, pero siempre solitario.

Amy apretó los labios para luchar contra la extraña ola de emoción, tristeza y soledad que las palabras de Sìneag le habían provocado. Conocía demasiado bien la desesperación de sentirse sola y abandonada.

—Sí —acordó Amy—. Algunas personas nunca superan las heridas más profundas.

Los ojos de Sìneag brillaron con comprensión y empatía.

—Sí. Y, ¿qué pasa cuando la persona que puede curarlas vive al otro lado del río del tiempo?

—Entonces supongo que necesitan usar ese túnel picto.

—¡Sí, Amy! Eso es muy cierto. —Sìneag aplaudió como una niña entusiasmada—. Tú misma lo has dicho.

De pronto, un movimiento llamó la atención de Amy. Zach estaba bajando apresurado el montón de piedras para correr hacia Deanna.

—¡Cuidado! —gritó Jenny.

En cuanto Zach estuvo en el suelo, Deanna soltó un chillido y se alejó corriendo de él. Zach soltó un grito que se parecía a una llamada a batalla y al sonido de un chimpancé en celo y la siguió.

Eso no terminaría bien. Amy se olvidó de Sìneag y siguió cada movimiento de los niños con la mirada. Deanna daba vueltas alrededor del patio para evadir los intentos de Zach de darle un abrazo de oso. De improvisto, se lanzó a toda velocidad hacia Amy, que ya se había preparado para atajar a la niña y detenerla. Sin embargo, en el último momento, Deanna echó a correr hacia la torre este.

Siguiendo un instinto, Amy dio un paso hacia adelante.

Deanna empujó la reja de seguridad y, cuando se escabulló hacia el interior, la enorme oscuridad de la entrada se la tragó. Dio un paso más, gritó y se cayó.

A Amy se le detuvo el corazón.

—Maldita sea —masculló Amy y echó a correr hacia la torre —. ¡Que ni se te ocurra! —le gritó a Zach, que se había detenido frente a la reja con el rostro pálido y lleno de preocupación.

Tomó la linterna de su mochila. El césped se hundía bajo sus pies mientras corría para llegar a la rejilla y cruzarla. Amy se detuvo en la entrada de la torre. La luz de la linterna alumbró las escaleras precarias y desmoronadas que descendían y la plena penumbra que las rodeaba.

—Malditos adolescentes —resopló por lo bajo y comenzó a descender los escalones rotos tan rápido como podía sin romperse el cuello.

Algunas piedritas se desprendían y caían rodando bajo sus pies. Mientras que faltaban algunos escalones, otros se habían desgastado a tal punto que se habían reducido a rampas planas. El lugar olía a tierra mojada y piedras húmedas, a hojas en descomposición y a otras cosas en las que ella no quería ni pensar. De milagro, llegó hasta abajo. La luz del exterior no llegaba hasta allí; solo se podía valer de la de la linterna. Era como si no existiera nada más allá del subsuelo. Amy sintió un estremecimiento porque los recuerdos comenzaban a llamar a la puerta de su mente, una puerta que había cerrado herméticamente hacía ya mucho tiempo.

Se recordó a sí misma que ya había aprendido a lidiar con la oscuridad y con los espacios confinados. Debía ser fuerte para Deanna.

—¡Deanna! —gritó mientras recorría las paredes de piedra áspera que la rodeaban con la linterna —. ¡Deanna!

Las palabras hacían eco en el silencio, como si estuviera sola. Como si Deanna hubiera desaparecido.

Amy elevó la mirada, pero allí solo había un techo rocoso y el hueco por el que había entrado. En cuestión de segundos, se le congelaron tanto los brazos como las piernas, y le comenzaron a temblar las manos.

«De prisa. Encuentra a Deanna, ayúdala y lárgate de aquí».

—¡Deanna!

Amy miró todo lo que la rodeaba con la ayuda de la linterna y descubrió la entrada a otra habitación. Temblando, con las piernas tan pesadas como el mismo plomo, se dirigió hacia ella.

Era muy simple: no podía dejar a nadie a solas en la oscuridad. Tenía que hacerles saber a las personas que estaba rescatando que no habían sido abandonadas. Que alguien siempre iba a ir en busca de ellas. Ese alguien era ella.

—Deanna —llamó Amy al entrar en la recámara, y su voz resonó contra las paredes de piedra.

Era una habitación pequeña; de hecho, ni siquiera era una habitación, sino más bien una cueva. Buscó por el suelo. No vio a nadie.

¿Habría alguna otra salida o más puertas? No.

—¿Dónde estás? —gritó Amy, aunque no sabía si se la pregunta iba dirigida a Deanna o a ella misma.

—Aquí —respondió la niña.

Movió la luz y la vio. Deanna se encontraba de pie, abrazándose, con los ojos abiertos y el pelo enmarañado. Amy sintió una oleada de alivio, y la tensión que le comprimía el pecho comenzó a desvanecerse.

—¡Gracias a Dios! —exclamó—. ¿Estás herida?

—Solo me golpeé un poco la cabeza.

—De acuerdo, salgamos de aquí ya mismo. Te examinaré la cabeza cuando estemos arriba. Toma, ten la linterna. Tengo otra.

Le entregó la linterna a Deanna y sacó otra de su mochila. Deanna apuntó a todos lados con la linterna hasta que la luz cayó sobre algo, y Amy frunció el ceño.

Era una piedra grande y plana. Tenía un gran tallado esculpido en la parte superior: una cinta ancha con tres líneas onduladas. Parecía un río en forma de círculo a través del cual corría la amplia línea de un camino.

—Me estoy congelando —dijo Deanna dirigiéndose hacia la entrada.

—Espérame —ordenó Amy, pero de pronto se detuvo, con la vista clavada en la piedra.

¿Estaba alucinando o ese grabado estaba resplandeciendo un poco, iluminando el azul del río y el marrón del camino? Junto al tallado, justo en el centro de la piedra, vio la huella de una mano.

Advirtió que la luz de la linterna de Deanna ya había llegado hasta la primera habitación. La niña iba a estar bien. Amy sintió curiosidad y se acercó a la piedra.

El resplandor se hizo más intenso, parecía como si el tallado se estuviera moviendo: las olas del río parecían fluir y daba la impresión de que una pequeña nube de polvo se elevaba sobre el camino. Era muy bonito.

¿Acaso se trataba de la huella de una mano picta?

Una mano solitaria... Un hombre solitario...

¿Sería la huella de Craig Cambel? ¿Tocaría los dedos de Craig si presionaba los de ella contra la huella? Contuvo la respiración y trazó la huella con las yemas. Estaba fría y húmeda. ¿También habría estado fría y húmeda cuando Craig vivía allí?

Amy colocó los cinco dedos sobre la huella. Un zumbido la sacudió entera, como una ola de emoción antes de emprender un viaje o una aventura. Se le aceleró el corazón y sintió cómo le martillaba el pulso contra la sien, las venas del cuello, las muñecas y los dedos. Luego volvió a sentir miedo en la garganta y los hombros, se le cerraron las vías respiratorias a tal punto que pronto tuvo dificultades para respirar.

Trató de retirar la mano, pero no pudo. La piedra tiró de su palma como si fuera un imán. La fría superficie se sentía húmeda, como si de ella manara agua. Finalmente, la palma de la mano le quedó apoyada en su totalidad contra la piedra, y Amy comenzó a hundirse en ella como si fuese un río. Primero la mano, seguida del resto del brazo y luego el hombro.

—¡Ay! —Amy escuchó su propio grito.

Agarró la piedra con la otra mano y clavó los pies en el suelo, pero al final no pudo evitar desaparecer.

Desapareció íntegra dentro de la piedra... y todo el mundo se oscureció.

CAPÍTULO 2

CASTILLO DE INVERLOCHY, noviembre de 1307

LA MADERA DE LA CATAPULTA HIZO UN FUERTE ¡CRAC! ANTES de lanzar una roca, y Craig contuvo la respiración al ver cómo salía disparada. Sin importar cuántas veces había visto eso durante los últimos tres días, siempre le resultaba algo majestuoso.

La roca impactó contra el muro del castillo, y los arqueros que se hallaban sobre él cayeron por los lados. La pared de piedra se agrietó; la parte superior del muro se desmoronó y se vino abajo en una lluvia de arena y tejas.

El ejército de Roberto I, parado a lo largo del amplio foso del castillo, estalló en un grito de júbilo que reverberó en el pecho de Craig. O tal vez era la esperanza, la esperanza de que de una vez por todas cambiaría el curso de la guerra a favor del verdadero rey de los escoceses.

La guerra de la independencia. La guerra entre un pequeño número de clanes de las Tierras Altas y un gigante: Inglaterra. Una guerra sin promesas de victoria, pero con la determinación obstinada de luchar sin importar lo que fuera a pasar.

—Ha sido un buen tiro —comentó el padre de Craig. Su hijo asintió.

—Sí, Dougal —coincidió Roberto I—. Quizás demasiado bueno. Después de todo, no queremos destruir el castillo por completo; es demasiado importante estratégicamente.

Los tres se encontraban montados sobre sus caballos al borde de la aldea de Inverlochy, ubicada al otro lado del foso. Mientras el maestro de la catapulta gritaba órdenes para reiniciar el ataque, un movimiento a la derecha del foso cautivó la atención de Craig: una pequeña figura emergió entre un árbol y unas rocas y echó a correr a través del campo como una hormiga veloz.

—¿Han visto eso? —preguntó.

Craig se concentró en la escena. Alguien estaba huyendo del castillo, y la figura era demasiado pequeña para tratarse de un guerrero o de una mujer.

—¿Qué? —preguntó Roberto I.

—Junto a la torre noreste, pero de nuestro lado del foso, ¿llegan a ver un enorme árbol y unas rocas grandes?

—Sí —respondió el padre de Craig.

—Alguien está corriendo —agregó Roberto I.

—Ah, sí, ya lo veo, —dijo Dougal—. ¿Es un niño?

—Quizás —concedió Craig—. Apareció allí hace tan solo un momento, como si hubiese estado oculto bajo la tierra.

Roberto I frunció el ceño.

—¿Estás seguro?

—Lo he visto con mis propios ojos. ¿Será un pasaje secreto al interior del castillo?

Roberto I asintió.

—Sí, podría ser. Los Comyn son lo suficientemente astutos como para pensar en esas cosas.

—Pero, ¿por qué se arriesgarían a revelarlo ahora? —preguntó Craig—. Solo los hemos estado asediando durante tres días. De seguro todavía tienen comida y suministros.

—Es un mensajero —Roberto I escupió las palabras.

Craig intercambió una mirada con su padre, y entre ellos se

entendieron. Si se trataba de un mensajero, tenían que interferir de inmediato. No podían permitir que los Comyn recibieran ayuda. El ejército de Roberto I se encontraba muy debilitado; apenas se acababa de recuperar de una gran derrota a manos de los MacDougall, a principios de ese año. Roberto I tenía que quedarse a supervisar el asedio. De modo que dependería de Craig y de su padre atrapar a esa persona.

La catapulta lanzó otra roca hacia muro, y un fuerte ¡bum! estalló en el aire. Era otro disparo de advertencia con el fin de recordarles a los Comyn que Roberto I aún podía causar más daño.

—¡Arre! —Craig espoleó al caballo, y su padre lo siguió; ambos se lanzaron al galope por las callecitas de la aldea de Inverlochy, y los aldeanos se apartaron para esquivar a los caballos.

A diferencia de la mayoría de los asediadores, Roberto I se había propuesto no matar a la gente de los Comyn, a menos que fuera realmente necesario, así como tampoco saquear ni la aldea, ni las granjas. Después de todo, él era su nuevo rey y quería contar con el apoyo de ellos, a pesar de que su jefe hubiera escogido ser el enemigo de Roberto I.

Cuando llegaron al final de la aldea, galoparon a través de los campos. Craig había visto a la figura desaparecer detrás de una gran colina. El césped se hundía bajo los cascos de los caballos a medida que se acercaban al río.

La pequeña figura apareció detrás de la colina y siguió corriendo; en efecto era un muchacho de unos doce años. Craig y Dougal lo persiguieron.

—¡Detente, pequeño truhan! —gritó Craig.

El chico echó una mirada por encima del hombro con los ojos desorbitados y corrió más rápido.

Aún montado sobre el caballo, Craig se acercó a él, se inclinó para sujetarlo del cuello del abrigo y soltó un gruñido por el esfuerzo que le llevó levantarlo en el aire y depositarlo sobre el caballo. Acto seguido, hizo girar a la bestia y la dejó galopar hacia la colina para que no los viera nadie desde el castillo.

Cuando llegó a la base de la colina, se bajó de un salto del caballo y arrastró al muchacho detrás de él. Dougal también desmontó. Craig dejó al muchacho en el suelo. Este lo miraba fijo con los ojos bien abiertos y la mandíbula apretada.

—¿Cómo saliste del castillo? — le preguntó Craig.

—No sé de qué hablas. Vengo del río.

—¿Del río? —Dougal se rio—. No sabía que los ríos estaban tan secos estos días.

El chico apretó los labios, enfadado.

—Sí, ya has dicho suficiente —repuso Craig—. Puedo ir y averiguarlo por mí mismo. Vi de dónde has salido. Pero, ¿cuál era tu propósito?

—Yo no soy ningún traidor —soltó el chico—. No les diré nada.

—Respeto eso, muchacho —dijo Dougal—. Te revisaremos, y si tienes alguna carta o algún mensaje encima, lo encontraremos.

—¡Adelante, inténtelo! —los desafió el chico.

Saltó y se lanzó a correr, pero Dougal lo pescó y le sujetó los brazos detrás de la espalda. Craig revisó rápidamente al muchacho, pero no encontró nada que pudiera ser un mensaje. No llevaba ningún pergamino enrollado ni nada similar.

—Esto es lo que vamos a hacer —sugirió Dougal—. Ahora sabemos que es probable que se trate de una entrada al castillo. Le llevaremos el muchacho al rey. Aunque solo sea un mensajero, lo retendremos para que no pueda entregar el mensaje. Dejemos que Roberto decida qué hacer con él.

—Sí —aceptó—. Llévaselo. Yo iré a echar un vistazo y luego regreso. Después decidiremos qué hacer.

—Sí, hijo. Ten cuidado.

Dougal colocó al muchacho, que no dejaba de resistirse y patalear, sobre el caballo como si fuera un saco de harina y condujo al caballo de regreso al campamento. A pesar de su edad, el hombre no tuvo ninguna dificultad para sujetar al muchacho.

A Craig se le llenó el pecho de orgullo, pues no había ninguna duda de que pertenecía a un clan de poderosos guerreros.

Craig escudriñó el castillo mientras corría hacia el árbol y las rocas donde había visto aparecer al muchacho. Como no le habían disparado ninguna flecha, dedujo que los guerreros Comyn de seguro estaban demasiado ocupados defendiéndose del asedio.

Llegó al árbol y las rocas. ¿Dónde estaba la entrada? Observó el grueso tronco y la base de las rocas con detenimiento. Algunas eran tan altas que le llegaban al hombro, pero allí no se veía nada fuera de lo normal.

Se inclinó y examinó el césped. Entonces vio unas huellas en la tierra; aparecían junto a una piedra, que era casi tan ancha como un escudo, plana y baja. Craig inspeccionó un hueco que había entre la piedra y el suelo. Metió los dedos en el hueco, tiró de la piedra, y esta se abrió como si fuera una puerta con cerrojo. Unas estrechas escaleras conducían a un oscuro túnel.

Con el corazón latiendo desbocado, comprendió que había estado en lo cierto. Se trataba, en efecto, de una entrada secreta al castillo. El interior estaba oscuro, y él no tenía ninguna antorcha, pero debía ver a dónde conduciría el pasaje. Miró de reojo hacia el castillo, que se hallaba a unos diez metros de distancia. Dedujo que el túnel debía ser profundo, al menos lo bastante profundo como para pasar por debajo del foso.

Los Comyn sí que eran unos bastardos de lo más perspicaces. Nadie nunca sospecharía que alguien construiría un túnel bajo un foso. ¿Cómo podía ser que no colapsara bajo el peso del agua?

Craig se persignó y, luego de cerrar el acceso secreto a sus espaldas, se adentró en la oscuridad.

El suelo frío y duro tembló, y las piedras se sacudieron. Una lluvia de gravilla y arena cayó sobre Amy.

Amy se sentó y se enderezó de inmediato. Miró a su alrededor, pero solo la rodeaba oscuridad.

¿Dónde se encontraba? «No en el granero, no otra vez».

Se le contrajeron los pulmones, y se le tensó el abdomen. Tosió y palpó el suelo con las manos. Se encontraba encima de algo, una piedra tal vez, o a lo mejor un suelo de piedra lisa. Algo metálico rodó fuera de su alcance cuando lo tocó.

Entonces recordó que tenía una linterna. En el granero no tenía una linterna, así que estaba en otro lugar. Una oleada de alivio le inundó todo el cuerpo. Los eventos le invadieron la mente: Deanna, la cámara subterránea, la piedra resplandeciente, la sensación de desaparecer dentro de ella... de ser absorbida...

Prendió la linterna y miró alrededor con detenimiento. Allí, contra una pared rocosa, se encontraba la piedra con el tallado, pero ahora se veía oscura e inmóvil, ya no resplandecía. A lo largo de la áspera pared rocosa había pilas de leña y tablones de madera. También vio barriles y sacos rellenos alineados contra las paredes. No recordaba haber visto nada de eso antes; solo recordaba una cueva gigante y vacía. Sin embargo, era evidente que ahora se hallaba en una despensa y no en las ruinas que se caían a pedazos en las que había entrado antes.

Cuando se puso de pie, la cabeza comenzó a darle vueltas, y sintió náuseas en la boca del estómago. Le dolía todo el cuerpo, como si se hubiera dado un fuerte golpe. Se oyó un estruendo, y acto seguido las paredes y el suelo temblaron, y otra llovizna de gravilla y arena cayó sobre ella.

¿Qué era eso? ¿Un terremoto? Amy nunca había oído hablar de terremotos en Escocia. Pero si se trataba de uno, tenía que salir de allí de inmediato.

Recorrió las paredes con la luz de la linterna. Donde antes había habido una puerta vacía que conducía a otra habitación, ahora había una puerta sólida y pesada que tenía grandes cerrojos.

¿Acaso algo tendría sentido pronto?

Bueno, sin importar lo que fuera, tenía que salir de allí. Con las piernas debilitadas, se dirigió hacia la puerta y la abrió. Adentro estaba oscuro, pero una luz dorada se colaba desde algún sitio más arriba e iluminaba las escaleras de caracol por las que había bajado antes, excepto que ahora parecían recién construidas. Amy vio más cofres y barriles alineados contra las paredes. El olor a tierra húmeda y hojas en descomposición había desaparecido, reemplazado ahora por el aroma apenas perceptible a granos y algo más... algo que parecía carne seca de res.

La habitación había estado en ruinas cuando Amy encontró a Deanna hacía unos minutos. ¿Estaría alucinando o, quizás, soñando? Con la mente confusa, avanzó hacia las escaleras. Cuando elevó la mirada al piso superior, vio la luz del fuego que bailaba contra la pared. Desde el exterior, se colaron unos gritos y chillidos preocupados, y supuso que Jenny y los niños la estaban buscando.

Puso la mano contra la pared fría y dura, que se sentía muy real, y subió las escaleras con todo el sigilo que pudo. La planta baja ya no se encontraba en ruinas tampoco, sino que constituía algún tipo de despensa, llena de espadas, lanzas y hachas, así como también barriles, cajas y cofres, como los que había visto abajo. El fuego de las antorchas que había contra las paredes iluminaba la habitación. Vio una puerta, que probablemente conduciría al exterior, y otra puerta abierta, que daría a una escalera para subir a la planta superior.

Amy negó con la cabeza. Esa torre era idéntica a aquella en la que Deanna y ella habían entrado... excepto que era como si hubiera regresado a la época en la que recién la habían construido.

¿Qué era todo eso? ¿Acaso la piedra y todo eso del río resplandeciente era el resultado de haber ingerido alguna especie de hongo o alga con efectos alucinógenos? ¿O se había golpeado la cabeza? ¿De qué otra forma se podría explicar todo eso?

Sìneag había hablado del río del tiempo y de viajeros en el tiempo. Era factible que por eso Amy estuviera soñando ese mundo medieval. O tal vez se había vuelto loca; era probable que el miedo de encontrarse en ese espacio oscuro y cerrado la había llevado más allá del borde de la locura.

Se oyó otro ¡bum!, y la edificación tembló. Cuando una piedra grande se desprendió de la pared y cayó sobre un barril, lo partió en dos y un líquido marrón y fermentado se derramó... ¿cerveza? Amy debía darse prisa si no quería terminar como ese barril.

Se acercó a la puerta y la abrió un poco para echar un vistazo por la abertura. Lo que vio hizo que se le encogiera el estómago.

Ya no era un patio vacío, cubierto de hierba y rodeado de cuatro muros y torres en ruinas. Era un castillo de verdad, con cuatro torres altas y enteras y techos de madera en forma de cono. En el patio había varias estructuras pequeñas de madera y una grande de piedra. Amy podía oler el estiércol de caballo, el humo de la leña y algo que estaban cocinando. Se percató de que había arqueros disparando flechas desde lo alto de los muros. Otros hombres atravesaban el patio a paso apresurado y llevaban puestos pesados abrigos acolchados, cascos de metal y cotas de malla. Casi todos tenían una espada en el cinturón, así como también un escudo, y muchos otros también cargaban lanzas o hachas.

Parpadeó un par de veces. Se le detuvo el corazón por un momento. ¿Cómo era posible todo eso? A lo mejor era una especie de holograma para representar cómo se veía el castillo cuando todavía estaba en uso. Al fin y al cabo, ¿qué otra explicación había? A menos que de verdad hubiera perdido la cordura...

Cuando vio a un hombre que se dirigía derecho hacia la torre, cerró la puerta de golpe. Con el pulso latiendo al ritmo de un tambor, buscó un lugar para esconderse.

Las escaleras.

Subió corriendo por la escalera de caracol. Al llegar al último peldaño, vio una puerta y luego más escalones. Escuchó que alguien en la planta baja abría la puerta y entraba en la torre. Amy jaló la puerta que tenía adelante para abrirla y echó un vistazo al interior: era una barraca con varias camas y estaba vacía. Entró sin hacer ruido y luego de cerrar la puerta a sus espaldas, escuchó con atención para determinar si alguien la estaba siguiendo.

Contó ocho camas y también vio una especie de sacos de dormir en el suelo. La habitación estaba iluminada por la luz natural que se colaba a través de tres ventanas salientes, cuyos alféizares enormes y amplios servían para sentarse.

Se dirigió hacia la ventana y quedó boquiabierta. El castillo estaba rodeado de agua a raíz de un foso que no existía cuando ella se encontraba allí acompañando a Jenny y los niños. Al otro lado del foso se extendía una pequeña aldea llena de casitas con techo de paja... Y un ejército, un verdadero ejército medieval, con una catapulta, arqueros, tiendas de campaña, caballos, carretas y fogatas, rodeaba la aldea.

Eso no podía estar pasando. Cuando llegaron allí en el autobús, vio unas cuantas casitas dispersas por el paisaje y, en lugar del foso, había praderas, colinas, árboles y rocas.

Con los vaqueros, las botas de senderismo y la chaqueta inflada, Amy se sentía extrañamente fuera de lugar. Era como si estuviera en otro tiempo... Pero eso no era posible, le recordó su incredulidad.

Oyó unos pasos apresurados que subían las escaleras y se quedó quieta un momento. Luego corrió hacia la cama más cercana para esconderse, pero no tuvo tiempo. Cuando la puerta se abrió, ella giró y sostuvo la linterna como si fuera un arma. Un guerrero alto entró en la habitación con espada, hacha y todo.

Al verla, los apuestos rasgos de él registraron asombro.

Pero de inmediato, sus facciones se tornaron peligrosas.

CAPÍTULO 3

CRAIG MIRÓ FIJO A LA MUJER.

Había abierto la puerta porque alguien venía de abajo y tenía que esconderse.

Cuando salió del túnel esa mañana, estudió con detenimiento la torre y el patio. Luego, regresó a ver a Roberto I, y juntos trazaron un plan. Un plan que le abriría el castillo de Inverlochy a Roberto I y que pondría a los Comyn de rodillas. Un plan que no incluía que una muchacha enemiga lo viera y alertara a todo el castillo de su presencia allí.

La muchacha sostenía un pequeño objeto cilíndrico en las manos parecido a una botella de manera protectora. Era muy bonita; tenía el cabello como cobre al sol y los ojos tan azules como el mar. Iba vestida como hombre, con pantalones oscuros que le abrazaban insolentemente las piernas largas y esculpidas y una especie de abrigo corto y acolchado. El atuendo era de lo más extraño; sin embargo, quién sabía cómo los Comyn permitían que se vistieran sus mujeres.

Una cosa era clara. Craig tenía que silenciarla antes de que gritara y, a juzgar por el tamaño de los ojos redondos como lunas llenas y la boca abierta, estaba a punto de gritar.

Corrió hacia ella. Ella retrocedió, pero él la sujetó, le tapó la boca con una mano y le sostuvo las muñecas detrás de la espalda con la otra. El extraño objeto cayó y rodó por el suelo. Craig inhaló su aroma a flores y viento fresco que le hizo acordar a la exuberancia de un bosque en verano. Ella tenía la piel y los labios suaves bajo sus dedos, y se sorprendió al sentir la oleada de estremecimientos que lo invadió.

Ella luchaba, tratando de escapar, y él le susurró al oído.

—Ni un sonido, muchacha. No te haré daño. Pero tengo que evitar que grites y alarmes a todo el castillo. ¿De acuerdo?

En respuesta, ella levantó un pie y le pisó la bota con una fuerza que él nunca hubiera imaginado que ella pudiera tener. Él no emitió ni un sonido, aunque el dolor le atravesó la pierna y casi la termina soltando.

—Maldita sea, muchacha —murmuró—. Te dije que no te iba a hacer daño.

Tenía que atarla para que evitar que saliera corriendo a alertar a los Comyn. Rápidamente le soltó la boca, y ella gritó. Sin perder tiempo, Craig estiró la mano libre hacia el cofre de alguien, encontró un paño limpio y la amordazó con él. Acto seguido, tomó un cinturón, le amarró las manos en la espalda y luego usó otro más para amarrarla a la cama. También le ató las piernas, una tarea que no fue nada fácil porque ella no dejaba de patearlo y retorcerse. Sintió remordimientos por hacerle eso; la sola idea de hacer algo en contra de la voluntad de una mujer le hacía sentir una profunda repulsión por el simple hecho de que le recordaba a Marjorie. Pero no tenía alternativa, de modo que lo hizo con la mayor suavidad posible.

Cuando terminó, ella quedó sentada en el suelo, con las manos atadas a una de las patas de la cama. Tenía el rostro rojo, sin duda se sentía enfadada e indefensa, y jadeaba y gemía a través de la mordaza.

—Lo siento, muchacha —se disculpó—. Si tengo éxito, todo terminará pronto, podrás dejar el castillo y volver con tu familia. El rey Roberto no permitirá que las mujeres resulten heridas, y yo tampoco.

Ella frunció el ceño y parpadeó unas cuantas veces; se veía confundida. Craig le echó una última mirada para asegurarse de que no se asfixiaría ni se escaparía y salió de la habitación. El hombre que estaba abajo ya debía haberse ido. Tenía que darse prisa.

Se detuvo en la escalera para asegurarse de que no viniera nadie ni del piso de arriba, ni del de abajo. Como todo estaba tranquilo, Craig se apresuró a bajar las escaleras.

Antes, en la aldea, se había asegurado de desprenderse de cualquier objeto que pudiera ser indicio de que era un enemigo. Había dejado allí el escudo con el símbolo heráldico de los Cambel, así como también su casco, e incluso había cambiado su espada por una más simple.

Entró al patio con cautela. La torre noreste que acababa de dejar se usaba para almacenar comida y para las habitaciones de los guerreros. Era probable que las dos torres pequeñas del sur sirvieran el mismo propósito. La torre Comyn, la más grande del noroeste, era la torre de homenaje, el torreón del castillo. Además de servir como lugar de almacenamiento adicional de armas y alimentos, albergaba las habitaciones del señor del castillo: su recámara y su sala de recepción privada, donde se reunía la familia. Los Comyn habían demostrado mucha perspicacia al construir el túnel secreto bajo una torre que atrajera menos atención.

¿Cuánta gente sabría de la existencia del túnel? Probablemente no mucha, de lo contrario el propósito del túnel hubiera sido en vano.

Edward Comyn, el señor de Inverlochy, se hallaba de pie sobre uno de los muros cortina rodeado de arqueros. El patio estaba lleno de actividad: los criados cargaban cestas y leña, y los guerreros bajaban las escaleras para ir a comer o a descansar. Todos los rostros estaban sombríos, sin dudas por la tensión de estar bajo asedio.

—¡Ataque! —gritaron desde arriba—. ¡Hacia el muro norte!

Varios hombres salieron corriendo hacia el muro y subieron

las escaleras. Muchos habían venido corriendo desde el gran salón y llevaban arcos y flechas.

La primera parte del plan estaba saliendo bien. Los MacNeil en sus *birlinns*, los barcos típicos de las Tierras Altas del Oeste, atacarían desde el río. Tras desembarcar, empezarían a escalar los muros.

De los laterales del este y del oeste, surgieron más órdenes para que los guerreros fueran a cubrirlos. Craig sabía que por allí aparecería el ejército de Roberto I, y traería troncos y rocas para tapar el foso y así poder cruzarlo con las torres y las escaleras de asedio.

La mayoría de los guerreros Comyn que se hallaban sobre la muralla norte se apresuraron hacia la del este y la del oeste. Incluso Edward Comyn se trasladó al muro oeste. Pero los centinelas seguían de pie junto a las puertas.

Huirían pronto.

Craig se apresuró a entrar en el gran salón. El lugar estaba vacío, a excepción de algunas criadas que limpiaban las mesas ahora que los guerreros habían terminado de comer. Aprovechó que las muchachas no le prestaron demasiada atención para tomar una antorcha de uno de los candelabros de la pared y llevarse la cesta con leña que había junto al hogar. Sin perder tiempo, echó a correr.

Dentro del castillo se palpaban en el aire tanto el caos como la tensión. Se oían gritos de dolor desde lo alto de los muros, fuertes exclamaciones que provenían desde el exterior, flechas que pasaban volando y le acertaban a algunos guerreros, y piedras que rebotaban contra los charcos de lodo en el patio.

Craig caminó detrás del gran salón, en el espacio que había entre la edificación y el muro cortina, donde se podía esconder. Luego empezó a prender fuego unos pequeños trozos de leña y los arrojó sobre el techo de paja.

Una nube de humo oscuro se elevó por el techo del gran salón; esa sería la señal para que el ejército de Roberto I avanzara hacia las puertas. No le quedaba mucho tiempo, así que se apresuró a encender el resto de la leña de la cesta y la lanzó sobre el techo de la cocina junto con la antorcha.

—¡Fuego! ¡Fuego! —gritó alguien, y se oyeron pasos que retumbaban al cruzar el patio hacia el gran salón.

Craig debía tratar de mezclarse con los guerreros en pánico para poder abrirse paso hasta las puertas.

—¡Alto! —gritó alguien desde el muro—. ¡Traidor! ¡Atrápenlo!

Miró hacia arriba y vio que uno de los guerreros le apuntaba directamente a él. El guerrero bajó corriendo las escaleras, seguido de muchos otros. Más arqueros se asomaron por el parapeto y le apuntaron con sus flechas.

Sin importar si Roberto I hubiera tenido suficiente tiempo para prepararse o no, a Craig no se le presentaría una mejor oportunidad que esa para abrir la puerta. Cruzó el patio a toda velocidad para llegar hasta las puertas, donde ahora no quedaba nadie. Las flechas le pasaban volando e impactaban en el suelo a su alrededor. De pronto, sintió que algo le mordía el tobillo y, cuando bajó la mirada y vio que una de las flechas le había asestado, se tropezó un poco, pero continuó en su carrera.

Al llegar a la puerta, tiró de la gran manija pesada cuyo cerrojo de hierro cedió despacio. Demasiado despacio para su gusto. Los guerreros de los Comyn se acercaban y ya habían llegado al centro del patio. Una vez abierto el cerrojo, Craig tuvo que quitar la pesada barra. La levantó del medio con toda la fuerza que pudo reunir. En condiciones normales, se necesitaban al menos dos personas para levantar esas barras. Los enemigos ya estaban a solo unos cuantos metros de distancia. Jaló de las pesadas puertas, y estas comenzaron a abrirse lento.

Desde el otro lado de las puertas, Craig escuchó pasos rápidos y...

—¡*Cruachan*! —El ejército de Roberto I estaba listo. Craig volvió a jalar de la puerta con más fuerza y apenas se giró a tiempo para desviar el ataque de una *claymore*.

Mientras él se debatía con un Comyn, otros guerreros empujaban las puertas para cerrarlas. Pero era demasiado tarde. Con toda la fuerza de las decenas de hombres que avanzaban corriendo, el ejército de Roberto I fluía a través de las puertas.

Ahora el castillo les pertenecía a ellos.

Tras una corta pelea, resultó claro para todos que Roberto I y su ejército habían ganado. Edward Comyn sufrió una grave herida y murió mientras su médico hacía hasta lo imposible por salvarlo.

—¡No habrá saqueos! —gritó Roberto I viendo cómo sus hombres mantenían a los cautivos quietos apuntándoles con las *claymores*—. Pueden tomar tres cosas del castillo como recompensa por su arduo trabajo. Pero, a partir de ahora, el castillo de Inverlochy será la residencia real del rey de Escocia.

Roberto I se dio la vuelta y caminó hacia Craig mirándolo a los ojos. Craig frunció el ceño.

—Y Craig Cambel será el comandante temporal del castillo.

Los hombres de Cambel estallaron en aclamaciones. Craig arqueó las cejas. Roberto I se acercó a él y lo miró a los ojos; sentimientos de aprobación y amistad brillaban en la mirada del monarca.

—¿Está seguro, Su Majestad? —le preguntó—. ¿No tiene estrategas más experimentados, como mi padre o mi tío Neil?

Roberto I le apretó el hombro.

—El hombre que arriesgó la vida para tomar este castillo se merece esa recompensa. De no ser por ti, solo Dios sabe en cuánto tiempo nos habríamos congelado bajo esos muros. Estoy muy agradecido contigo, Craig Cambel. Esta es tu recompensa, pero también es una tarea pesada. Ahora tienes que proteger el castillo en caso de que el resto de los Comyn, los MacDougall o los ingleses quieran recuperarlo. Porque lo intentarán.

Roberto I lo examinó.

—¿Qué dices, Craig? ¿Aceptarás la misión?

Craig tomó una profunda bocanada de aire. Esa era una buena pregunta. Él tendría que ser más cuidadoso que nunca a la hora de confiar en la gente. Tomar el mando de un castillo y

protegerlo de un asedio requeriría que fuera mucho más obser-
vador y cauteloso de lo que ya era.

No obstante, ¿estaría a la altura de la tarea de proteger la
primera victoria del rey de los escoceses, la misma victoria que
bien podría llevarlos a ganar toda la guerra?

—Sí —respondió—. No lo decepcionaré.

CAPÍTULO 4

AMY LO INTENTÓ TODO. Patear, mover la cama e incluso gritar, que era básicamente lo mismo que gemir y, por lo tanto, resultaba inútil. Nada ayudaba. Como la pesada cama de madera no se movió ni un centímetro, terminó por decidir que ahorraría la energía.

Lo único que podía hacer era algo que la distrajera de la terrible y sofocante opresión que sentía en el pecho y de la tensión que le contraía el estómago.

Era una sensación que conocía muy bien.

Tragó saliva, pero tenía la boca más seca que un papel. Por lo menos no se encontraba en un granero abandonado, se recordó a sí misma. Después de todo, se hallaba en un castillo. Había gente alrededor y, tarde o temprano, alguien vendría. Además, había ventanas que permitían el ingreso de aire fresco y luz.

Tomó una profunda bocanada de aire e intentó calmarse.

Todos los días, al salir al bosque y las montañas de Vermont, huía de la sensación de estar atrapada. Por eso hacía lo que hacía: rescataba gente. Porque detestaba que hubiera personas que se sintieran abandonadas y solas. Quería darles esperanza. Enseñarles que no estaban solas. Porque una vez, hacía mucho tiempo, ella había necesitado a alguien así. Y nadie había acudido.

A medida que pasaba el tiempo, Amy sudó, se concentró en su respiración y no dejó de repetirse que todo eso acabaría pronto.

Desde afuera llegaba el sonido de una batalla. Los chasquidos de algo de madera que impactaba contra las piedras. ¿Serían flechas? Primero oyó gente gritando de dolor y de furia, así como también los estruendos de las hojas de metal al golpear unas contra otras. Y también sintió olor a humo. Y luego el sonido de la refriega se incrementó, como si se estuviera desatando justo al otro lado de esa puerta.

El corazón le latía desbocado, y el pecho se le contraía cada vez que oía un nuevo grito o una fuerte estocada. Si llegaba a entrar algún hombre con una espada ... no habría nada que ella pudiera hacer. Se encontraba completamente indefensa. ¡Cómo odiaba al bárbaro ese que la había amarrado a la cama!

Esa alucinación u holograma era demasiado real. Amy dudaba haber imaginado todos esos sonidos y olores, e incluso las ataduras que le sujetaban las muñecas y las piernas. A lo mejor, se trataba de una experiencia holográfica de última tecnología y súper avanzada. Pero un holograma no podía tocarla como lo había hecho ese hombre.

Y entonces un pensamiento le llegó de golpe. En su momento, no se había percatado porque la había embargado el miedo y la conmoción y porque había estado luchando por su vida, pero cuando él le habló no lo había hecho en inglés.

Había hablado en otro idioma. A Amy le vino a la mente su abuelo del lado de los MacDougall. Él y la abuela habían emigrado a los Estados Unidos desde las Tierras Altas de Escocia cuando eran jóvenes. El abuelo había traído la antigua pintura del árbol genealógico que se remontaba a la Edad Media. En su sala de estar, tenía una espada que había pertenecido a los MacDou-gall. Y desde que Amy tenía uso de memoria, el abuelo le había enseñado gaélico contándole los antiguos cuentos de hadas de las

Tierras Altas, así como también las historias de sus antepasados, en gaélico y en inglés.

Sí, ese guerrero le había hablado en gaélico. Y ella lo había entendido. Pero, ¿cómo? Si ella nunca había aprendido a hablarlo con fluidez. Ni siquiera se acordaba de más de cinco o seis palabras.

La puerta se abrió de golpe.

Hablando del rey de Roma, el captor de Amy apareció en el marco de la puerta. Tenía el pelo oscuro todo enmarañado y el rostro lleno de cortes y moretones. Tanto la piel como el abrigo estaban cubiertos de salpicaduras de lodo y sangre seca. También tenía cortes ensangrentados en el hombro y en el tobillo. El abrigo pesado y acolchado que llevaba puesto estaba desgarrado en varios sitios. Él la miró con detenimiento a través de esos ojos oscuros y fríos. Y engreídos.

Sí. Era un patán de lo más arrogante. La había tratado como si pudiera hacer con ella lo que se le antojara.

«Pues, ya lo veremos».

Seguramente él se merecía lo que le había pasado. Si hubiera sido cualquier otro hombre, Amy habría querido examinarle las heridas y ver qué podría hacer con su botiquín de primeros auxilios.

—He venido tan pronto como he podido, muchacha. —El sujeto caminó hacia ella y se arrodilló—. Todo ha terminado. Hemos ganado. Ahora te desataré y te quitaré la mordaza. ¿De acuerdo?

Ella se limitó a mirarlo de reojo. No quería creer que él era un benévolo caballero. Además, él todavía tenía que explicarle qué diantres estaba pasando allí.

Le quitó la mordaza con un movimiento delicado, y Amy movió la mandíbula tensa para aliviar un poco el dolor.

—¿Te encuentras bien? —le preguntó—. Me preocupaba que alguien más te hubiera encontrado aquí.

—Vete al infierno —le respondió.

Luego frunció el ceño. Le había hablado en gaélico. ¿Cómo era posible? ¿Acaso todavía podía hablar en inglés?

—Vete al infierno —repitió en su idioma materno. Funcionó. Él se rio.

—No maldigas. Ya te entendí la primera vez —le dijo en inglés, con el mismo acento escocés que tenía el abuelo de Amy—. Ahora te soltaré las manos, ¿de acuerdo? Pero debes saber que el castillo está tomado, y yo no te ayudaré si intentas resistirte. Lo único que quiero es llevarte de regreso con tu familia. Lo más probable es que Roberto los libere a todos porque no quiere derramar más sangre de la necesaria. Pero ahora el castillo le pertenece a él, ¿entendido?

Él empezó a soltarle las ataduras alrededor de las muñecas, y ella negó con la cabeza.

—¿Acaso crees que algo de todo esto tiene sentido para mí? No tengo ni idea de qué está pasando, solo quiero regresar con mi hermana y los niños de la clase.

Ahora que tenía las manos libres, se las frotó y disfrutó la pura dicha de moverlas y de sentir que la sangre volvía a circular por los músculos rígidos.

—¿Tu hermana? Debe estar con el resto de los Comyn en el patio.

Él empezó a soltar el cinturón que le sujetaba los tobillos.

—Yo no soy una Comyn —repuso—. Me llamo Amy MacDougall. Mi hermana...

Él se quedó de piedra y le clavó la mirada en el rostro al tiempo que se le oscurecían los ojos de color verde musgo, y los pómulos pronunciados se le llenaban de color. Amy se quedó callada, no por la intensidad, sino por el odio que vio en esa mirada.

—¿MacDougall? —preguntó apretando los dientes.

Amy tragó saliva.

—¿Has dicho MacDougall? —insistió él llevando la mano a la espada.

A Amy se le cubrió la espalda de sudor.

—Cálmate, amigo. Yo no hice nada malo. Probablemente me estás confundiendo con otra persona.

Él la miró de arriba abajo con detenimiento, como si ella fuera un predador que él debía evaluar.

—No puedo creer que tengo a una MacDougall en mi posesión.

—¿En tu «posesión»? —Tomó aire y levantó las rodillas para quitarse el cinturón ella misma.

Las manos del hombre le cubrieron las suyas.

—Suéltame ahora mismo —le ordenó—. Yo no te hice nada ni a ti, ni a nadie en este castillo. Fuiste tú quien me asaltó, me amarró y me dejó aquí sola. Me voy a casa. De hecho, haré algo mejor. Llamaré a la policía y haré que te arresten. Puedes estar seguro de que presentaré cargos. Ya lo verás.

Craig le hizo las manos a un lado y le quitó el cinturón.

—¿Tratas de engañarme, Amy MacDougall, con tus extrañas palabras? No permitiré que me distraigas.

La tomó del brazo y la puso de pie.

—Ahora te llevaré ante el rey de los escoceses, y él decidirá qué hacer con un miembro del clan que le apuñaló por la espalda a principios de este año. Parece que eso es lo único para lo que sirven los MacDougall. Para traicionar y apuñalar por la espalda.

Amy escuchó boquiabierta. Él la condujo por las escaleras hasta la planta baja.

—Yo no hice nada. Solo estoy de paso en un viaje escolar en las Tierras Altas. Esto es absolutamente ridículo. Este extraño juego de rol...

Tras cruzar la despensa, salieron al patio, y Amy dejó de hablar. Había mucha gente allí: hombres, o mejor dicho guerreros, que caminaban y cargaban cosas. Había varios más que vigilaban a un grupo de unos cien hombres que estaban sentados en el lodo, con las cabezas gachas.

Y luego Amy vio los cuerpos sin vida... verdaderos cuerpos sin vida con ropas ensangrentadas, cortes horribles que les llegaban hasta los huesos y heridas en los abdómenes, las piernas y los brazos. Algunos tenían los cráneos destrozados, otros habían sido atravesados con flechas. El hedor la asaltó: el patio olía a sangre, heces y humo.

Sintió náuseas. Todo eso era demasiado real.

Todo eso le resultaba difícil de soportar. A Amy le flaquearon las rodillas, pero el gigante medieval siguió arrastrándola a través del patio hacia la torre más grande.

—¿Qué está pasando? —preguntó Amy en voz baja—. ¿Dónde estoy?

Él la miró de reojo. Una sombra de lástima le cruzó el rostro, pero rápidamente dio lugar a una expresión de resolución firme y fría.

—No creas que me tragaré tus mentiras y caeré en tus trampas. Nunca más. Mucho menos por un MacDougall.

Como la puerta estaba abierta, entraron en la torre sin detenerse.

En el interior había dos hombres hablando.

—...y una vez que nos hayamos recuperado, marcharemos a Urquhart, situado en el *loch* Ness. Ese es el próximo castillo que tomaremos. Luego el de Inverness.

El captor de Amy tosió, y ambos hombres se volvieron a verlo. El que había hablado era alto, tenía el cabello oscuro y unas cuantas canas. El otro era mayor, de unos cincuenta años, pero de constitución fuerte. Tenía los mismos ojos verdes musgo que el hombre que la sostenía.

—Craig. —El hombre asintió con la cabeza y frunció el ceño estudiando a Amy.

Así que el patán se llamaba Craig...

—Le he traído a una MacDougall, Su Majestad —dijo Craig—. Me temo que los dos hemos oído sus planes.

El hombre al que Craig se había dirigido como «Su Majestad» frunció el ceño y la observó. «Su Majestad»... ¿sería el rey?

—Si ella oyó lo que acabo de decir, no podrá marcharse del castillo.

Oh, pero, ¿qué clase de locura era todo eso? Todos esos sujetos que jugaban a ser reyes y caballeros y a hacer guerras... y...

Pero en el fondo, los instintos le decían que eso no era ningún juego. Esa gente allá afuera realmente estaba muerta o malherida. Después de todo, ella había visto suficientes heridas para saber cómo se veían. Además, los ataques al castillo habían sido reales: las piedras se habían desmoronado y caído, y había algunos hombres prisioneros, mientras que otros eran los vencedores.

La explicación más lógica era la más descabellada de todas: según lo que Sìneag le había dicho, el castillo se había construido sobre una piedra que permitía que la gente viajara en el tiempo. Ella había dicho algo sobre el río del tiempo... y sobre cruzarlo... y la piedra había tenido el tallado de un río y un camino atravesado.

En tan solo un instante, Amy había «desaparecido» en el interior de la piedra.

Cuando se despertó, el castillo estaba entero, y allí se encontraban Roberto I y Craig Cambel, y todos esos hombres con sus espadas y hasta una catapulta...

De modo que la explicación más descabellada era que Amy había viajado en el tiempo hasta la Edad Media.

Un escalofrío la recorrió entera. El suelo se movió debajo de sus pies. Una capa de sudor le cubrió todo el cuerpo. Sin importar cuán descabellado sonara eso, no se le ocurría ninguna otra teoría para explicar todo lo que estaba ocurriendo.

Y si se encontraba de hecho en la Edad Media, tenía que regresar a su tiempo.

—Sí —les dijo Craig a todos los presentes antes de dirigir la mirada a Amy—. Ahora ha de quedarse.

Amy respiró hondo. Si ella había viajado en el tiempo por medio de esa piedra, eso era todo lo que necesitaba hacer para regresar. De modo que quedarse en el castillo era una ventaja en realidad. Solo tenía que acceder a esa cueva subterránea.

—¿Cómo se llama? —preguntó el otro hombre sin dirigirse a ella.

—Amy. Amy MacDougall.

—Yo soy Dougal Cambel —le dijo el hombre—. Seguro que reconoces el nombre, muchacha.

Amy negó con la cabeza.

—No hace falta que finjas, Amy... —Se frotó la barbilla detrás de la corta barba blanca—. ¿No eres la hija de John? ¿La que se supone que se va a casar con el conde de Ross el próximo año, en primavera?

El otro hombre, el rey Roberto I, asintió con la cabeza.

—Sí, yo también he oído eso. Sería una alianza muy desafortunada para nosotros. Haría que ambas partes sean demasiado fuertes. Yo esperaba poder negociar con el conde de Ross mientras nuestros poderes aún son iguales, pero, si se une a los MacDougall, será casi imposible llevar a cabo una negociación.

No podía creer lo que oía. ¿Debería decir algo? Ella no era su enemiga. No era quien ellos pensaban. La Amy de la que hablaban seguro se encontraba a salvo en su casa. De modo que la peligrosa alianza entre los MacDougall y el conde de Ross seguiría en pie. Pero si decía que ella no era la Amy que ellos creían, ¿qué diría entonces? ¿Que había viajado en el tiempo? ¿Que venía del futuro?

Ellos nunca le creerían. De hecho, pensarían que estaba loca. O, peor aún, se pondrían violentos y la encerrarían en algún lugar bien oscuro donde nadie pudiera encontrarla. Ese pensamiento le causó un escalofrío que la hizo estremecer.

—Bueno, ahora la tenemos nosotros —señaló Craig—. Yo la mantendré aquí, no se preocupe, Su Majestad. Ella nos será útil. Podemos negociar con los MacDougall y el conde de Ross para que detengan los ataques.

El rey asintió pensativo con la mirada fija en ella.

—Sí. Lo pensaré un poco más. Pero definitivamente es bueno que esté aquí. Por ahora, enciérrala. Esta noche tenemos una victoria que celebrar y una fiesta que disfrutar.

CAPÍTULO 5

—*SLÀINTE MHATH* —dijo Craig.

—¡Salud! —contestó su medio hermano, Owen.

Craig chocó su copa de *uisge* con la de Owen y luego con la de su otro medio hermano, Domhnall.

Al otro lado de la mesa, frente a Craig, estaban sentados Hamish MacKinnon y Lachlan Cambel. Hamish era un hombre alto y fuerte, con el cabello negro y unas cicatrices de batalla en el rostro. Al igual que el resto del clan MacKinnon, se había unido hacía no mucho tiempo al ejército de Roberto I. Lachlan era un primo lejano de Craig que venía de las tierras de los Cambel. Tenía el cabello oscuro típico de la familia, pero, a diferencia de la mayoría de ellos, tenía los ojos de color café.

El gran salón todavía olía a carbón y humo. La lluvia se colaba a través de los agujeros del techo donde el fuego había consumido la madera y la paja, pero había sido esa misma lluvia la que había evitado que el fuego arrasara con todo el edificio.

La atmósfera era alegre. Al otro lado del salón, alguien tocaba una lira y cantaba, aunque no tan bien como un bardo. Pero en tiempos de guerra, eso bastaba. El festín consistía en lo que los cocineros de Roberto I pudieron encontrar en la cocina, que era mucho más que la comida que habían tenido mientras marchaban por las heladas Tierras Altas.

—Dime que darás mejores festines que este, hermano —dijo Owen mientras miraba una cucharada del guiso de verduras. En sus ojos brillaba una nota de humor. Eran verdes como los de casi todos los demás miembros de la familia, pero él tenía el cabello rubio de su madre—. ¿No se supone que en el banquete del rey deberían haber jabalíes asados, conejos y quizás hasta un urogallo?

Craig negó con la cabeza y ocultó una sonrisa. Owen siempre decía y hacía lo que quería.

—No seas tonto, Owen —refunfuñó Domhnall, el hermano mayor de Owen. Craig hizo una mueca de dolor porque Domhnall normalmente no perdía ocasión para regañar a Owen—. Estamos en guerra.

—Sí, es verdad, hermano —dijo Owen—. Pero si Roberto no hubiese despedido a todas las criadas y cocineras, ahora mismo tendríamos carne asada, pan fresco y frutas. ¿No estás cansado de comer galletas de avena más duras que una piedra y carne seca? ¿O de tener que dormir solo por las noches?

—Dormirás solo durante mucho tiempo, hermano. —Craig se rio y luego ingirió una cucharada de estofado.

—Hay más posibilidades de que Owen se tire un pedo con olor a rosas a que duerma solo. —Lachlan se rio y pronto toda la mesa se le unió.

Lachlan era tan alto como Craig y se parecía tanto a él que la gente a veces los confundía si los veían de lejos. Era probable que eso se debiera a la sangre del antepasado que tenían en común, el bisabuelo de Craig, Gilleasbaig de Menstrie, el primer Cambel.

—No contrataré a ninguna criada mientras Owen esté en el castillo —aseguró Craig.

Los hombres de la mesa explotaron en carcajadas. Domhnall le dio una palmada en el hombro a Owen.

—Ves, Owen, ni siquiera Craig te va a ayudar.

Owen vació la copa de *uisge*.

—Sí, sí, ríanse todos. Pero no vengan arrastrándose de rodillas en un mes a pedirme que les presente a una buena chica de la aldea.

—Llévame contigo, Owen —rogó Hamish.

El guerrero era fácil de ubicar, siempre les llevaba una cabeza a todos. Había algo en él que hacía que Craig se alegrara de tener a Hamish de su lado en la guerra. A lo mejor era la mirada pesada de esos ojos oscuros que llevaban a cualquiera a creer que ese hombre ya había pasado por el mismo infierno.

—Mantengan las braguetas de los pantalones bien cerradas —les ordenó Craig—. Despedimos a todos los criados del castillo para evitar cualquier tipo de traición. De lo contrario, los aldeanos podrían espiarnos para obtener información y llevársela a sus antiguos amos o a cualquier otro enemigo.

Owen negó con la cabeza.

—En ese caso, quizás me vaya al norte con Roberto. Allá habrá damiselas de sobra.

—No te vayas, hermano —le pidió Craig—. Necesito a uno de ustedes aquí, conmigo. —«Alguien en quien pueda confiar», pensó—. Además, mira todo este excelente *uisge* que nos dejaron los Comyn.

—Sí, deberías quedarte, Owen —dijo Domhnall—. Yo debo ir al norte con Roberto y nuestro padre.

Owen le sostuvo la mirada a Domhnall, luego bajó la vista y asintió con la cabeza; sin embargo, Craig llegó a ver un destello de amargura en sus ojos que desapareció al instante.

—Por supuesto —acordó Owen—. Tu lugar siempre ha estado al lado de nuestro padre. Yo me quedaré.

—Eso es decisión de él, no mía. —Domhnall se tragó el último sorbo de *uisge* y se levantó de la mesa—. Deja de actuar como un niño. Disfruta el resto del estofado de verduras. Yo me voy a dormir.

Tras decir eso, se marchó. Craig se volteó a ver a Owen y le apretó el hombro.

—No te preocupes, Owen —le dijo en voz baja—. Ya llegará

tu momento de brillar. No veo a un guerrero más fuerte o mejor que tú. Nuestro padre lo sabe. Y Domhnall también. Aún eres joven. Pero ya llegará tu tiempo de comandar tus propias tropas y liderar muchas conquistas.

Owen se rio, y Craig vio que la mirada de sus ojos se había suavizado.

—Ya no soy tan joven. La mayoría de los hombres de veintiséis años ya han estado casados un largo tiempo.

—Sí, bueno, yo tampoco estoy casado.

Owen miró a Craig de arriba abajo con una sonrisa escéptica.

—Y, ¿por qué será? Hermano, me pregunto, ¿acaso eso se debe a que no se te para?

Craig negó con la cabeza.

—Cierra el pico. Todo me funciona de lo más bien, no es algo de lo que debas preocuparte. Mi prometida murió antes de que nos casáramos, si mal no recuerdas. Nuestro padre todavía no ha encontrado a una buena mujer para mí. Y yo no tengo ningún apuro. Además, necesito saber que puedo confiar en la mujer y en su familia.

Owen suspiró.

—Sí. La confianza es importante para ti.

—Confiar en la persona equivocada te puede llevar a perder a tus seres queridos —le dijo—. Mira lo que le pasó al abuelo Colin. Mira lo que los MacDougall le hicieron a Marjorie.

Craig sintió una puñalada de dolor que le retorció el estómago al recordar lo que había ocurrido en el castillo de Dunollie diez años atrás. Al pensar en cómo había encontrado a Marjorie, toda lastimada.

—Ojalá hubiese estado allí —dijo Owen.

—No eras más que un muchacho entonces —señaló Craig.

—Domhnall es solo dos años más grande que yo. Si yo hubiera estado allí, tal vez el abuelo...

—No, no te atrevas a echarte la culpa. Yo debí haber tenido más cuidado. Todos debimos haberlo tenido.

Marjorie había tenido un hijo de Alasdair y le había puesto el nombre de su abuelo, Colin, quien había dado su vida para salvarla. Y el clan mantuvo la existencia del niño en secreto, en especial de los MacDougall, pues todos temían que John MacDougall viniera para llevarse al único hijo de Alasdair.

Si bien Marjorie tenía un hijo bastardo, Dougal habría podido encontrarle un buen marido que la hubiese aceptado. Pero ella no se casaría nunca y jamás amaría a un hombre, la misma Marjorie le había dicho eso a Craig en confianza. Afortunadamente, su padre entendió su trauma y no insistió en casarla.

Craig y Owen se quedaron en silencio sosteniendo las copas en el aire. En el pasado, Marjorie siempre había sido una muchacha alegre y dulce, pero al regresar de Dunollie, se había convertido en una sombra de sí misma. Transcurrido cierto tiempo, le había pedido a Craig que le enseñara a defenderse, y él lo hizo con gusto. Owen y Domhnall se les habían unido también. Entre los tres, le habían hecho volver a sentir fuerza y confianza, aunque Marjorie nunca más sería la misma que había sido antes de Dunollie.

—Y a la muchacha MacDougall —dijo Owen—, ¿alguien le llevó algo de comer?

—Creo que no —respondió Craig—. La traeré aquí. No huirá con cientos de hombres en el pasillo vigilándola. Y quizás podamos obtener una o dos respuestas.

Se levantó y comenzó a avanzar hacia la salida cuando vio a su padre y a Roberto I levantarse de su mesa y caminar hacia él.

—Craig, ¿podemos hablar? —preguntó Roberto I.

Los tres fueron a una esquina donde nadie pudiera oírlos.

—Se trata de la muchacha MacDougall —comenzó su padre —. Por favor, escucha y mantén la mente abierta. Yo ya he dado mi consentimiento.

Craig frunció el ceño. Algo oscuro se le revolvió en el estómago.

—¿Qué hay con ella? —preguntó.

—Cuando los MacDougall se enteren que tenemos a su hija,

vendrán corriendo a golpearnos la puerta y van a querer recuperarla. Quizás hasta el mismo conde de Ross venga en persona.

Craig apretó la mandíbula.

—Sí. Pero yo puedo aguantar un asedio. Mientras nadie se entere de la entrada secreta...

—Solo Edward, quien murió en la batalla, y el muchacho que ustedes atraparon saben del túnel. Él me lo ha dicho después de que lo amenacé con azotarle el trasero. Lo llevaré al norte conmigo y lo haré mi copero. Terminará parado en el lado correcto de esta guerra. Es un escocés y sabe lo que es mejor para nuestro país: la independencia.

—Esas son buenas noticias —sostuvo Craig—. Pues, entonces, que vengan los MacDougall.

—No es tan simple. Arriesgar el castillo por una doncella es una tontería.

Craig dio un paso hacia atrás.

—No estará sugiriendo matarla, ¿no?

—Hijo, calla y escucha al rey —dijo Dougal.

Craig tensó la mandíbula.

—Discúlpeme, Su Majestad. Por favor, continúe.

Los labios de Roberto I se extendieron para formar una sonrisa maliciosa; había algo en su expresión que a Craig no le gustó ni un ápice.

—¿Te gustaría vengarte de los MacDougall, debilitarlos a ellos y al conde de Ross al mismo tiempo?

Craig ladeó la cabeza.

—Sí, de hecho, me gustaría y mucho.

—Entonces cásate con la muchacha.

A Craig se le tensó el estómago.

—¿Qué?

—Hijo, es un buen plan —señaló Dougal Cambel—. Así les quitarás a los MacDougall su mayor alianza. Te vengarás de ellos, pero no con violencia, sino arrebatándoles el futuro. Hazlo por la causa del rey de Escocia.

Pero, ¿casarse con el enemigo? ¿La mujer cuyo hermano había

asaltado y violado a Marjorie? ¿La mujer cuya familia había matado no solo a su abuelo, sino también a su primo Ian y a tantos otros Cambel? La mujer cuya sangre estaba colmada de traición.

Había jurado que nunca dejaría que otro MacDougall lo traicionara. Y si se casaba con Amy...

Sintió un estremecimiento de anticipación al pensar en tenerla desnuda en sus brazos. Esa piel suave, esos labios contra los suyos, ese cabello rojo derramado contra su pecho...

Pero, ¿qué estaba haciendo? Si se casaba con una MacDougall, le estaría dando una invitación para que lo traicionara. Aunque ella se viera obligada a hacerle un juramento de lealtad al convertirse en su esposa, el voto matrimonial no significaría nada para ella. Estaría demasiado cerca de él. Sabría demasiado.

Eso era algo a lo que no podía acceder.

—No, Su Majestad. Perdóneme, pero no soporto la idea de atar mi vida a una MacDougall. Le pido disculpas, Su Majestad, pero tenemos que pensar en otra cosa.

Roberto I lo miró largo y tendido.

—En ocasiones, es necesario hacer sacrificios personales por el bien de otros.

—Sí, Su Majestad, pero me temo que esto no es un sacrificio. Es caer en una trampa.

Dougal puso una mano sobre el hombro de Craig.

—Piénsalo, hijo. Eres un hombre fuerte y de principios. Harás lo que sea correcto.

Asintió educadamente mientras la furia le hervía en las venas. Furia contra su rey y su padre por siquiera contemplar la idea de introducir a una MacDougall en su familia.

Se dio media vuelta y partió en búsqueda de Amy MacDougall para preguntarle todo lo que necesitaba saber. Después de obtener todas las respuestas que quería, la encerraría en algún lugar donde no tuviera que volver a verla.

CAPÍTULO 6

AMY JALÓ el codo para liberarse del puño de hierro del maldito *highlander* que la conducía a través de un patio oscuro que solo estaba iluminado por unas pocas antorchas. Unas gotas de lluvia helada les caían encima, y las botas de senderismo de Amy hacían fuertes ruidos al pisar los charcos de lodo.

Una cosa era estar confinada en una habitación y otra muy distinta era estar atrapada en esta extraña realidad medieval. A pesar de que llevaba puesta una chaqueta abrigada, era como si el aire le soplara contra el cuerpo por todos lados.

—No tengo ningún sitio al que pueda huir —le dijo Amy—. Quítame las manos de encima.

—¡Ja! No permitiré que un MacDougall me vuelva a engañar. Mueve los pies.

Amy se burló de él. Oh, tenía tantas ganas de arrojarle algo pesado que le dolían las manos. Entraron en el gran salón, que estaba lleno de gente vestida con ropas medievales. De inmediato, se dio cuenta de que las ropas modernas que llevaba puestas, en especial los vaqueros y la chaqueta, sobresalían. El aire allí era sofocante, olía a lana mojada, leña y estofado. El piso de madera estaba lleno de lodo. Unas antorchas y un hogar iluminaban la sala.

Amy notó que tenía hambre cuando le gruñó el estómago. No había comido nada desde el desayuno que, a juzgar por la oscuridad de afuera, debió haber sido hacía unas diez o doce horas.

Unas cuantas cabezas se giraron a mirarla, y Amy vio que el rey y el padre de Craig se encontraban sentados en la parte más alejada del salón, junto con algunos otros hombres mayores, bebiendo y comiendo.

Craig la condujo por el pasillo, entre las mesas y los bancos. Había hombres por todos lados, sentados en todas las mesas. Amy miró a su alrededor.

—¿Por qué solo hay hombres aquí? —preguntó.

—Es un ejército. Despedí a todos los criados de los Comyn, incluyendo a las mujeres.

—¿Por qué?

—Porque, al igual que tú, son enemigos y potenciales traidores.

—Bueno, pues qué suertudos. Siento envidia por todas esas personas que acaban de perder el trabajo; al menos pueden darse el lujo de estar lo más lejos posible de ti.

Craig se detuvo frente a una mesa junto al hogar. Había varios guerreros sentados y riendo, pero todos se callaron cuando la vieron.

—Siéntate —le ordenó señalando el banco.

Amy jaló el codo para liberarse de la mano de Craig, y esta vez él la soltó.

—No soy un perro —le aclaró.

—No, ya lo creo que no. Los perros son leales.

«¡Qué patán! Ni siquiera me conoce y anda suponiendo cosas en base a mi apellido».

Y, de cualquier modo, ¿qué sabía él de los MacDougall? Estaba orgullosa de ser una MacDougall. Su abuelo le había contado historias de los valientes guerreros y de los poderosos jefes, de cómo el clan había surgido de un gran guerrero llamado

Somerled, de cómo sus antepasados habían derrotado a los vikingos, de lo fuertes y orgullosos que eran.

—Haz lo que quieras —le dijo y se sentó—. Disfruta la comida de pie.

Le dio un tazón y una cuchara. ¡Ajá! El objeto pesado que tanto había anhelado. El guiso de color verde parduzco le sentaría de mil maravillas sobre el rostro. A Amy se le tensaron los dedos y tuvo que forzarse a detenerse. Sin dudas se lo habría arrojado encima si no hubiera estado tan hambrienta.

«Inhala hondo, exhala».

Pasó una pierna por encima del banco y se sentó. La mesa cayó en silencio, mientras que en el resto del salón se oían fuertes voces y, en ocasiones, estallidos de carcajadas. También había alguien que tocaba música medieval con una lira y cantaba muy mal.

Amy se llevó la cuchara a la boca, pero sintió las miradas de los hombres sobre ella. Levantó la vista y ellos miraron hacia otro lado. Solo tenía que limitarse a ignorarlos.

Empezó a comer. El estofado no era demasiado sabroso. Le faltaba sal y varios condimentos, pero era comida. Y si no comía ahora, ¿cuándo lo haría?

Un hombre alto, sentado al otro lado de la mesa, le deslizó una copa de plata. La miró por debajo de sus cejas, era una mirada oscura y penetrante con más significado del que ella podría entender. Ella le calculó unos treinta y tantos años, era un guerrero alto y delgado, con la piel curtida.

—Bebe algo para enjuagar eso, muchacha —le sugirió—. Parece que lo necesitas.

Amy miró a la copa y la olió. *Whisky*. No, no del todo. Tal vez el *whisky* no existía todavía. Si mal no recordaba, el tablero de información decía que el castillo de Inverlochy había sido tomado por de Roberto I en 1307; sería entonces el siglo XIV.

—Gracias —le dijo antes de beber un sorbo.

Cerró los ojos y disfrutó del ardor que le bajó lentamente por la garganta y se asentó en su estómago haciéndole sentir una ola de calor.

—Me llamo Hamish MacKinnon —añadió.

—Hamish —le llamó la atención Craig—, ella no es una invitada. No hace falta que seas amable con ella.

—Sí, lo sé, pero tampoco ha cometido ningún crimen. Déjala en paz por ahora.

Craig frunció el ceño.

—Supongo que no.

Amy le sonrió a Hamish.

—Gracias —le dijo y le devolvió su copa.

Hamish negó con la cabeza.

—Bebe, muchacha. Yo ya tomé suficiente. Además, parece que lo necesitas más que yo.

—Así que, después de todo, sí hay gente amable en el ejército de Roberto I —comentó Amy y casi llegó a oír el rechinido de los dientes de Craig.

—Tienes un acento extraño —señaló un hombre rubio sentado a la derecha de Amy.

Se parecía a Craig y a Dougal con esos ojos verdes.

—¿Acaso los MacDougall tienen ese acento? —le preguntó a Craig.

—No, Owen —respondió Craig—. El de ella es bastante peculiar.

—¿Has crecido en otro lugar? —le preguntó Hamish.

Amy estaba comiendo el estofado y disminuyó la velocidad. Al menos podía decir la verdad en esa parte de la historia.

—Sí.

—¿En dónde? —le preguntó Hamish—. ¿En Irlanda? Suena un poco como los irlandeses.

Dios, Amy odiaba mentir.

—Sí.

—¿Por qué? —interrogó Craig.

Caramba. Debería haber prestado más atención cuando su abuelo le había contado la historia de los MacDougall.

—Y a ti, ¿qué? —le respondió. Al fin y al cabo, la mejor defensa era arrojar una ofensiva, ¿no?

—Necesito saber quién eres y qué haces aquí —le dijo—. Me responderás cada una de mis preguntas.

Las palabras de él la envolvieron como si la estuvieran apretando para asfixiarla... pero ella no se lo permitió.

—Y, de lo contrario, ¿qué?

Craig apretó los labios hasta formar una línea.

—De lo contrario, te arrepentirás.

Hamish abrió la boca, sin duda para suavizar la situación, pero Craig levantó la palma de la mano, y Hamish se abstuvo de emitir algún comentario.

—No me importa —contestó—. Antes dijiste que no le harías daño a una mujer. ¿O eso era puro palabrerío?

—Sí, lo dije. Y nunca rompo mi palabra —admitió en voz baja y gruñendo como signo de advertencia—. Pero tampoco lanzo amenazas vacías.

Posó la mirada intensa sobre ella, y Amy se quedó sin aliento. Un escalofrío le recorrió el cuerpo, pero no era de miedo: era algo más cálido. Sus ojos se encontraron, y a Amy se le secó la garganta. Por un instante que pareció una eternidad, Amy se ablandó, se derritió y se olvidó de todo lo que la rodeaba. Y luego, demasiado pronto, él apartó la mirada para dirigirla a su copa.

—Mira, muchacha. Te quedarás aquí durante un largo tiempo. No creo que tu padre vaya a venir por ti pronto. Y, por más que lo haga, ni yo te devolveré, ni él no tomará el castillo. Solo no quiero que sientas lo que sintió mi hermana.

Ante la mención de la hermana de Craig, Hamish y Owen clavaron la mirada en sus tazones y no la movieron de allí. ¿Qué le había pasado a la chica? ¿Acaso estaba encerrada en algún lugar? ¿O se la habían llevado en contra de su voluntad?

—Y, ¿qué sintió ella? —preguntó con la voz áspera.

Craig apretó la boca.

—Sabes muy bien de lo que hablo. No le faltaré el respeto a Marjorie hablándote a ti de los peores días de su vida.

Amy exhaló suavemente, y unas lágrimas inoportunas le comenzaron a arder en los ojos. Los recuerdos de los peores días de «su propia» vida le oprimían la mente. No, ese no era el momento de dejar que esas oscuras emociones la ahogaran.

Craig miró alrededor de la mesa.

—Owen, Hamish, Lachlan, ¿me dan un momento a solas con nuestra invitada aquí presente?

—Sí, hermano —dijo Owen.

Hamish asintió, aunque Amy pensó que la idea no le agradaba en lo más mínimo. Los tres hombres se levantaron de los bancos y se unieron a otra mesa, donde alguien los saludó festivo, y pronto todos estallaron en risa.

Craig tomó la botella de la bebida alcohólica y llenó las dos copas.

—¿Cómo se llama esto? —preguntó—. No es *whisky*, ¿cierto?

—Es *uisge beatha*.

«Agua de vida o aguardiente», recordó Amy.

—Sí —se apresuró a añadir—. Eso es lo que quería decir.

Craig la estudió con gesto dubitativo durante un breve instante y luego levantó la copa.

—*Slàinte mhath* —dijo. Significaba salud en gaélico, lo recordó del folleto del hotel sobre tours de *whisky*. Debería haberse llevado uno entonces.

Por Dios, la pobre Jenny debía estar enloqueciendo buscándola. Amy tenía que hacer algo, debía encontrar una manera de acceder a la piedra.

Craig bebió un buen trago y gruñó satisfecho. Amy siguió su ejemplo y disfrutó del ardor que le provocó el aguardiente. Si se suponía que así era cómo se había originado el *whisky*, eso no estaba nada mal.

—Muchacha —comenzó—, no soy ningún carcelero. Mi tarea es mantener el castillo sano y salvo y a ti dentro de él. Limítate a responder mis preguntas. Necesito saber por qué te encuentras aquí. ¿Qué estabas haciendo aquí con los Comyn?

¿Sería mejor mentir? Amy tenía que llegar a la despensa subterránea. Quizás lo mejor sería no andarse con rodeos, después de todo. Pero, ¿y si la terquedad de Craig solo lo llevaba a apretar el puño con más fuerza?

—Responderé tus preguntas —le dijo, aunque la voz no le sonó demasiado natural en sus oídos, y todo se tensó en su interior. Odiaba mentir. Pero si eso era lo que tenía que hacer para estar más cerca de casa, entonces lo haría, aunque la consumiera la repulsión—. Fui invitada aquí...

—¿Invitada? ¿De quién?

—Soy amiga de... —Chispas, ¿acaso los Comyn tenían una hija? ¿O un hijo? ¿Hijos en general? —...*lady* Comyn. —Eso era lo suficientemente ambiguo.

—«*Lady*» Comyn. —Craig sonaba asqueado—. Hasta hablas como los normandos, como los Comyn. ¿Acaso no eres escocesa?

—Claro que sí. —Dios, estaba haciendo más daño que bien con esas mentiras—. ¿De qué otra forma debería llamarla?

Craig negó con la cabeza.

—Supongo que tienes razón. El propio Roberto tiene sangre normanda. Así que tu padre accedió a que visitaras a *lady* Comyn. ¿Cuánto tiempo pensabas quedarte?

En el siglo XXI, una visita duraría solo un par de días. Pero aquí, sin comunicación y con lo largos que se hacían los viajes, en especial considerando que se avecinaba el invierno, las visitas podrían ser mucho más largas.

—Solo un par de meses.

—No me corresponde juzgar la moda femenina actual, pero, ¿por qué estás vestida como hombre?

¡Pero, por el amor de Dios! Esos medievales y sus cánones sobre la vestimenta y el comportamiento de las mujeres. Sin dudas, estaba rompiendo todas las reglas sin siquiera intentarlo.

—Es ropa de caza.

Craig se aclaró la garganta y la miró de arriba abajo. Amy

sintió que la mirada le atravesaba las prendas, y se le encendieron las mejillas.

«Oh, contrólate. ¡No eres una colegiala!»

—¿Y tu padre está esperando recibir algún mensaje de ti? —continuó aparentemente ignorando su reacción. —¿O de alguno de los Comyn?

—No. Él confía en que estaré a salvo aquí. Se supone que el castillo es impenetrable. Por cierto, ¿cómo lograste entrar aquí?

Craig se rio.

—Eso no te concierne, muchacha. ¿Cuándo es tu boda?

—¿Mi boda?

—Sí, no te hagas la ingenua. Sé lo de tu boda con el conde de Ross.

Oh, no. ¿Y si eso era una prueba? ¿Y si él sabía también la fecha exacta?

—Mi padre todavía no está seguro de la fecha debido a la guerra —le respondió.

—¿Así que no te espera pronto? ¿No va a venir de Dunollie?

«¿Qué diantres es un Dunollie?»

—No.

Craig le sostuvo la mirada con la suya de color verde oscuro, y Amy sintió como si él estuviera mirando a través de ella, metiéndose debajo de su piel y desenterrando toda la verdad. Amy se quedó sin aliento, se puso rígida y se sintió atrapada en su propio cuerpo. Él iba a descubrirlo todo. Y entonces ella nunca volvería a casa.

—Mientes —señaló—. No sé en qué y no sé por qué, pero sé que mientes, lo cual solo me confirma que no debería haber confiado en me dijeras la verdad.

La tomó del antebrazo con esa mano de acero que tenía y la hizo incorporarse. Amy intentó soltarse, pero él se limitó a sujetarla con más fuerza.

—Permanecerás encerrada hasta que hables.

CAPÍTULO 7

AMY CAMINABA de un lado del cuartel al otro. Ahora se encontraba en la torre sudeste y por allí no era por donde había llegado. Tampoco era la torre en la que necesitaba estar si quería volver a casa.

Craig la había dejado allí el día anterior, ya había transcurrido una noche y otro día, y él aún no había ido a verla.

Hamish le había llevado la comida el día anterior y había sacado la bacina. Amy sabía que había centinelas apostados al otro lado de la puerta.

Pero había metido la pata y lo había hecho a lo grande. Sabía que no era buena para mentir y Craig... Oh, Craig, era tan listo que había visto a través de su fachada.

Diantres. Necesitaba averiguar más sobre cómo funcionaban las cosas allí. Esa era la única forma en que podría llegar a sonar convincente.

Cuanto más tiempo pasaba, más inquietas se volvían sus piernas, sentía hormigueos hasta en los dedos de los pies. Caminar de un lado a otro de la habitación le ayudaba a aliviar la sensación de encierro, pero aún le temblaban las entrañas y tenía el estómago revuelto.

¿Qué sería lo peor que podría pasarle? ¿Que Craig la mantuviera allí para siempre?

Por lo menos había ventanas y camas. Era un lugar seco y relativamente limpio. Amy se sentó en el alféizar de una de las ventanas salientes y miró hacia el exterior. La vista era espectacular. Desde allí se veía la aldea y el ejército que aún continuaba allí apostado.

Sin embargo, al caer la noche ya habían comenzado a preparar los caballos, empacar las cosas en las alforjas y poner varios barriles y cajas en las carretas; en general, se veía mucho movimiento afuera. El ejército seguro se marcharía pronto. Y eso era lo mejor. Cuantas menos miradas hubiera sobre ella, más posibilidades tendría de entrar en la despensa subterránea.

Amy observó el paisaje de bosques llenos de árboles sin hojas, parches marrones de campos vacíos, colinas y montañas hasta donde alcanzaba la vista. Sí, eso era muy diferente a encontrarse en un granero; de hecho, le recordaba un poco a Vermont, y eso en sí ya la reconfortaba. Respiró una profunda bocanada de aire fresco, casi dulce, y sintió el aroma a tierra y hojas en descomposición. La naturaleza y los paisajes amplios siempre la hacían sentir mejor. Amy le tenía miedo a los espacios pequeños y confinados.

Por lo menos Craig no la había encerrado en un sótano. Pero él era muy inteligente como para hacer eso. O quizás era muy amable. Porque al mantenerla allí, había privado a varios guerreros de camas y techo. Amy sintió un aguijonazo de culpa.

Revisó el contenido de su mochila. Tenía el teléfono, que había intentado usar el día anterior y que, por supuesto, había sido en vano. Un botiquín de primeros auxilios. Eso podría resultarle útil, pero debería tener cuidado de no revelar ningún suministro moderno que pudiera generar preguntas. Recordó que la linterna había rodado debajo de una de las camas de la torre este y se había olvidado recuperarla. Bueno, tendría que volver a buscarla o limitarse a usar velas cuando fuera a la despensa.

¿Qué harían las personas medievales si la encontraban? Amy negó con la cabeza para descartar ese pensamiento.

Para finalizar, tenía tampones, la cartera y el pasaporte. Eso era todo. No era mucho con lo que trabajar.

Ahora se arrepentía de no haber llenado la mochila con todo tipo de tonterías innecesarias, solo por si acaso las llegara a necesitar, como hacía siempre Jenny. En contraste, Amy prefería un estilo de vida minimalista. Al vivir en una casa pequeña y pasar el tiempo en las montañas o en el centro de rescate esperando llamadas de búsqueda y socorro, no necesitaba muchas cosas. Además, eso le daba una sensación de libertad, un sentimiento de propósito.

La falta de inodoro y agua corriente, o de cualquier otra comodidad, no le molestaba demasiado. Podía comer casi cualquier cosa y ser feliz con ello.

Lo peor era que estaba atrapada en esa época medieval y que nadie vendría a rescatarla.

Amy supuso que sería más fácil si se hubiera sentido bienvenida allí. Pero Craig y el resto de los hombres ya le habían asignado un papel en la historia: el de la enemiga. El único que estaba dispuesto a mirar más allá de eso era Hamish.

Se pasó el resto del día contando los interminables minutos hasta que finalmente dejó que el cansancio se la llevara hacia unos sueños muy oscuros.

A la mañana siguiente, ya estaba harta del encierro. Golpeó la puerta con todas sus fuerzas.

—¡Déjenme salir! ¡Ya mismo! Llévenme con Craig Cambel. ¡Exijo que me lleven con Craig! Quiero verlo...

La puerta se abrió y, cuando Hamish entró, se dio de bruces con ella. Una pequeña salpicadura de las gachas de avena caliente que había dentro de un tazón de arcilla cayó al suelo. Amy dio un salto hacia atrás.

—¿Te encuentras bien, muchacha? —le preguntó Hamish.

—Sí, estoy bien.

La puerta se cerró a espaldas de él.

Una sonrisa alegre le iluminó el rostro. Con ojos oscuros y atentos, Hamish la recorrió de pies a cabeza.

—¿Tienes hambre?

—Siempre. —Amy le sonrió. Hamish le dio el tazón con gachas de avena y una cucharada de miel en el centro. Ella se dirigió a una de las camas, se sentó y se colocó el tazón en el regazo. Hamish se sentó en la cama de enfrente.

—Le agregué un poco de miel y mantequilla para ti.

—No hacía falta. —Ella le sonrió—. No me importa comer avena sola. De hecho, puedo comer cualquier cosa. No soy exigente.

Mezcló la avena caliente con la mantequilla derretida y la miel y se comió una cucharada.

Los ojos de Hamish se entrecerraron.

—¿No? Eso es inusual para tratarse de la hija del jefe de un clan. ¿No estás acostumbrada a comer miel y bayas frescas y todo lo mejor todo el tiempo?

Oh, maldición.

—Supongo que soy diferente a las hijas de otros jefes de clanes, como puedes ver.

Él se rio.

—Sí, ya lo veo. —La estudió un momento—. Supongo que no estás muy feliz de estar lejos de casa.

Ella sonrió.

—No mucho, es cierto. —Aunque ahora, gracias a la avena caliente y la presencia amistosa de Hamish, estaba más animada que cuando había llegado.

Hamish asintió con la cabeza.

—¿Cuándo fue la última vez que tuviste noticias de tu padre?

Cuántas malditas preguntas... Comió otra cucharada de avena y sintió la mirada de Hamish clavada en ella.

—Cuando me fui de casa...

De repente, la puerta se abrió y Craig se quedó allí parado: alto, con los hombros anchos y tan guapo que Amy se quedó sin aliento.

~

HAMISH SALTÓ Y, DURANTE UNA FRACCIÓN DE SEGUNDO, LLEVÓ la mano a la *claymore*. Pero luego se relajó y se obligó a sonreír.

—Craig...

—Espero no interrumpir nada —dijo Craig mirando de reojo a Amy y Hamish.

A Craig no le gustó ni un poco lo que vio. Era la primera vez que la veía con el rostro despreocupado y las comisuras de los labios levantadas para formar una pequeña sonrisa. ¿Sería porque Hamish estaba sentado tan cerca de ella que su rodilla prácticamente rozaba la de ella?

Se le tensó el estómago porque, de seguro, no le gustaba que sus hombres se mostraran tan amistosos con el enemigo. Claro que no era porque odiaba que fuera Hamish, y no él, quien la había hecho sonreír.

—No interrumpes nada —le respondió Hamish—. Le traje algo de comer, eso es todo.

Craig estudió a Hamish en busca de alguna señal de que mintiera. Hamish era un MacKinnon y su clan era leal a Roberto I. Después de todo, los MacKinnon lo habían escondido cuando lo perseguían los ingleses y los clanes enemigos. Gracias a eso, se había salvado la vida del rey, y el monarca había llegado hasta donde se encontraba en ese momento.

—De acuerdo —aceptó. —Gracias. Roberto y las tropas están emprendiendo la marcha hacia el norte mientras hablamos, y tu clan se va con ellos. Seguramente no querrás que te dejen aquí.

Hamish miró hacia la ventana.

—Mi clan y yo hemos decidido que es mejor que me quede y te ayude con el castillo —dijo Hamish—. Si es que estás de acuerdo, por supuesto.

Craig miró a Amy, que estaba comiendo otra cucharada de avena.

—No sabía que querías quedarte. ¿Puedo preguntar por qué?

—Es evidente: para ayudarte a proteger el castillo. Roberto obtendrá más seguidores después de que los clanes neutrales se enteren de lo que ha ocurrido en Inverlochy, y tú necesitarás buenos guerreros.

Sin embargo, esa no era la razón. Él quería algo allí, nadie se quedaba atrás sin su clan.

—Pero, ¿qué hay para ti? —preguntó Craig.

Hamish soltó una risa nerviosa.

—Cielos, tus preguntas tienen una habilidad asombrosa de hacer que uno se haga encima. Si estás buscando malas intenciones, las buscas en el lugar equivocado. No he tenido un hogar durante muchos años, siempre he estado en el camino. Es bueno para un guerrero poder descansar bajo un techo y rodeado de cuatro paredes fuertes. Todo lo que quería con Amy era hacerle compañía. La muchacha no ha hecho nada. Ella no es responsable de los actos de su hermano o su padre. No la castigues por lo que no se merece.

Craig estudió a Amy. Estaba sentada en el borde de la cama, con el tazón en el regazo y la cuchara en la mano. Lo miraba con atención a través de esos hermosos ojos azules, grandes y brillantes.

Sí, Hamish tenía razón; la muchacha no era responsable de lo que había hecho su familia. Pero, con la espalda así de erguida y esos ojos que le decían que no cedería, era toda una MacDougall. Lo que significaba que no era tan inocente.

—Puedes quedarte, Hamish —concedió—. Tienes razón. Necesito un guerrero fuerte como tú. Pero no deberías entablar amistades con un clan enemigo. Nunca sabes qué información pueda sacarte.

—Sí, pero ella...

—Hamish —lo interrumpió Craig—. Por favor, déjanos a solas.

Hamish miró a Amy para asegurarse de que estaría bien con Craig, asintió con cortesía y se marchó.

Cuando la puerta se cerró a sus espaldas, Craig se volvió hacia Amy y abrió las manos.

—Has exigido verme. De modo que aquí me tienes.

Ella apoyó el tazón en la cama, se levantó y cruzó los brazos sobre el pecho. Estaba parada con los pies separados, las piernas largas y esculpidas a la vista para que él las pudiera apreciar. El cabello pelirrojo, largo y ondulado le caía sobre los hombros. Amy apretó los labios carnosos, y una chispa de ira se encendió en sus ojos.

—Quiero salir de esta habitación —le informó—. Dijiste que harías tus preguntas y luego me darías libertad. Así que déjame salir de esta maldita habitación. Me gustaría caminar por el castillo. Quiero aire fresco.

Ah, pero qué divertida era. La hija de un jefe haciendo demandas cuando no se encontraba en posición de hacerlas.

—Quieres, quieres... —Avanzó hacia ella y se detuvo para admirar su bonita boca—. Y aun así no cumples con tu parte del trato. Mientes. Estás escondiendo algo.

Ella frunció los labios y se le formaron unas arrugas; qué bonitos. Craig sintió el impulso repentino de recorrerle el labio inferior con el pulgar. Ella tragó saliva y cuando él levantó la mirada, sus ojos se volvieron a encontrar. Él podría haberse hundido en esos ojos que eran tan azules como el lago más profundo y tenían unas pestañas largas del color de las montañas en pleno otoño.

—Solo quiero libertad. Te volveré loco si me mantienes aquí un solo día más. Golpearé la puerta todos los días, romperé cosas, haré que tus guardias odien su trabajo.

Como tenía una pestaña en la mejilla, Craig estiró la mano y con un dedo la tocó con suavidad. La pestaña se le pegó en la punta del dedo; era delicada, larga y hermosa.

Amy lo miró sonrojada, con algo que se parecía a la misma necesidad ardiente que tenía él por tocarla. Por besarla. Por sentir la suavidad de su cabello y la delicadeza de su piel.

Craig sopló suavemente la pestaña, y esta salió volando de la punta del dedo.

—Sí, entiendo ese deseo, muchacha —admitió.

Los ojos de Amy se iluminaron y una sonrisa comenzó a extenderse en sus labios.

—Ah, ¿sí?

—Sí, por supuesto que sí.

—Bien. Gracias. Porque me encantaría salir de esta habitación y andar libre por el castillo...

—¿Entonces estás lista para hablar? ¿Responderás a mis preguntas?

Craig vio cómo cerraba los labios y movía la garganta al tragar saliva. Estaba nerviosa.

—Sí —afirmó con una voz que sonó exaltada—. Estaba lista la última vez.

Él la soltó, y ella le frunció el ceño.

—Si te refieres a cuando me respondiste con puras mentiras, eso no cuenta.

Amy le lanzó una mirada de odio; estaba enfadada y asustada, tenía el rostro colorado y los ojos en llamas.

—¿Así que no me vas a dejar salir de aquí?

—No, podrás salir. No soy un monstruo. Pero habrá un centinela contigo en todo momento.

Y antes de que él pudiera olvidarse de su enojo, puesto que ella se veía tan bonita y que él quería probar esos labios carnosos, se dio media vuelta y se marchó.

CAPÍTULO 8

UNA SEMANA DESPUÉS...

DESDE EL PARAPETO DE LA MURALLA NORTE, CRAIG MIRÓ EL paisaje del río Lochy, el fiordo de Linnhe y las tierras que se abrían más allá de ellos. Inhaló una profunda bocanada de aire frío y exhaló una nube de vapor.

—¿Te preocupa algo? —le preguntó Owen, que se encontraba parado al lado de él.

Craig ladeó la cabeza.

—Hombre, estoy metido en un buen lío.

—¿Así que el todopoderoso Craig Cambel tiene problemas? —Owen soltó una carcajada.

Craig lo miró de reojo.

—Sí. Así es. Nunca he estado al mando de una casa y mucho menos de un castillo. Y eso es jodidamente obvio.

Owen arqueó una ceja.

—Si te refieres a las fogatas en el patio y a los hombres que asan sus propias piezas de caza, sí, diría que eso no es muy tradicional para un gran castillo. Pero no he oído a nadie quejarse.

—Nadie se quejaría. Pero tampoco harían nada al respecto. El problema es más complicado, Owen. El ejército de Roberto se llevó muchos de los suministros, lo cual es entendible. Pero lo que tenemos no nos durará todo el invierno. Tengo unos cien hombres. Todos ellos son guerreros, ninguno es criado. No tenemos un cocinero, ni chicos que traigan agua del pozo, ni nadie que haga pan, corte verduras o haga queso.

—Sí, bueno, ya sabes que ellos no están acostumbrados a tener un cocinero. Están felices de salir a cazar y pescar todos los días.

—Pero todos tienen que cocinar para sí mismos. Se pierde tiempo de entrenamiento y el patio está lleno de fogatas. Es peligroso. En especial si el enemigo llegara de repente.

Owen se encogió de hombros.

—Supongo que sí. Pero aun así eres buen comandante.

—Para supervisar las guardias y a los soldados, para entrenar a los guerreros y planificar la defensa en caso de asedio, sí, puede ser. Pero la gente del castillo está sufriendo. No hay nadie que limpie, lave o remiende la ropa. Además, necesitamos carpinteros, albañiles y mano de obra para reparar los daños que causó la catapulta de Roberto.

—Pero tú no quieres gente local.

—No. Ya sabes mi opinión al respecto de los habitantes locales.

Owen se encogió de hombros como para decir: «Y, entonces, ¿qué esperabas?»

Bueno, sí. Entonces tampoco debería mencionar que estaba el asunto de los establos. Craig necesitaba un herrero para hacer herraduras y reparar las armas, así como herradores y mozos de cuadra para cuidar a los caballos y limpiar los establos.

—Quizás dejar ir a todos los criados no fue tan buena idea —señaló Owen.

—Necesito gente en la que pueda confiar. Envié a un mensajero a casa para contratar gente de las tierras de los Cambel.

—Le llevará semanas encontrar gente y traerla de regreso. Tal vez incluso meses, considerando que se avecina el invierno.

—Sí. Y necesito a alguien en este preciso momento. Alguien que organice a los hombres y los convierta en cocineros y limpiadores y que supervise las tareas del castillo mientras yo estoy ocupado entrenando a los guerreros. Alguien que coordine la vigilancia, así como la limpieza y el mantenimiento de las armas.

Miró hacia la izquierda y vio que Amy MacDougall subía al parapeto. Hamish estaba con ella, ese día él era su centinela. Ella asintió con la cabeza para saludar a Craig y se detuvo junto a la torre para mirar el paisaje.

Ese día llevaba puesto un atuendo de dama, seguro que se había cansado de la ropa de caza. Y, al verla con el cabello derramado sobre la capa de lana gris, las mejillas y la nariz sonrojada por el frío, se quedó sin aliento.

La había trasladado a la única habitación privada, la habitación del señor en la torre Comyn; él dormía abajo, en los aposentos privados del señor, junto con Owen y otros Cambel. Craig estaba acostumbrado a la vida simple de un guerrero y a dormir en el suelo cuando se encontraba de viaje con su padre y sus tíos. En casa compartía la habitación con sus hermanos. Pero podía imaginar que Amy, la única mujer en el castillo, necesitaba algo de privacidad.

Durante la última semana, se había sorprendido a sí mismo mirándola, buscándola alrededor del castillo, esperando que ella se encontrara caminando cerca o que quisiera preguntarle algo. Incluso exigirle algo o protestar contra los centinelas. Pero ella apenas hablaba, a menos que le hablaran. Y él odiaba ver a Hamish cerca de ella; el guerrero siempre le llevaba una manzana o una galleta de avena.

No, no estaba celoso. No tenía por qué estarlo.

—¿Quieres que alguien tome el mando del castillo? —le preguntó Owen—. Ahí la tienes.

Craig se puso rígido.

—Puedes casarte con ella —dijo Owen—. Es lo que te pidió Roberto, ¿no?

Casarse con ella... Otra vez ese pensamiento que lo atormentaba.

—Eso rompería la alianza de los MacDougall con los Ross —insistió Owen—, lo cual debilitaría a los enemigos de Roberto, pero también sería la perfecta venganza de los Cambel contra los MacDougall.

Bueno, sí, esas dos razones eran bastante buenas.

—Pero nunca podría casarme con una MacDougall —refunfuñó—. Esa sería la forma más segura de que me traicionen.

—¿Y no crees que, como tu esposa, ella podría ayudarte con el castillo?

Craig estudió el perfil de Amy en la distancia. Sí, probablemente le habían enseñado a dirigir una casa noble, de modo que él podría asignarle algunas de esas tareas. Ya la había visto con los caballos, cepillándolos, hablándoles y alimentándolos. Parecía saber lo que estaba haciendo. También había cocinado una sopa simple en una ocasión. Ella debería saber cómo organizar una cocina y a los trabajadores, incluso si él le daba guerreros para comandar en lugar de criados. Le asignaría hombres, y ella sería la encargada de dirigirlos.

Había algo más que le gustaba de esa idea.

Como su marido, él tendría derecho a besarla y llevársela a la cama. Tendría ese cuerpo de piernas largas en sus brazos e inhalaría su aroma femenino. Eso sería una ventaja por encima de todo lo demás... Él nunca la forzaría, eso era obvio. Pero si ella estuviera dispuesta, no le diría que no. Bajo ninguna circunstancia.

Él la deseaba.

—Pero es una MacDougall —dijo otra vez—. Una MacDougall traicionera y despreciable. No me imagino atando mi vida con uno de ellos para siempre.

—No tienes que atarte a ella para siempre —señaló Owen—. Solo el tiempo suficiente para mantener el castillo en orden e impedir que se case con el conde de Ross. Luego la dejas ir.

Craig se enderezó y estudió a Owen, tratando de entender si su hermano era un genio después de todo.

—¿Hablas de un ritual de *handfasting*? —le preguntó Craig.

Handfasting, el ritual de la unión de manos, era una antigua tradición celta que constaba de un matrimonio de prueba que duraba un año y un día.

—Sí, haz un ritual de *handfasting* —dijo Owen.

—Esa idea me gusta cada vez más —murmuró Craig—. Me imagino la cara de John MacDougall cuando se entere de que su hija se ha casado con un Cambel.

Sí, esperaba que el hombre se preguntara qué le estaba haciendo a su Amy. Si ella estaba a salvo. Si se encontraba ilesa. Si la habían tomado en contra de su voluntad y si estaba sufriendo. Porque eso era lo que Craig, su padre, sus hermanos y todos los miembros del clan se habían preguntado y temido cuando pasó lo de Marjorie. Aunque en el caso de Craig, sus peores temores habían resultado acertados.

Le dio una palmada en el hombro a su hermano, asintió con la cabeza y marchó hacia Amy. Ella levantó la mirada, y su expresión serena se convirtió en una máscara tensa. Se enderezó y se enfrentó a él, sin bajar la barbilla.

Amy estudió el apuesto rostro de Craig. Bajo esa luz, tenía los ojos de un color que se asemejaba al de las hojas en septiembre, todavía verdes pero acariciadas por los tonos castaños del otoño. Se dio cuenta de que eran un poco rasgados y estaban enmarcados con gruesas pestañas negras.

Y había algo en ellos, algo que no le gustaba nada. Una suerte de decisión rencorosa. Fuera lo que fuera que él hubiera decidido, ella no dejaría que le volviera a quitar la libertad.

—Buenos días, muchacha —la saludó Craig.

—Buenos días —le respondió.

Él se rio un poco.

—¿Quieres dar un paseo conmigo?

—¿A dónde?

—Aquí mismo, en la muralla.

—Oh. —Ella asintió con la cabeza—. Por supuesto, en la muralla. No vaya a ser que me dejes salir del castillo.

—Quizás algún día lo haga.

Ella se encogió de hombros.

—Claro, vamos a caminar.

Él miró a Hamish que estaba detrás de ella.

—Hamish, te puedes retirar.

Hamish asintió y desapareció en el interior de la torre. Owen, que había estado con Craig hasta ese momento, también se marchó. Craig y Amy se quedaron solos.

Craig le ofreció un brazo, y ella pasó la mano a través del brazo doblado. Al tocarlo, sintió una corriente eléctrica que le atravesó la capa gruesa.

—¿Te gusta estar en el castillo? —le preguntó Craig.

—¿Es una pregunta irónica?

—No. Solo quiero saber si el castillo es de tu agrado.

Ella tosió. Todos los guerreros parecían estar cocinándose en el patio, todo por donde se mirara estaba sucio, los caballos, descuidados, y era evidente que cualquiera podía hacer lo que quisiera sin consecuencia alguna. Por lo que, en esencia, ese castillo era una gigantesca casa de soltero medieval.

—Eh, creo que tú y yo sabemos que el castillo es un desastre.

—Sí. Eso es lo mismo que estaba pensando.

—Entonces, ¿por qué lo preguntas?

—Porque necesito tu ayuda.

—¿Mi ayuda? —se burló—. Y, ¿por qué debería ayudar a un hombre que me tiene prisionera?

Él se detuvo e hizo que ella también lo hiciera. La giró para que estuviera frente a él; se hallaban tan cerca que la proximidad de él le redujo las piernas a gelatina. Craig la miró profundamente a los ojos y la abrumó con la calurosa promesa que ellos guardaban. Luego le apoyó las manos en los hombros.

—Cásate conmigo.

Amy se quedó boquiabierta.

—¿Cómo has dicho?

—Cásate conmigo. Toma el mando del castillo como mi esposa. A cambio, te dejaré ir por todos lados sin supervisión.

Ella negó con la cabeza.

—¿Casarme contigo? ¿No has estado insistiendo todo este tiempo en que soy tu enemiga?

—Sí. Bueno, no es personal. Perteneces al clan enemigo. Pero tú no me has hecho nada... al menos todavía no. Y ese es un buen motivo para casarse. Así puedo vigilarte más de cerca.

Amy se dio la vuelta y se rio.

—Esto suena más que descabellado. ¿Acaso escuchas lo que dices?

La alegría de Craig se había ido.

—No bromeo, Amy.

Corrían tiempos descabellados. Por supuesto, la gente de la Edad Media se casaba por todo tipo de razones excepto por amor, pero ahora Amy se había vuelto testigo de primera mano de esa locura.

—Así que, quieres casarte con tu prisionera para vigilarla más de cerca y, de paso, para que ella te haga las tareas domésticas...

A ella se le fueron las palabras. De repente, se dio cuenta de algo. Si la Amy MacDougall de esa época estaba comprometida con algún conde importante o algo así, eso rompería ese compromiso. En consecuencia, el padre de esa Amy se enfadaría bastante.

—Quieres impedir mi boda.

Craig sonrió.

—Somos enemigos, muchacha. Fue Roberto quien sugirió nuestro matrimonio para impedir una posible alianza entre los MacDougall y el conde de Ross.

Así que todo eso se reducía a política.

—Nunca estaré de acuerdo con esto.

—Piénsalo bien. Haríamos un ritual de *handfasting*, así que, el matrimonio solo duraría un año y un día. Y, mientras estés aquí, tendrás todos los privilegios de la señora del castillo. Podrías ir a todas partes dentro del castillo, pero no fuera de él, por supuesto. Y una vez que el año llegue a su fin, serás libre para regresar con tu padre.

Amy inhaló profundamente. Esos tiempos medievales eran de lo más extraños. Matrimonios por política, dinero y demás. Pero no por amor.

Ah, qué amor ni amor. Ella se había casado por amor. Y así le había ido: se había divorciado.

Así que un año y un día no sonaban tan mal, en realidad.

Además, no planeaba quedarse allí durante tanto tiempo. Y no sería un matrimonio real, de todos modos.

—¿Qué hay del sexo? —le preguntó.

—Disculpa, ¿qué?

—Dormir juntos. Que ni se te ocurra.

—Nunca me forzaré sobre ti, Amy. A estas alturas, espero que sepas que te trato con respeto y es así como planeo continuar. No te tocaré a menos que tú lo quieras.

—¿Y puedo ir a cualquier parte del castillo?

De repente, se le ocurrió algo. Si necesitaba que le concedieran el acceso a los suministros de comida, eso le daría una excusa perfecta para explorar la despensa subterránea.

Una vez que se casaran, él confiaría más en ella. Tal vez podría usar la organización del castillo como pretexto para visitar la despensa. Incluso si él iba con ella, eso no importaría. Solo necesitaba averiguar cómo hacer que esa piedra volviera a brillar y luego pondría la mano sobre la huella. Y así, con algo de suerte, regresaría al presente.

—Entonces, ¿me dejarías ir a cualquier lugar libremente?

—Sí...

—¿Y no tengo que acostarme contigo?

A Craig se le dilataron un poco las fosas nasales.

—No, a menos que tú quieras.

—¿Y quieres que organice la cocina y la limpieza?

—Sí. Eso me urge. —El acento escocés se pronunció más.

«A lo mejor cocinar y limpiar es muy importante para él». Amy se cruzó de brazos. ¡Qué hombre más exasperante!

—¿Así que, en concreto, quieres que sea tu ama de llaves? — le preguntó.

—No. No solo eso.

«Sí, claro».

Ella estaría «casada» con ese hombre guapísimo... Al pensarlo, se le secó la garganta y le dio un vuelco en el estómago, pues varias imágenes le llenaron la mente: él desnudo, explorando su cuerpo con sus manos. Odiaba que él la hiciera sentir así. ¡Pero si ese hombre la tenía prisionera!

Craig era tan guapo que Amy sentía que estaba mirando directamente al Sol. Él era honorable, ella apreciaba de verdad que le dieran la única habitación del castillo y que Craig se asegurara de que ninguno de los hombres le hiciera daño. Pero, aun así, se sentía como si estuviera encerrada en una jaula de oro. Los centinelas la seguían sin descanso.

Debería dejar de preocuparse por lo guapo que se veía él y lo amable que podía ser y aceptar los términos. Porque necesitaba hacer lo que fuera necesario para regresar a su tiempo. Jenny se sentía seguro cada vez más preocupada y abandonada. Además, no sería capaz de cuidar a su papá sola durante mucho tiempo.

De modo que rendirse a esa locura parecía el camino más rápido para llegar a la despensa. ¿Qué alternativa tenía? Si siempre la seguía un centinela, no había ninguna posibilidad de que pudiera acercarse a la piedra.

Se limitaría a fingir. Seguiría jugando a ser esa otra persona y esperaría a que no la mataran en el proceso. Sí, seguiría adelante con esta farsa de matrimonio. Y una vez que activara la piedra, dejaría todo eso atrás, volvería a casa y viviría su vida y solo recordaría eso como una aventura descabellada. Tal vez escribiría un libro al respecto o algo.

Craig se lo merecería, por mantenerla allí en contra de su voluntad. Después de todo, ella era una MacDougall. Así que, sí, en teoría, él era su enemigo. Su abuelo le había dicho cuál era el lema de su clan: «Conquistar o morir». Había orgullo y fuerza en él. Eso le sería útil en ese momento.

—De acuerdo —le dijo agarrándose las manos para que no le temblaran.

Él asintió con una expresión solemne y seria y reanudó el paseo a lo largo del muro en silencio.

Pero Amy solo se dio cuenta de lo que había hecho cuando sintió el brazo de Craig tensarse bajó la palma de su mano. Había caído voluntariamente en la trampa del matrimonio. La trampa que la había sofocado, asustado y hecho sentir miserable. No sería real, se recordó a sí misma. No sería como la otra vez.

Sin embargo, cuanto más miraba el hermoso perfil de Craig, más le gustaba la idea de estar casada con él. Reparó en sus labios. ¿La besaría en la ceremonia de boda? ¿Tendría labios suaves o firmes? De repente, en toda Escocia no había suficiente aire para que pudiera respirar. La imagen de él cubriéndole la boca con la suya, pasándole los brazos por la cintura y llevándola a la cama le invadió la mente. Se le encendió la piel y una gota de sudor se le deslizó por la columna vertebral.

Oh, no. Una cosa era estar atrapada allí cuando ella lo odiaba y solo deseaba escapar, y otra muy distinta era sentirse atraída y empezar a tener sentimientos por él. Eso sería un tipo de trampa diferente. Porque si ella se enamoraba de ese *highlander*, su corazón nunca se escaparía intacto de allí. Ni en un millón de vidas.

CAPÍTULO 9

TRES DÍAS DESPUÉS, Amy daba pasos de un lado a otro de la enorme habitación. La mañana se había pasado volando, pero, en realidad, no debería estar tan nerviosa. Y no lo estaba, se dijo a sí misma. Era solo el miedo a quedarse atrapada, no a la idea de pasar más tiempo con el apuesto *highlander*.

—Es tan solo el siguiente paso para llegar a la piedra —se recordó a sí misma—. Cálmate.

Respiró hondo y soltó un largo suspiro. Cada vez se ponía más tensa. Tensa por mentir todos los días, por caminar sobre el filo de una espada y por miedo de decir algo incorrecto que delatara lo extraña que era allí. Tensa por saber que ella no era la Amy MacDougall que ellos creían. Tensa por tener la certeza de que, sin lugar a dudas, el plan de interrumpir la alianza entre los MacDougall y el conde de Ross fracasaría.

Y, por último, estaba Craig. Se sorprendió a sí misma buscándolo y mirándolo cada vez que él se hallaba cerca. Algo en él la hacía respirar más rápido y que se le subiera el pulso a la garganta.

Era una tonta. Sí, él le gustaba, pero ella no podía dejar que eso la distrajera de su objetivo. No podía haber nada entre ellos, por todas las razones del mundo. En el fondo, él era un buen hombre, y ella era una mentirosa. Ella no pertenecía a esa época y estaba allí solo por un tiempo. Era una MacDougall, aunque había nacido cientos de años más tarde, y Craig nunca querría estar con una MacDougall. La detestaba solo por su nombre.

Y la odiaría aún más una vez que se enterara de su engaño. ¿Qué le haría cuando descubriera todo?

No la mataría, ¿o sí?

Amy miró el vestido rojo que llevaba puesto. Era el mejor vestido que había encontrado en los baúles y probablemente le había pertenecido a *lady* Comyn. No le quedaba perfecto, era demasiado corto en las mangas y la falda y demasiado holgado en los hombros. Además, era evidente que *lady* Comyn tenía senos más grandes que ella porque le sobraba mucho espacio en el sostén. En realidad, eso no era nada nuevo. La mayoría de las mujeres tenían senos más grandes que ella.

Amy recordó el vestido que había usado cuando se casó con Nick luego de un año de noviazgo y seis meses de vivir juntos. Había escogido un vestido blanco, simple y barato que había pedido en línea en uno de los pocos sitios web que hacía envíos al siguiente día. La falda le había llegado hasta la rodilla, y el vestido resultó ser de estilo de «playa», lo cual era ridículo para una primavera en Vermont. Pero no le había importado. Ella no era muy aficionada a la moda, la mayor parte de su ropa era práctica y para estar en la naturaleza. Así que, siempre y cuando el vestido le quedara, y le había quedado, Amy estaba feliz. No había contratado a un maquillador ni tampoco había ido a una peluquería.

Se había puesto el vestido para que Nick lo viera esa mañana, y él había aullado como un lobo.

—¡Vaya! —Él la había levantado, y ella le había envuelto las piernas alrededor de la cintura—. Esta es una futura esposa muy sexy —le había dicho con ese característico acento tejano—. Y es solo mía.

Luego la había besado hasta que a Amy le comenzó a dar

vueltas la cabeza y se le encendió la piel. Dos horas más tarde, se habían casado.

Amy se había sentido mareada de felicidad. De la pura dicha de estar con su alma gemela. Nick, a quien ella había rescatado de una caída en las montañas, era alto, fornido y de buen corazón.

Sin embargo, incluso con su alma gemela, las cosas no habían funcionado.

Nick no era un hombre malo. Él nunca la había engañado ni había sido abusivo. De hecho, había sido muy bueno con ella.

Y, si las cosas no habían funcionado con Nick, no funcionarían con nadie más.

Las lágrimas le nublaron la vista, y Amy se apresuró a enjugárselas.

Sería mejor terminar con eso del *handfasting* y pasar a la siguiente parte del plan.

Alguien llamó a la puerta.

—Adelante —dijo al tiempo que se secaba las mejillas con rapidez.

Hamish entró con un pequeño ramo en las manos: hojas otoñales y cola de caballo.

—¿Te encuentras bien, muchacha?

Ella asintió y esbozó una sonrisa.

—Sí, gracias.

—Craig me envió a buscarte. Ya están listos.

—Está bien.

—¿Estás lista?

—Sí, claro. —Enderezó la espalda y se acercó a él. Luego miró el ramo.

—Ah, sí, es para ti. —Se lo entregó—. No pude encontrar flores en esta época. Ya casi es invierno.

—No hay necesidad de flores. Esto es más que suficiente. De todos modos, no hay mujeres para lanzarles el ramo.

Hamish frunció el ceño.

—¿Les lanzas el ramo a las mujeres? ¿Por qué?

Oh, diantres.

—Es una tradición que he visto en Irlanda. La novia les lanza el ramo a las mujeres solteras, y la que lo atrapa es la siguiente en casarse.

Hamish sonrió y abrió la puerta para que ella pasara.

—Son chistosos esos irlandeses. Nunca había oído de semejante tradición.

Comenzaron a bajar las escaleras.

—¿Estás casado, Hamish? —le preguntó.

—¿Yo? —Él se rio—. No, muchacha.

—¿No hay nadie especial en tu vida?

Hamish la miró por encima del hombro.

—Sí, hay una muchacha a la que quiero. Vive en la zona fronteriza.

—Qué bonito. Y, ¿por qué no están juntos?

—Es una larga historia, muchacha, pero yo no soy bueno para ella.

—Bueno, estoy segura de que algún día te establecerás en algún sitio con alguien.

—Sí, ese es mi objetivo, aunque no deseo casarme. Ya he tenido suficiente gente dándome órdenes sobre a dónde voy y qué hago. Me gustaría adquirir una propiedad, tener mis propias tierras y vivir mi vida como mejor me plazca.

Llegaron a la planta baja de la torre donde se almacenaban las armas y la comida. Cuando Hamish se giró hacia Amy, ella le vio tristeza en los ojos.

—No es fácil encontrar una mujer buena que esté disponible. Craig Cambel es un hombre muy afortunado.

Amy abrió la boca sin saber qué decir, pero Hamish ya se había volteado para abrir la puerta principal.

Afuera caía una fina llovizna mezclada con nieve. El patio se había convertido en un pantano. Amy se levantó las faldas y siguió a Hamish a través del patio hacia el gran salón, que se encontraba entre la torre Comyn y la torre este, junto a la pared norte.

Cuando entró, el salón se quedó en silencio. Las partes quemadas del techo habían sido reparadas, aunque no muy bien, y de allí goteaba agua dentro de un barril. El salón olía a paja húmeda y velas de cera de abeja caliente, las cuales iluminaban la habitación con un brillo dorado, como un millón de luces de navidad. Había hecho a un lado las mesas y los bancos para que los guerreros, al menos cincuenta de ellos, se pudieran parar y formar un gran óvalo. Todos la observan en silencio.

A la cabeza del óvalo, se hallaba Craig. Owen estaba de pie a su lado. Craig llevaba puesta una túnica azul y un cinturón con su espada. Tenía el cabello peinado y la barba corta, recién recortada. Vaya, parecía que había hecho un esfuerzo por ella. Se encontraba de pie con las piernas separadas, una expresión solemne y la espalda erguida, como si estuviera a punto de participar en un sacramento.

Los ojos de Craig se posaron sobre ella, oscurecidos y cargados de emoción, como si quisiera atraparla y sostenerla con la mirada. Para sorpresa de Amy, no se mostraba hostil, sino...

Admirativo. Amable. Respetuoso.

Los hombres se hicieron a un lado para dejarla pasar, y Amy cruzó el centro del óvalo en dirección a él; los zapatos medievales sin tacón susurraban contra el piso de madera con cada paso que daba. Cuanto más se acercaba a Craig, más cálido se volvía su cuerpo. Y cuando se detuvo ante él, tenía las mejillas sonrojadas y le dolía la garganta por la tensión que sentía.

Tonta.

¿Qué le pasaba que sudaba de nervios y el corazón le latía como un tambor?

Craig le sonrió. Realmente le sonrió.

Esa era la primera vez desde que Amy lo conoció en que lo veía sonreír. Era una sonrisa suave. Cordial. Dulce.

Ella no pudo evitarlo. Le devolvió la sonrisa, y algo los conectó, como si fuera un hilo invisible.

—¿Empezamos? —preguntó Owen.

—Sí —respondió Craig y tomó la mano de Amy entre las suyas.

~

AMY PARECÍA UN HADA: EL CABELLO LARGO, RIZADO Y DE color caoba parecía arder bajo la luz de las velas, y los ojos azules brillaban cargados de emoción detrás de esas largas pestañas. Asimismo, el vestido rojo que llevaba puesto fortalecía la impresión de que ella había nacido de las llamas.

Cuando se acercó y se detuvo junto a él, tenía las mejillas sonrojadas, y Craig ansiaba en secreto que eso se debiera a que ella estaba emocionada, o al menos complacida de alguna forma, de casarse con él.

A Craig se le comprimió el pecho con una mezcla de anticipación y algo maravilloso que no pudo describir y que nunca antes había sentido. ¿Por qué sentiría eso hacia una enemiga a la que solo estaba utilizando para vengarse?

Recordó haber experimentado algo similar antes de acostarse con una mujer por primera vez, cuando tenía dieciséis años. Si bien en el pasado había estado prendado de bonitas criadas e hijas de granjeros, nunca había amado a nadie. La diferencia entre la lujuria y el amor siempre había sido muy clara para él.

Sabía también que un día se casaría para formar una alianza entre su clan y otro. Para continuar la línea de sucesión. Porque eso era lo que hacían los hombres. Pero también sabía que probablemente no amaría a su esposa y que tal vez no confiaría en ella de la misma forma en que confiaba en su padre, sus hermanos y sus primos.

Sin embargo, la emoción que sintió en ese momento le iluminó todo el cuerpo. Craig tomó la mano de Amy, que estaba tan helada que le quemó la piel. Algo pasó de la mano de él a la de ella y luego de regreso. Una especie atadura invisible envuelta alrededor de sus muñecas. ¿Qué era eso? Craig se sintió más fuerte, más poderoso y más vivo de lo que jamás recordaba haberse sentido.

—Estamos aquí reunidos —comenzó Owen—, para unir a Craig Cambel y Amy MacDougall en matrimonio.

Owen se veía un poco nervioso. Por lo general, el jefe o la máxima autoridad del clan solía llevar a cabo la ceremonia de *handfasting*. En ese castillo, esa persona era Craig, y, como él estaba ocupado casándose, le había pedido a Owen, su familiar más cercano, que oficiara la unión. No obstante, Owen estaba más lejos del matrimonio que cualquier otro hombre sobre la faz de la tierra; se la pasaba persiguiendo faldas y buscando aventuras. Por eso, Craig comprendió que su hermano se sintiera incómodo.

—Quienes deseen apoyar a ellos dos para que unan sus manos y sus vidas, díganlo ahora —continuó Owen.

—Yo —repitieron los hombres en el círculo.

Un pequeño escalofrío recorrió a Craig al entender por qué esa era una parte muy importante de la ceremonia, pues el apoyo de los miembros de su clan y de sus antepasados le infundía la confianza en que su decisión era pertinente.

—¿Tienen sus votos? —preguntó Owen.

Craig no había pensado en los votos, pero necesitaba decir algo. Giró a Amy hacia él y cuando le tomó la otra mano, vio que tenía los ojos bien abiertos y llenos de vulnerabilidad. Él quería asegurarle que todo iría bien. Que estaría a salvo.

—Prometo serte leal mientras seas mi esposa. Prometo protegerte como si fueras de mi sangre y de mis huesos. Prometo cuidar de ti como un hombre debería cuidar de su esposa. Y prometo que siempre te iré a buscar cuando me necesites.

Los ojos de Amy brillaron, ¿acaso tenían lágrimas?

—¿Amy? —La llamó Owen.

—Yo... —comenzó ella—. Prometo ser tu esposa dentro de lo que esté en mi poder. Para ayudarte con todo lo que pueda. Y para... para... serte leal.

La palabra «leal» salió con un pequeño sobresalto, y Craig

frunció el ceño. Eso era de esperar, se recordó a sí mismo. Después de todo, ella era hija del enemigo.

—Por favor, extiendan las manos —les instruyó Owen.

Cuando Craig y Amy giraron y levantaron las manos unidas hacia él, Owen les colocó una simple cinta sobre las manos.

—Aquí están las manos —dijo Owen—, que se unirán y trabajarán juntas, las manos de amigos y no de enemigos, las manos de un hombre y su mujer. Estas son las manos que se sostendrán el uno al otro cuando estén perdidos y se apoyarán cuando necesiten un descanso. Estas son las manos que se cuidarán la una a la otra y que se separarán solo para despedirse antes de emprender el último viaje, el que lleva a la tierra de la muerte.

Mientras decía las palabras, Owen les fue envolviendo la cinta alrededor de las muñecas y los puños y, cuando acabó, las ató con un nudo. A Craig le gustó sentir la piel suave de Amy, ahora cálida bajo su mano. Ella tenía la piel de la palma algo curtida, y los dedos no eran los de una dama noble, sino que tenían unos pequeños callos. Era la mano de una mujer fuerte, una mujer que hacía las cosas por su cuenta y no esperaba que otros las hicieran por ella. Eso le gustó.

—Con esta cinta, ahora se convierten en marido y mujer —declaró Owen.

Los guerreros alrededor de la habitación golpearon sus pies en el suelo y gritaron.

—Compartan un trago de la *cuach*. —Owen sacó la copa comunal y vertió *uisge* en ella—. Es un símbolo de todas las otras cosas que compartirán.

Llevó la *cuach* a la boca de Craig, quien bebió un sorbo, y luego observó mientras Amy sorbía el líquido apoyando los labios rojos y suaves contra el borde de la *cuach*.

—Para concluir, sellen la unión con un beso —ultimó Owen.

Craig reprimió el «finalmente» que anhelaba escaparse de su garganta. Miró a Amy a los ojos, luego bajo la mirada a sus labios, un poco hinchados por el alcohol. Oh, cómo quería probarlos.

Pero él nunca haría nada en contra de su voluntad. La miró a los ojos de nuevo, pidiéndole permiso, haciéndole saber que no la besaría a menos que ella quisiera.

Ella respiraba agitada, el pecho le subía y bajaba. Aunque los ojos de Amy registraban cierta inquietud, también se veía deseo en ellos. Pronto se suavizaron, y los labios de ella lo llamaron.

Soltando un suspiro que no pudo detener, Craig la acercó a él con el brazo libre y bajó el rostro para reclamar su boca.

CAPÍTULO 10

Los labios de Craig eran aterciopelados, cálidos y suaves, pero su pecho, bajo la palma de la mano de Amy, era tan duro como una piedra y tan caliente como un horno. El corazón le latía rápido y fuerte.

Craig olía a piel limpia y almizcle masculino, a montañas y al bosque en otoño después de la lluvia.

Y el beso...

Oh, el beso...

Desató una avalancha de cosquilleos y un dulce ardor en los labios de Amy. Él presionó un poco más y le abrió la boca con la lengua. Luego le rozó suavemente la lengua una vez y otra más. Amy no supo con certeza si había sido ella quien había gemido. Tal vez había sido él, pero lo cierto era que la cabeza le daba vueltas, y todo el cuerpo le ardía. Tenía la mente en blanco, llena de suspiros, gemidos y pensamientos obscenos. Muy obscenos.

Entonces la habitación explotó en gritos y silbidos.

—¡Sí, monta a la MacDougall hasta que no pueda pararse mañana! —gritó alguien.

—Si es que tiene algo con qué montarla —añadió otro hombre.

La habitación estalló en carcajadas.

Amy se apartó de Craig con el rostro ruborizado.

—¿Ya acabamos? —le preguntó a Owen—. Por favor, retira la cinta.

—Sí —respondió Owen y miró a su hermano.

Amy ignoró la mirada que le dio Craig, que pesaba más que el plomo. Era una tonta. Sentirse atraída hacia él, permitirle que la besara así... como si fuera normal, como si sentir algo por él no complicaría aún más las cosas y haría que su partida fuera todavía más difícil.

Owen desató la cinta, y Amy retiró la mano. El calor de la piel de Craig desapareció y de pronto sintió frío. Ahora estaban casados. Ella estaba atada a él. Atrapada aún más allí, en las Tierras Altas medievales, porque ahora estaba atada a un ser humano. Y a pesar de que no había ningún anillo para unirla, el recuerdo de la cinta alrededor de su muñeca la hacía sentir como si estuviera esposada.

Craig le sostuvo la mirada durante un momento y luego asintió con la cabeza y se volteó para mirar a sus hombres.

—No puede haber una boda sin un festín —anunció—. Pongamos las mesas y los bancos en sus lugares. Los cazadores ya han vuelto con la caza y la están asando. He comprado pan, mantequilla y pasteles en la aldea. Y no faltará vino, ni cerveza, ni *uisge*. Pueden vaciar los barriles, me tiene sin cuidado. En el día de hoy, un Cambel se casó con una MacDougall.

Craig miró a Amy y, en esta ocasión, ella vio algo parecido al arrepentimiento en sus ojos. La mirada se sintió como un puñetazo en el estómago.

—Será mejor que bebamos por eso —le dijo Craig.

～

CRAIG ERA UN TONTO. HABÍA PENSADO QUE SERÍA FÁCIL mostrarse indiferente hacia ella. El matrimonio solo duraría un año y tenía como único propósito romper la posición del enemigo.

Pero ese beso... el *handfasting*... mirarla a los ojos y ver tanta vulnerabilidad en ellos... En ese momento, la había visto como en verdad era.

Siempre se había enorgullecido de ser un buen juez de carácter. Sabía que ella estaba mintiendo sobre algo, lo cual odiaba y a la vez entendía, porque ahora ella estaba viviendo entre sus enemigos. Probablemente, él hubiera hecho lo mismo; cualquier cosa con tal de proteger a su clan.

Sin embargo, detrás de todo eso, vio a una buena persona. Los ojos de Amy eran puros y honestos. No mentían. Le mostraban su dolor y, en el fondo, su miedo. Guardaban una constante sensación de pánico.

Craig quería liberarla de eso.

¿Acaso era él la fuente de todo ese dolor y miedo? Si era así, detestaba causarle tanta angustia.

Aunque no debería importarle.

Craig gruñó mientras colocaba la mesa gigante en su lugar, con ayuda de varios hombres. El salón no estaba decorado para una boda tradicional. Faltaban las flores, no se había limpiado nada, y la comida aún no estaba lista. Era evidente la ausencia de la mano de una mujer en el manejo del castillo.

—Iré a ver si ya está la comida —anunció Amy.

Había estado parada en la esquina; se veía un poco indefensa y perdida mientras miraba cómo los hombres hacían el trabajo pesado.

—Sí —coincidió Craig—. Gracias.

Ella asintió sin mirarlo a los ojos y se marchó. ¿Qué había cambiado? Craig estaba seguro de que a ella le había gustado el beso, de que quería que él la besara. Pero luego...

«Deja de preocuparte por sus sentimientos», se recordó a sí mismo.

No obstante, a pesar de cualquier lógica, él quería complacerla. Quizás un salón con mesas y pisos limpios le ayudarían a levantarle el ánimo a Amy.

—Owen, Lachlan, vayan por dos hombres más y limpien las mesas —instruyó Craig.

Los dos lo miraron.

—Debes estar bromeando, primo —señaló Lachlan—. Eso es trabajo de mujeres.

—La única mujer aquí es mi esposa. Así que, si no quieren cenar en el piso, como los cerdos, muevan las piernas y limpien.

Los hombres fruncieron el ceño y mascullaron algunas maldiciones, pero se dieron la vuelta y se marcharon.

Al menos eran Cambel y parientes directos. Craig miró a los demás que se hallaban parados cerca. Todos se tensaron, pues presentían que estaban a punto de recibir tareas similares.

—No me miren así, muchachos —les pidió Craig—. Ustedes tres, vengan conmigo. Tomaremos escobas y barreremos.

Los tres en cuestión lo siguieron desdichados.

Al poco tiempo, habían barrido la tierra, limpiado las mesas y sillas, que ya no tenían manchas de cerveza derramada, ni migas ni restos de comida. Asimismo, un fuego ardía en el hogar e incluso la lluvia había cesado.

Craig, Owen, Lachlan y el resto los hombres que habían limpiado trajeron comida y bebida de la cocina: pan, mantequilla, queso, liebres y aves asadas. Luego fueron a la despensa para buscar varios barriles de cerveza, vino y *uisge*.

Cuando todo estuvo listo, el salón se llenó de hombres que se sentaron alrededor de las mesas, mientras charlaban y bebían, y el aroma casero a carne asada, pan fresco y humo de leña llenó la habitación. Finalmente, su esposa regresó. Se sentó al lado de Craig en la mesa al final del pasillo, junto al hogar, donde el señor y la señora del castillo solían sentarse rodeados de su familia. La familia que Craig nunca tendría con Amy MacDougall.

—¿Limpiaste? —Amy arqueó una ceja mirando alrededor de la habitación.

—Sí —le respondió Craig y vio la sonrisa que se le extendía en los labios.

—Oh. ¡Se ve muy bien! Gracias, Craig.

Craig le deslizó una copa de cerveza y, cuando ella la tomó, sus dedos se rozaron por un instante, y le hicieron sentir una ola de calor. Él podría disfrutar de ese matrimonio si lograba mantener la paz con ella, podría darle lo que ella quisiera siempre y cuando le fuera posible.

Se levantó del asiento y levantó la copa.

—¡Qué mi esposa tenga una vida larga y feliz!

Los guerreros repitieron el brindis. Owen se puso de pie.

—Por Craig Cambel: cualquiera podría haber jurado que nunca lo vería casado con una MacDougall. ¡Qué Dios le dé fuerzas para sobrevivir este año!

Los hombres se rieron; incluso Amy sonrió y negó con la cabeza, pero luego bebió.

Craig se sentó y la miró.

—¿Amas al conde de Ross? —le preguntó.

Ella tosió sobre la copa.

—¿Qué?

—No sé. Tal vez ya lo amas.

—Disculpa, pero, ¿cómo es eso tu incumbencia? ¿Te gustaría que te hiciera la misma pregunta? ¿Amas a una mujer que no sea yo?

Craig se reclinó y la miró con atención. Amy era pura espina, pero a juzgar por la vulnerabilidad que él había visto en sus ojos, eso era solo su exterior.

—Amy, no tengo ningún problema en responder esa pregunta —le dijo—. Nunca he amado a ninguna mujer. Todavía no.

Ella se relajó.

—¿Por qué no? ¿No hay nadie que sea lo suficientemente buena para el honorable Craig Cambel? ¿Todas podrían traicionarte y apuñalarte por la espalda?

Él se encogió de hombros.

—Sí. Así es. Aún no he conocido a nadie en quien pueda confiar con mi vida y mi alma.

Ella asintió, pensativa, como si recordara algo.

—Y es posible que nunca la encuentres. Sí, si no te abres más y confías en las personas, es muy probable que eso nunca te suceda.

Él se rio.

—Eso suena como una profecía. ¿Acaso eres vidente?

—No. Pero sé cosas.

—Qué misteriosa. Dime, ¿en qué eres buena? ¿Qué te gusta hacer? ¿Cocinar? ¿Bordar? ¿Coser?

Ella se echó a reír, un sonido dulce y maravilloso.

—¿Yo? ¿Bordar? No, mi amigo. Eso no me importa en absoluto. Soy buena para buscar y encontrar personas. Puedo aplicar primeros auxilios, ayudar en casos de asfixia, coser heridas, vendar y tratar piernas y brazos rotos y ese tipo de cosas. Me temo que no te casaste con una florcita delicada. Deberías haber preguntado antes porque ahora es demasiado tarde.

Craig se quedó boquiabierto y, tras un instante, logró cerrar la mandíbula. Amy bebió un sorbo, sonriendo tras la copa. Él nunca había oído hablar de una mujer capaz de encontrar personas perdidas. Pero, además de eso, sonaba como si su esposa fuera una curandera. Lo cual era una buena noticia, dado que no tenía alguien así el castillo.

¿Pero buscar y rescatar?

—¿Así que eres una bruja? ¿Cómo encuentras a las personas perdidas?

—No, para nada. Me limito a rastrearlas, a utilizar la lógica y el sentido común. Así que sé escalar, nadar y ese tipo de cosas. Pero también necesito equipamiento...

Los ojos de Craig se agrandaron cuando ella dijo la última palabra.

—Quiero decir, ciertas herramientas. Herramientas poco comunes. No creo que las tengas aquí.

¿Equipamiento? Qué palabra más extraña, hasta sonaba extranjera.

Craig se dio cuenta de que, ahora que sabía de sus habilidades, la respetaba aún más. En efecto, Amy no era solo la hija de un jefe. Era más que eso, mucho más.

—¿Cómo aprendiste todo eso? —le preguntó.

Ella estaba abriendo la boca para hablar cuando un joven entró apresurado en el gran salón y avanzó corriendo por el pasillo con algo en la mano. Se dirigió directamente hasta Craig. Era Killian, uno de los muchachos más jóvenes del ejército, quien se había quedado en el castillo. Craig recordó que Killian era bueno con el arco. Esa noche el chico estaba de guardia.

Tenía un pájaro en la mano, parecía una paloma, con una flecha que le salía del pecho.

—Señor —dijo Killian—. Disculpe, pero necesito hablar con usted.

Craig se puso de pie y siguió al chico hasta un rincón donde nadie pudiera oírlos.

—No es una paloma de nuestra pajarera —comentó el muchacho—. Lo sé porque solo tenemos una docena y conozco a cada una de ellas. Les doy de comer todos los días. Esta es nueva. Tiene estas motas blancas en el pecho, ¿las ve? Ninguna de las de aquí es así. La han traído hace poco. Alguien la envió desde la torre sur. Como no es nuestra paloma, sino que es de otra persona, está entrenada para volar a otra casa. Y usted no ha recibido palomas de la casa Cambel o yo lo hubiera sabido, ¿no es cierto?

—Sí. —Craig sacó el rollito de cuero envuelto alrededor de la pata del pájaro. Dentro había un papel y lo desdobló. Vio el mensaje escrito con letras irregulares, como si lo hubiera escrito un niño o alguien que no tuviera mucha práctica con la escritura.

El mensaje decía: «No se ha encontrado el túnel secreto. El señor, por lo tanto, sigue vivo. Se casó con Amy. Envíe más palomas. Necesito más tiempo».

Sintió un escalofrío.

Había un traidor en el castillo y estaba buscando el túnel secreto.

Alguien quería matarlo. Y la única persona que a Craig se le ocurría que podría desear precisamente eso era su querida esposa.

CAPÍTULO 11

AMY PODÍA VER cómo se tensaban los músculos anchos de la espalda de Craig mientras hablaba con el muchacho joven en la esquina de la sala. Craig se giró hacia ella y la observó con ojos oscurecidos. Esa mueca de furia hizo que a Amy le diera un vuelco el estómago. Él caminó directamente hacia ella con una expresión en el rostro que hubiera hecho que el mismo diablo se encogiera de miedo.

A Amy se le congelaron los pies. A continuación, se le aceleró el pulso, y se le contrajeron los pulmones. Las paredes comenzaron a cerrarse sobre ella tal y como había ocurrido esa noche hacía mucho tiempo, cuando su padre se le había acercado como Craig lo hacía en ese momento: furioso y poderoso. No tenía ningún lugar adonde ir.

Y algo malo estaba a punto de suceder.

Craig la sujetó del antebrazo, la hizo incorporarse y comenzó a arrastrarla a sus espaldas mientras avanzaban entre los gritos y aullidos que soltaban los hombres. La condujo lejos del gran salón, hacia el exterior; era una noche helada y caía una nieve suave. El barro del patio se había congelado y se sentía duro bajo los pies. La nieve convertía la oscuridad en un manto gris.

En ocasiones, unas voces alegres se filtraban desde el gran

salón y llegaban hasta ellos, pero de lo contrario reinaba silencio en el patio. De hecho, había tanta calma que Amy podía oír su propia respiración agitada.

—¿A dónde me estás llevando como si fuera una cabra? —gruñó ella.

—Tengo que hablar contigo, querida esposa, a solas, en nuestra habitación.

Craig abrió la puerta de la torre Comyn. En el interior, el aire estaba cálido gracias a las antorchas en la pared.

—¿«Nuestra» habitación? —preguntó Amy.

Él comenzó a subir las escaleras de caracol y la siguió arrastrando a sus espaldas.

—Por supuesto, «nuestra» habitación. Estamos casados, ¿o ya lo olvidaste?

Pasaron la puerta de los aposentos privados del señor del castillo en el primer piso y continuaron subiendo.

—No creo que lo olvide nunca.

—Qué bien. —Abrió la puerta del segundo piso. Hacía un calor agradable en el interior, el hogar ardía y la habitación se veía acogedora. De repente, la cama ocupó todo el espacio de la recámara.

Craig cerró la puerta y se giró hacia ella.

—Es bueno que te acuerdes, querida. —Dio un paso hacia ella, y sus ojos guardaban una promesa tan oscura que, siguiendo un instinto, Amy dio un paso hacia atrás—. Porque esto —sostuvo un papelito frente a él— sugiere que quizás lo hayas olvidado.

—¿Qué es eso? —le preguntó.

—Ah, no mucho. Solo la disculpa que le has enviado a tu padre por no haberme matado todavía.

Amy negó con la cabeza.

—¿Qué?

Craig dio unos pasos lentos hacia ella y se detuvo tan cerca que Amy pudo sentir el calor de su cuerpo, pudo olerlo, varonil y delicioso, y hasta pudo ver la vena que le palpitaba en el cuello.

—Quieres matarme —afirmó—. ¿No es así, Amy? Es la oportunidad perfecta para tu clan. Ahora estás cerca de mí.

A Amy se le secó la boca de repente.

—No quiero matarte, Craig —le aseguró con cuidado de no dejar que el temblor de sus dedos se deslizara también a su voz.

—Mmm.

Con un movimiento rápido, él se llevó la mano al cinturón, tomó la daga y la sostuvo con el mango hacia ella. Las llamas del hogar se vieron reflejadas en la hoja larga y afilada.

—Vamos a ver, ¿no? —le dijo.

Craig se llevó la punta de la daga al corazón. A Amy el estómago le dio un vuelco.

—Tómala —le ordenó—. Mátame. Ahora.

—Craig... —comenzó con voz temblorosa.

—De este modo, tu misión estará completa. Tu padre se regocijará, y tú podrás casarte con el conde de Ross.

Ella negó con la cabeza. Se le contrajo el pecho aún más y respirar se le volvió casi imposible.

—¡Detente ahora mismo! Yo no quiero matarte.

Los brazos de Craig cayeron a sus lados, y volvió a guardarse la daga en el cinturón.

—Ah, no, espera. No puedes matarme todavía. Hay algo más que necesitas, ¿no es así? Por eso sigo vivo, ¿no?

—No necesito nada de ti, excepto libertad.

Craig se rio entre dientes.

—Eres muy buena para fingir. Sí, al fin y al cabo, tienes sangre MacDougall, ¿qué más puedo decir?

Se apartó de ella y la miró de arriba abajo.

—¿Así que lo niegas? ¿Niegas haber escrito esto?

Craig levantó el papel, pero Amy se encontraba demasiado lejos como para leer las palabras diminutas.

—Yo no escribí nada y te aseguro que no envié eso. No quiero ni que tú, ni que nadie muera.

—¿Por qué querías tener acceso a todo el castillo, Amy? ¿Hay algo en «específico» que estés buscando?

El cuerpo se le puso rígido como un tablón, y exhaló para aliviar parte de la tensión. ¿Qué sabía él? ¿Acaso sospechaba que ella estaba buscando la piedra? ¿Sería siquiera consciente de su existencia? Si pensaba que ella era una bruja o algo por el estilo, seguramente la mataría. O la encerraría en algún lugar oscuro para siempre... Amy tembló y se acercó al hogar para calentarse.

«Recobra la compostura», se ordenó a sí misma. «No te volverá a encerrar. Aún no».

Se giró hacia él, con la cabeza erguida y los hombros rectos.

—No tengo la menor idea de dónde vino ese mensaje, qué contiene o quién lo escribió. Yo no quiero matarte. No soy una asesina; yo salvo vidas, por el amor de Dios. Y ya sé que no confías en mí, que no tienes ninguna razón para hacerlo y no sé cómo demostrar mi inocencia. Pero yo no tengo nada que ver con esto.

La mirada profunda y penetrante de Craig la perforó. Era como si él pudiera ver debajo de su piel. Amy le sostuvo la mirada, aunque le ardían los ojos y necesitaba parpadear.

Luego él sonrió, y una sensación de alivio la atravesó.

—Quizás no fuiste tú quien escribió esto. Eso sería demasiado fácil. Pero eso no quiere decir que no estés involucrada —continuó—. Así que, a partir de ahora, seré aún más cuidadoso. Dormiremos juntos en la misma habitación porque ahora estamos casados. Y porque necesito saber qué haces y con quién. Ahora, estás bajo mi guardia, Amy, ¿entendido?

Amy suspiró.

—¿Acaso hay algo que no se pueda entender? Si duermes aquí, no lo harás en la cama, ¿entendido?

—Somos marido y mujer. Tengo todo el derecho a tomarte. Eres mía.

A Amy se le movió el piso debajo de los pies, y una repentina ola calor la recorrió entera.

—Ni siquiera te atrevas —dijo—. Lo prometiste, no harás nada en contra de mi voluntad. No te doy permiso para tener relaciones sexuales. No te deseo, ¿me oyes?

El rostro de Craig se ensombreció.

—Sí, Amy. —Se alejó de ella y luego se giró para verla durante un instante—. No te preocupes, no te tocaré, ni ahora ni nunca.

Y tras eso salió de la habitación; la dejó sin aliento... y extrañamente decepcionada.

CAPÍTULO 12

AMY ya no regresó al gran salón, y su asiento se sentía vacío al lado de Craig. De hecho, él mismo se sentía vacío. Su mente no se encontraba allí, en ese momento, sino que estaba con ella, en la torre. Era su noche de bodas. La noche en que se suponía que debían consumar el matrimonio.

Y su esposa no quería tener nada que ver con él, que era lo que en realidad debería esperar de este matrimonio. Él tampoco debería querer tener nada que ver con ella.

Entonces, ¿por qué le dolía ese rechazo?

¿Y por qué ahora, mientras sostenía una copa de *uisge* en las manos, solo podía pensar en regresar a la habitación para besarla y hacerla suya? Se estremeció de deseo mientras se imaginaba a Amy desnuda debajo de él, con la espalda arqueada, la cabeza inclinada y la dulce boca abierta mientras gemía su nombre.

Craig negó con la cabeza. Qué tonto había sido. Se había dejado cegar por las artimañas de una MacDougall. Deseaba a su enemiga, la misma enemiga que lo quería muerto.

Probablemente.

O quizás había alguien más, alguno de sus hombres, que lo quería muerto. Ese pensamiento solo logró ensombrecer aún más su estado de ánimo.

Mientras bebía, miraba alrededor del salón, estudiando a cada uno de los hombres. Uno de ellos podría ser un traidor en busca del túnel secreto y podría tener el objetivo de matarlo. Hasta esa noche, Craig había creído que podía confiar en sus hombres y en los hombres de sus aliados. Era evidente que se había equivocado.

¿Sería Amy la que estaba planeando su muerte?

Si bien todavía podría ser posible, y Craig había tenido la certeza absoluta antes, cuando la confrontó, ella se mostró genuinamente sorprendida e incluso enojada por la acusación, lo que le hizo creerle por un momento. Sin embargo, se podría haber tratado de una simple estrategia. Después de todo, la razón por la que ella había accedido a casarse con él podría ser para tener acceso a él por la noche, mientras dormía sin vigilancia. O quizás planeaba ponerle veneno en la comida.

«Al igual que cualquiera de los hombres en el castillo», se recordó a sí mismo.

Ya no estaba convencido de que Amy hubiera enviado el mensaje, así como tampoco estaba seguro de quién era el traidor.

Ni Owen, ni Lachlan, ni ningún otro Cambel; ninguno de ellos tenía alguna conexión con los MacDougall o algún motivo para traicionarlo. Al menos, ningún motivo que él pudiera imaginar. A no ser que fuera alguien en quien Craig no hubiera pensado, un Cambel que tuviera vínculos con el clan enemigo.

Vio a Lachlan sentado en la misma mesa que Owen y los otros Cambel. Los hombres se reían, toda la mesa era ruidosa y estaba de lo más animada.

Conocía a Lachlan de toda la vida. Tenían la misma edad y, durante un tiempo, Lachlan había sido criado con la familia de Craig mientras sus padres luchaban en el sur. Ahora era un terrateniente en las tierras de los Cambel y tan leal al clan como cualquier Cambel, de pies a cabeza. Craig nunca en su vida hubiera sospechado que Lachlan pudiera tener un hueso traicionero en su cuerpo, no obstante...

Lachlan tenía una abuela MacDougall. Sí, por parte de su madre. ¿No?

Se puso de pie, se acercó a la mesa y le tocó el hombro a Lachlan.

—Lachlan, ¿podemos hablar?

El hombre se puso de pie.

—Sí, primo.

Caminaron hasta la mesa de Craig, donde no había nadie sentado.

—¿Qué pasa? —preguntó Lachlan—. ¿Por qué no estás con tu esposa, calentando su cama?

Craig se quedó en silencio por un momento, estudiando el rostro del guerrero. Tenía los ojos marrones, brumosos y rojos, los párpados pesados y una expresión despreocupada.

¿Cómo podía ser un traidor? Desde que Craig lo conocía, el hombre no había sido otra cosa que honesto.

—Eso no importa. Escucha, ¿tenías una relación cercana con tu abuela?

—Sí, con las dos.

—Hablo de tu abuela MacDougall.

—Sí, la abuela Coline. Ella murió cuando yo era pequeño. Sin embargo, todavía recuerdo sus pasteles de avena con miel. No la veía muy a menudo porque vivía más lejos. ¿Te ha visitado desde la tumba o qué?

Craig no podía decirle a nadie que habían interceptado a la paloma. Necesitaba que el traidor no se enterara para que no se pusiera nervioso, sea quien fuera. Para que pudiera observar. Ya le había dicho a Killian que guardara silencio sobre la nota, pues, de lo contrario, estaría poniendo en peligro a todo el castillo. El chico había entendido, Craig había visto la determinación en su rostro, así como también el peso de la importancia del secreto.

—Pues ahora que estoy casado con una MacDougall —dijo avergonzándose de mentirle a un miembro de su clan—, pensé que quizá conocería a algunos de ellos. ¿Alguna vez fuiste a las reuniones de los MacDougall? ¿Visitaste a tus parientes del lado de tu abuela?

—Una o dos veces, cuando la abuela aún vivía. También me visitaron un par de primos, creo.

—¿Sigues en contacto con ellos?

El rostro de Lachlan se puso serio.

—No. No sé dónde están ni lo qué hacen. Tampoco quiero saberlo. No después de lo que Alasdair le hizo a Marjorie. ¿Necesitas algo de los MacDougall, primo? Solo dilo y encontraré a esas alimañas.

Sintió una punzada de culpa. Lachlan parecía ser completamente inocente, honesto y ajeno a las sospechas de Craig.

¿Podría el pariente que había conocido toda su vida tramar semejante traición?

Al perder a su abuelo y al ver lo que los MacDougall le hicieron a Marjorie, Craig había jurado que nunca más sería tan ingenuo y confiado; nunca más permitiría que otro MacDougall lo traicionara a él o a su familia.

Era simple: no podía tener plena confianza en Lachlan.

La verdad era que no podía permitirse confiar en nadie.

—No, por ahora no, primo. —Craig apretó el hombro de Lachlan—. Te buscaré de nuevo si necesito algo. De momento, es bueno saberlo.

—Bien, entonces, quiero felicitarte en persona por tu matrimonio y desearte muchos años de salud y felicidad. —Tomó dos copas de la mesa, le dio una a Craig y la chocó con la suya—. Bebamos.

CAPÍTULO 13

A LA MAÑANA SIGUIENTE, Amy se despertó con dolor de cabeza y calambres en el vientre. Le había venido la regla. Dio las gracias al cielo por los tampones que tenía en la mochila. ¿Qué hacían las mujeres en la Edad Media?

No tenía a nadie a quien preguntarle. Obviamente, no le preguntaría a Craig.

Craig había dormido en la habitación la noche anterior, pero no se había metido en la cama con ella. Había dormido junto al hogar, cubierto de pieles. Por la mañana, se marchó antes de que ella se despertara. Así que Amy tenía privacidad para vestirse. De alguna manera, era reconfortante tenerlo en la habitación con ella. Después de todo, ella era una extraña allí, no solo de otro continente, sino también de otro tiempo...

Todo se le hacía muy solitario.

Estaba acostumbrada a estar sola en Vermont, pero esto era diferente. Aquí, no podía ser ella misma, sino que todos los días tenía que fingir y tenía que estar pendiente de lo que decía y cómo se comportaba.

Pero ese era un nuevo día y todo lo que necesitaba hacer era acercarse un poco más a la piedra en la despensa. Ese día estaba un paso más cerca de marcharse de allí. Eso era aún más importante ahora que Craig pensaba que ella quería matarlo.

Así que había un asesino en el castillo, alguien que hablaba en serio... y eso era culpa del clan de Amy, bueno, de sus antepasados. Lo que significaba que Craig corría verdadero peligro.

Quería ayudarlo, pero, ¿qué podía hacer al respecto?

No era su vida y tampoco era asunto suyo. De hecho, sus asuntos estaban de regreso en su propio tiempo: ayudar a Jenny, asegurarse de que su hermana pequeña no se sintiera abandonada y sola cuidando a su padre. Lo mejor sería que Amy se marchara de allí lo antes posible.

Ahora era la esposa de Craig y la señora del castillo, o lo que fuera, por lo que necesitaba administrar la fortaleza. Eso le brindaba la excusa perfecta para visitar la despensa subterránea y revisar qué había disponible para preparar las comidas.

Amy cruzó el patio hacia la torre este. Abrió la puerta y se quedó inmóvil. Dos centinelas se hallaban de pie junto a la entrada de la planta baja.

¿Por qué pondría Craig centinelas allí? ¿Qué estaban protegiendo? No era la piedra, seguro que...

—Señora. —Uno de ellos asintió mirándola con detenimiento.

—Hola, caballeros. —Se mordió el labio al ver las expresiones confusas, ellos no tenían idea de lo que significaba la palabra «caballeros» en ese contexto. «No importa», pensó. «Hombros erguidos, mentón en alto y continúa fingiendo que sabes lo que estás haciendo». —Necesito ver qué hay abajo en la despensa para planear las comidas.

Los centinelas intercambiaron una mirada y fruncieron el ceño.

—Ahora —los presionó.

—No la podemos dejar entrar, señora —le informó uno de ellos—. El señor fue muy estricto al respecto.

—¿Quieren comer bien o quieren seguir asando ardillas y comiendo duras galletas de avena? ¿Qué tal pan recién hecho, mantequilla y un guiso caliente? Tengo entendido que se acerca el invierno.

Uno de los centinelas tragó saliva.

—Solo puedo dejarla entrar con el señor, señora.

Amy gruñó exasperada, dio media vuelta y se dirigió a la cocina.

—El señor esto, el señor aquello —murmuró en voz baja—. Pues, ya lo veremos.

La realidad era que ella también estaba cansada de comer mal. Y, como de verdad quería ayudar, estaba ansiosa por establecer algún tipo de orden en el castillo.

En Vermont, Amy dirigía la estación local de búsqueda y rescate y tenía ocho personas en su equipo. Esto no podría ser mucho más difícil. Y sería mucho menos peligroso, ninguna vida dependía de sus acciones. A menos que pusiera un hongo venenoso en un estofado por accidente... Pero tenía la suficiente confianza en sí misma como para no enfermar a nadie con su comida.

Entró en la cocina vacía, todavía sucia de la cena del día anterior.

Necesitaba un equipo de cocineros y un equipo de limpieza. Como Craig había despedido a los profesionales, Amy tendría que reclutar la ayuda de los hombres que se encontraban en el castillo. Lo más probable era que el mejor método fuera elegir a los hombres en base a su experiencia. Seguramente muchos de ellos sabían algo de cocina, pero dudaba que alguien quisiera limpiar. Tendría que hacer un plan de rotación, para que todos compartieran la carga. De lo contrario, tendría que pagarles o recompensarlos de alguna otra manera.

La cocina era un espacio enorme en una construcción de madera separada del castillo. Tenía un hogar gigante en un extremo con un gran caldero que colgaba de una cadena. En el medio de la habitación, había una enorme mesa de madera donde había cáscaras de vegetales y restos de carne de la noche anterior.

«Hombres», pensó Amy.

Por supuesto que en ese entonces no existía el agua corriente, por lo que tendría que enviar a alguien al pozo del patio con bastante frecuencia. Pero, por fortuna, había un desagüe para el agua sucia: un agujero en la pared que conducía a las alcantarillas del castillo.

Del techo colgaban manojos de hierbas. Cuando recién había llegado allí, Amy había visto pescados colgados alrededor y dentro del hogar para que se secaran, pero ya no estaban más allí.

En el extremo opuesto de la habitación, había un horno de piedra. Había visto a algunos de los hombres usarlo para hornear panes y pasteles.

Desafortunadamente, ella no sabía hornear. Recordó a su mamá horneando en la cocina de la granja. Amy solía ayudarla, pero eso había sido hacía tanto tiempo que no tenía idea de cómo hacerlo. Ella tampoco era una gran cocinera. Por lo general, preparaba macarrones con queso de una caja, metía una pizza congelada en el horno o calentaba una cena en el microondas. Tendría que recordar cómo hacer comida de verdad.

A continuación, entró a la despensa, que se ubicaba en la parte trasera de la cocina. Hacía frío allí, y el clima era bastante más fresco que cuando recién había llegado. Amy supuso que eso ayudaba a que las coles, los puerros, las cebollas y los guisantes secos duraran más tiempo. No había patatas, ni tomates, ni zanahorias, pero vio ciruelas, manzanas y peras que ya se estaban echando a perder. También encontró queso y tarros de mantequilla, que eran bastante salados, probablemente para conservarlos. Había unos sacos de harina alineados contra las paredes, y el olor le hizo recordar el aroma del trigo que crecía en la granja, aunque ella sabía que no era lo mismo. Los sacos contenían seguro avena, cebada o centeno. Varios cortes de carne y pescado ahumado colgaban del techo, y había huevos en una canasta.

Amy había estado alimentando a las gallinas que estaban en un corral dentro del establo, el que las mantendría calientes. Recordaba haber cuidado gallinas y gansos en la granja. Incluso había tenido vacas y caballos. A ella le encantaban los animales; de hecho, había querido convertirse en veterinaria. Pero cuando terminó el primer año de la escuela de veterinaria, supo que eso no era para ella. Echaba de menos trabajar con la gente.

En la despensa, también había pequeños recipientes con especias, canela, jengibre y pimienta, sin duda importadas y muy caras. La sal se encontraba en un pequeño saco sobre un estante. En un rincón había una barrica con vinagre. Podría usarlo para asear las superficies y tal vez incluso para limpiar heridas si fuera necesario. Por último, vio levadura, sin duda para hacer pan y cerveza.

Eso era todo. Su pequeño reino.

¿Qué podría hacer? Obviamente, no podía cocinar sola para todo el castillo. Craig había mencionado que había unas cien personas allí. Alguien tendría que hornear pan, porque ella no sabía hacerlo. Sin lugar a dudas, hacer guisos y sopas sería lo mejor y lo más eficaz. Solo arrojaría carne y verduras en el caldero gigante y tal vez le agregaría un poco de avena para espesarlo. Si con eso no alimentaba a cien personas por un día, entonces no sabía con qué lo haría.

Podía asar la carne que cazaban los hombres y hacer estofado con los peces que pescaban. Alguien tendría que ayudar a pelar, picar y lavar las verduras, amasar la masa para el pan y las tartas y hacer la limpieza en general.

Necesitaba hablar con Craig acerca de asignarles tareas a algunas personas.

Al salir de la cocina, se dio de bruces con un cuerpo sólido como una roca y casi pierde el equilibrio. El hombre alto la sujetó de los brazos y la estabilizó.

—Ten cuidado, muchacha —le dijo Hamish.

Amy se apartó de él de inmediato.

—Buenos días —lo saludó—. ¿Buscas algo para desayunar?

—Sí, así es. Se me parte la cabeza por la fiesta de ayer. No estaría mal comer algo para aliviar el hambre.

—Bueno, yo estoy buscando a Craig para que pueda asignar a

algunas personas para trabajar en las cocinas. Necesito panaderos, cocineros y un carnicero...

—Yo te puedo ayudar —le ofreció—. Tengo que hacer guardia en la torre sur después de la cena, pero puedo ayudarte de momento.

A esas alturas, Amy ya había aprendido que la cena significaba el almuerzo para ellos, y se comía desde media mañana hasta el mediodía. Y el refrigerio en realidad se parecía a una cena estadounidense que comían al final de la tarde o al anochecer.

—Bueno, te lo agradezco mucho, Hamish. ¿Sabes hornear pan?

—Sí. Crecí en una granja. Sé cocinar y hornear.

Amy se sintió optimista.

—Tú también creciste en una...

«Oh, diantres».

Dejó de hablar cuando se dio cuenta de que casi se le había escapado la verdad. Definitivamente, no era muy buena impostora.

—Quiero decir, como muchas otras personas, tú también creciste en una granja. ¡Eso es genial!

Él la miró de reojo, sus ojos oscuros la estudiaban con cautela. Por unos momentos, se volvieron fríos y sospechosos. Ella, nerviosa, se rio.

—Si pudieras empezar con el pan, eso sería maravilloso. ¿Sabes dónde está Craig?

Hamish asintió.

—Sí, lo vi cerca de la torre este.

—Excelente. Gracias, Hamish. —Amy asintió con la cabeza, le sonrió y se alejó lo más rápido que pudo. Sin embargo, sintió que Hamish la seguía con la mirada.

CAPÍTULO 14

AL DÍA SIGUIENTE...

—Fergus, ¿podrías pelar mejor los nabos, por favor? —le pidió Amy—. Mira, estás dejando muchas partes sin pelar.

Fergus, uno de los dos guerreros de mediana edad que la estaba ayudando, dejó de pelar el nabo y le lanzó una mirada intensa por debajo de las cejas.

Amy había organizado la cocina como una cinta transportadora. En realidad, no tenía idea de cómo funcionaban las cocinas grandes, pero su sentido común le decía que serían más rápidas y eficientes si cada persona tuviera un trabajo, tal como lo había planeado Henry Ford. Uno lavaba, otro pelaba y ella cortaba. Uno de los hombres más grandes cortaba la caza reciente que habían traído los cazadores y los otros dos, un adolescente y un hombre mayor, amasaban el pan para hornearlo.

—¿Quiere decir así, señora? —Fergus le arrojó el nabo a medio pelar.

En lugar de aterrizar sobre la tabla de cortar o cerca de ella, el nabo la golpeó en la cabeza. Los hombres se mofaron y luego se rieron a carcajadas. A Amy las lágrimas le ardían en el fondo de los ojos, pero ignoró el dolor. Ni de chiste dejaría que esos patanes la vieran llorar.

El nabo rodó por el suelo hacia Fergus.

Manteniendo una expresión neutral, Amy sopló para quitarse un mechón de cabello de la cara y luego estiró la mano para acomodarlo en su sitio.

—Por favor, recógelo y termina el trabajo, Fergus —le dijo.

Él le sostuvo la mirada durante un momento, luego se giró hacia Angus, quien estaba a su lado lavando las verduras en una olla grande.

—¿Conoces la historia de Kenneth MacDougall, el que se cogió a una cabra porque pensó que era su esposa?

La ira le llegó a Amy como una ola de calor y le encendió las mejillas en llamas.

—No —respondió Angus.

—Sí, era porque la cabra olía igual que ella.

Los cinco hombres estallaron en risas en la cocina. Amy estaba de pie con las manos en la cintura, mirándolos con frialdad.

—Muy inteligente y divertido, Fergus —señaló cuando la risa se apagó—. Ahora, termina el nabo o te lo meteré en cierta parte del cuerpo donde dudo mucho que te guste tenerlo.

La sonrisa de Fergus se desvaneció.

—No me amenace, señora. Usted no es quien manda aquí. Ni de chiste pienso seguir las órdenes de una MacDougall. ¡Yo solo respondo al señor!

Amy enderezó la espalda.

—Bueno, tu señor te dijo que trabajaras en la cocina bajo mis órdenes.

—Él me dijo: «trabaja en la cocina», así que yo trabajo en la cocina. No dijo ni una palabra sobre complacer al pequeño culito pelirrojo de la MacDougall. —Empujó el nabo con la bota y este rodó de regreso a ella—. Así que, si no le gusta mi trabajo, termine de pelarlo usted o búsquese otro cocinero.

Escupió la última palabra y se volvió para comenzar a pelar otro nabo.

Los hombres le lanzaron a Amy miradas sombrías y volvieron al trabajo mientras ella se quedó sin poder hablar y furiosa.

Estaba a punto de tomar el nabo y reconocer su derrota frente a su personal cuando un movimiento de la puerta captó su atención y se giró para ver a Craig.

Craig entró y ocupó todo el espacio con su presencia. A Amy se le fue el aire de los pulmones al verlo; le hizo olvidar toda la ira e indignación hacia Fergus. Como tenía el cabello un poco húmedo, se le pegaba a la frente... ¿se había bañado? La idea de ese cuerpo desnudo, húmedo, alto y duro...

¿Acaso era una colegiala? ¿Qué era eso de derretirse de ese modo al ver a un hombre guapo?

Sus ojos se encontraron, luego los de él se detuvieron en sus labios.

—¿Todo bien, muchacha?

Mientras la mirara así, ella estaría bien.

—Sí —le respondió.

Fergus y el resto no levantaron la cabeza y mantuvieron las manos ocupadas. Actuaban como niños traviesos en presencia del maestro.

A decir verdad, Fergus, en pocas palabras, había comparado a la «esposa» del señor con una cabra. Si Amy quisiera, podría hacer que Craig lo castigara en ese preciso instante. Pero no lo haría. No delataría a su equipo, sin importar lo mal que se portaran. No obstante, eso no quería decir que no pudiera darle una lección.

—No lo sé —dijo y miró intencionalmente a Fergus—. ¿Está todo bien, Fergus?

A uno de los ojos de Fergus le dio un tic, y se le dilataron las fosas nasales, pero él continuó pelando el nabo.

—Sí, señora —murmuró—. ¿Por qué no debería estarlo?

—¿No habías prometido terminar de pelar el nabo que se te cayó?

Fergus la fulminó con la mirada, y se le tensaron los músculos de la mandíbula.

—¿O entendí mal tu broma de la cabra MacDougall? —continuó Amy.

—¿Qué broma? —preguntó Craig.

La boca de Fergus se curvó de rencor. Parecía que estaba a punto de escupirle a Amy.

—No, la ha entendido bien, señora —le respondió finalmente y tomó el nabo.

Amy asintió satisfecha. La autoridad militar seguía siendo igual en la Edad Media. Sin lugar a dudas, ellos lo respetaban.

—Qué bueno —finalizó—. Me alegro de que nos entendamos.

Se volteó hacia Craig.

—¿Querías algo?

—Sí. —Craig miró alrededor de la cocina, todavía perplejo—. Necesito tu ayuda. Dijiste que tenías habilidades de curandera.

—Bueno, no curando para ser exactos, solo cosas de primeros auxilios...

Maldita sea, los primeros auxilios seguro que no significan nada para él.

—Este... —se apresuró a corregirse—. Sí, tengo algo de experiencia de curandera. ¿Hay alguien herido?

—Sí. Primeros auxilios o no, eres lo mejor que tenemos. Será mejor que vengas conmigo.

Amy asintió con la cabeza, se desató el delantal y lo dejó sobre la mesa grande.

—Angus, por favor, toma mi lugar y corta las verduras hasta que yo regrese.

—Sí, señora —dijo Angus.

Craig dejó que ella pasara por la puerta. Al pasarle por delante, Amy inhaló el aroma cálido y masculino de él, y se le aceleró el pulso.

—¿Qué fue todo eso de la broma con la cabra? —le preguntó cuando salieron al patio.

El aire frío le mordió las mejillas y la nariz a Amy y le recordó que el invierno no estaba muy lejos. En el patio se escuchaba el susurro de voces muy bajas, y se había formado una pequeña reunión junto a las puertas.

—No te preocupes —mintió—. Todo está bajo control. Solo que a ellos no les entusiasma demasiado estar cortando verduras, pero alguien tiene que hacerlo, ¿no?

—Sí.

—¿Quién está herido?

—Una niña, le pasó algo en el brazo —le informó—. Los aldeanos vinieron en busca de ayuda. ¿Puedes hacer algo?

—Espero que sí.

Amy había recibido capacitación avanzada en primeros auxilios y podía asegurar las extremidades fracturadas, realizar tratamientos básicos para quemaduras y detener hemorragias externas hasta que llegara una ambulancia, pero bajo ningún concepto era una profesional médica.

En el patio se había reunido una pequeña multitud, conformada por más de una decena de hombres y mujeres de diferentes edades. Las mujeres llevaban vestidos largos de lana oscura con gorras de lino blanco en la cabeza, mientras que los hombres llevaban chaquetas pesadas acolchadas y pantalones de lana. Todos miraron con recelo a Craig y a Amy mientras se acercaban.

En una carreta tirada por un poni, había sentada una niña de unos diez años. Un hombre mayor permanecía a su lado, con el brazo envuelto alrededor de los hombros de la niña. La pequeña se sujetaba un brazo y tenía una mueca de dolor que le distorsionaba el rostro.

Amy corrió hacia ella mientras la gente la miraba con cautela.

—Hola, cariño —la saludó Amy mientras se detenía junto a la carreta—. Mi nombre es Amy, Amy Mac...

—Amy Cambel. —Craig levantó la barbilla.

«Amy Cambel...»

¿Cómo podía limitarse a ponerle un yugo así, declarando

públicamente que ella era su propiedad? El pecho y el estómago se le tensaron hasta sentir un dolor agudo que la perforó. No hacía mucho tiempo, ella había sido Amy Johnson y, ¿cómo había resultado eso? Por un momento, Amy no pudo respirar; hizo un esfuerzo consciente por inhalar aire y luego exhalarlo.

—Es mi esposa —les explicó Craig a los presentes.

«Olvídate de Craig. Solo concéntrate en la niña que necesita ayuda».

Ya se ocuparía de él más tarde.

—Buen día, señora —la saludó el hombre que abrazaba a la niña—. ¿Usted es curandera?

Amy sonrió y se frotó una mano contra la pierna para evitar que le temblara.

—Bueno, no del todo. Pero sé cómo lidiar con algunas lesiones. A lo mejor, puedo ayudar a tu...

—Nieta —le dijo el hombre—. Mi nombre es Erskine, venimos de una aldea al norte del río Lochy. Escuchamos los rumores de que los Comyn ya no estaban aquí y queríamos ver por nosotros mismos a quién le tenemos que pagar el alquiler. Y Caoimhe —pronunció el nombre de la niña como «Kiva»— se cayó y se lastimó el brazo. Como el curandero no está, vinimos a preguntar si acaso el nuevo señor tendría uno.

Amy asintió.

—Veré qué puedo hacer. Caoimhe, ¿por qué no entras conmigo para que pueda verte el brazo? Aquí afuera hace un poco de frío para que te quites la ropa.

—Gracias, señora —dijo Caoimhe.

Amy ayudó a la niña a bajar de la carreta. En lugar de usar una capa, estaba envuelta en un par de abrigos para adultos. Junto a Craig, los tres caminaron hacia el gran salón donde estaría cálido gracias al fuego que ardía en el hogar, y Amy tendría suficiente luz para examinarla.

—No quería lastimarle el brazo aún más al pasárselo por una manga —le explicó Erskine.

—Sí, hiciste bien —le aseguró Amy—. Caoimhe, cariño, ¿por qué no me explicas lo que pasó?

—Unos chicos me perseguían —dijo—. Me subí a un árbol y me caí...

Entonces podría tratarse de un brazo roto. Los huesos rotos eran complicados. ¿Y si era un hueso roto? Que Dios no lo quisiera. ¿Y si estaba roto en varios lugares? En ese caso, Amy no podría hacer mucho para ayudar a la niña. Podría ponerle una férula y hacer algún tipo de yeso, pero no podía garantizar qué tan bien sanaría.

—¿Y dónde te duele?

—El hombro, señora. No puedo mover el brazo.

Llegaron, se sentaron cerca del hogar, y Amy desenvolvió a Caoimhe. Incluso debajo del sencillo vestido de la niña, se podía ver la extraña forma del hombro. Sin embargo, no estaba sangrando, lo cual era una buena señal. Amy palpó el hombro y el brazo para asegurarse de que no hubiera huesos rotos.

Al terminar, suspiró aliviada.

—La buena noticia es que no está roto. Está dislocado. Lo volveré a poner en su lugar.

Los ojos de Caoimhe se volvieron más grandes por el miedo.

—Te dolerá solo por un momento, cariño —le explicó Amy—. Después el dolor agudo pasará, pero el brazo estará adolorido por un tiempo y tendrás que usar un cabestrillo y no moverlo durante un par de semanas. Y definitivamente no podrás trepar más árboles.

Caoimhe se tensó y se alejó un poco de ella.

—Mira, cariño —continuó Amy—. Eres una chica valiente, ¿no? Una chica de las Tierras Altas que trepa árboles... Sé que estás un poco asustada, yo también lo estaría en tu lugar. Pero ahora estás a salvo. Tu abuelo está aquí. Y yo también estoy aquí contigo. Y mira a tu nuevo señor, Craig Cambel, ¿acaso has visto a un guerrero más fuerte que él? ¿Crees que un hombre como él dejará que te pase algo malo?

Caoimhe miró a Craig y luego a Amy. Él estaba de pie con la

espalda derecha, la postura tensa y un rubor apenas visible en las mejillas. Miraba a Amy con asombro y perplejidad. Cuando sus miradas se cruzaron por un momento, pasó algo entre ellos: una suerte de acuerdo, cierta adoración, que se sintió como un cálido beso en una fría noche de invierno.

—De acuerdo, señora —dijo Caoimhe—. Hágalo, estoy lista.

Amy asintió y le sonrió, aunque por dentro estaba nerviosa. Por lo general, les dejaba las extremidades dislocadas a los asistentes de ambulancia. Pero, si la dislocación duraba demasiado, los músculos y los vasos sanguíneos comenzaban a atrofiarse, y no siempre había una ambulancia disponible. Había hecho ese procedimiento en tres ocasiones: dos veces en medio de una tormenta y una en un lugar donde no tenían señal. En las tres ocasiones, todo había salido bien, pero siempre cabía la posibilidad de jalar demasiado fuerte o de la manera incorrecta y terminar causando más daño en la lesión.

Amy tenía que tener cuidado.

—Bien, cariño, necesito que te acuestes aquí, sobre la mesa. Craig, ¿podrías empujar el banco para que pueda tener acceso a su hombro?

—Sí —respondió Craig.

Quitó el banco y acercó la mesa al fuego.

—Gracias —dijo Amy—. Caoimhe, Craig te ayudará a subirte a la mesa. Acuéstate boca arriba para que tu hombro esté hacia mí.

Caoimhe hizo lo que le pidió Amy. El calor debería ayudar a que los músculos se relajaran un poco, aunque se pondrían más rígidos cuanto más tiempo pasara con el hombro dislocado.

—Voy a tomar tu brazo ahora —le explicó. Era importante que la persona lesionada supiera lo que se le haría.

Amy tomó el brazo de la niña y lo puso en posición recta. Lentamente, la giró para que estuviera a unos cuarenta y cinco grados del lado de Caoimhe. Sin cambiar el ángulo, tomó la mano de Caoimhe y tiró de ella con firmeza. Una vez que el músculo se aflojó lo suficiente, la cabeza del húmero debería deslizarse hacia la cavidad del hombro.

El rostro de Caoimhe se transformó en una mueca de dolor, y la pobre niña gritó.

—Lo sé, cariño, aguanta un poquito más.

El brazo se movió un poco por sí solo y emitió un ¡pop! apenas audible.

—¡Aaah! —gritó Caoimhe.

Amy la soltó con suavidad y le acomodó el brazo sobre la mesa.

—Creo que ya está arreglado. Pero todavía no te muevas, cariño, ¿de acuerdo?

Palpó el hombro debajo del vestido de la niña para comprobar que los huesos se encontraban en su lugar. Luego ayudó a Caoimhe a incorporarse.

—¿Puedes mover el brazo un poco para mí? Te dolerá, así que hazlo con cuidado, por favor. Solo necesitamos ver si puedes moverlo.

Caoimhe asintió y, con un quejido, movió el brazo hacia arriba.

—¡Excelente! Ahora, por favor, pon el brazo aquí, cerca del cuerpo, y sostenlo con una mano, así—. Amy se lo demostró. —No lo muevas. Te traeré un cabestrillo y luego estarás lista para regresar a casa.

—Permítame ir a buscarlo, señora —le pidió Erskine—. ¿Dónde lo puedo encontrar?

—Oh, gracias, Erskine —repuso—. Aquí al lado está la cocina. Allí debería haber sábanas limpias en uno de los cofres.

—De acuerdo.

—Diles que yo lo ordeno —añadió Craig.

—Sí, señor.

Erskine salió. Amy vio a Craig, y su mirada, intensa y cálida, estaba fija sobre ella. Él se veía desconcertado y la observaba como si ella fuera algo maravilloso que él acababa de descubrir.

A Amy se le secó la garganta.

—¿Qué pasa? —le preguntó.

—En el campo de batalla simplemente empujamos el hueso hacia atrás, pero a menudo se rompe. ¿Dónde aprendiste a hacerlo así?

Amy se miró las manos. ¿Lo acababa de decir como un cumplido? ¿O era tan solo curiosidad?

—Oh, bueno, tú sabes. Una aprende muchas cosas en Irlanda...

Ella lo miró y, aunque él no dijo nada más, tenía los ojos verdes del mismo color que el musgo bajo el sol, y no pudo apartar la mirada. Se quedó sin aliento y sintió unas burbujas que le hacían cosquillas en el estómago. Le daba la misma sensación cuando miraba la inmensidad de las montañas de Vermont o la primera vez que vio las Tierras Altas. En algún lugar profundo de su ser, Amy supo, sin la menor duda, que ese era el comienzo del desastre.

Y, a pesar de ello, no pudo apartar la mirada.

CAPÍTULO 15

MÁS TARDE, esa noche, Craig saboreó el guiso caliente de carne que lo hizo sentir como en casa. Su madrastra solía hacer estofado, y él disfrutaba la sensación de quedar satisfecho con una porción abundante. Por todo el gran salón se oían los murmullos de las voces de hombres satisfechos que habían comido su primera comida decente luego de varias semanas. El ambiente era casi festivo, como si hubiera algo que celebrar.

De cierto modo, sí había motivos para celebrar: la comida, la limpieza y una cocina que funcionaba por primera vez desde que habían tomado el castillo.

Craig no podía dejar de mirar a su hermosa esposa, que se encontraba sentada a su lado en la mesa del jefe. La sentía, era como si ella estuviera rodeada de un campo cálido e invisible que lo llegaba a tocar sin que su cuerpo lo hiciera.

—Bueno, no es veneno y por encima es la mejor comida que he tenido desde que me fui de casa —dijo Craig.

Amy se giró hacia él, arqueó las cejas y sonrió a medias.

—¿En serio? —le preguntó—. No soy tan buena cocinera. Deben ser tus hombres quienes hicieron eso. Yo solo organicé quién hacía qué.

—Siempre y cuando pongas una comida así en mi mesa todos los días, no me importa quién la haya cocinado.

—Solo usé un poco de sal y algunas hierbas, lo que pude encontrar...

—¿Sal? —Craig la interrumpió—. ¿Cuánta sal le pusiste?

—La que hizo falta, no lo sé, un par de cucharadas...

—¿Cómo pudiste ser tan despilfarradora?

—¿Despilfarradora? ¿Acaso la sal es tan valiosa...?

Amy se detuvo y se le abrieron los ojos al caer en la cuenta.

—Sí, tal vez los MacDougall naden en sal, pero es muy costosa para el resto de los mortales.

Craig buscó alguna señal de arrogancia y aguardó a que ella dijera que no le importaba desperdiciar bienes o que no podía prohibirle que usara lo que quisiera por más caro que fuera.

—Lo siento —le dijo sonrojándose como si estuviera avergonzada—. No lo sabía. Pensé que conseguirías más.

Sí, los MacDougall eran un clan más rico y poderoso que los Cambel, pero ella debió haber visto que no quedaba mucha sal. Era como si no tuviera idea de que eso era un desperdicio. Como si todos en el mundo pudieran permitirse comprar tanta sal como quisieran. Estaba seguro de que una rica doncella MacDougall, incluso una criada en el extranjero, lo habría sabido.

—¿Conseguir más? ¿Dónde? —preguntó.

Ella tragó con fuerza y una ola de pánico le cruzó por los ojos.

—¡No lo sé, Craig! Olvidémoslo. No volveré a usar sal, ¿okey? ¿Hay algo más que sea valioso y no quieras que use?

—Pensé que serías tú quien me dijera que tuviera más cuidado con cosas como jabones, hierbas medicinales, sábanas y ropa.

Amy se desanimó.

—Sí. Por supuesto. Todas esas cosas.

Había algo de lo más extraño en ella; era como si no entendiera las cosas más básicas. Ella no le parecía loca. Había cocinado un delicioso guiso y había ayudado con el brazo de esa niña. Era como si simplemente no «supiera» ciertas cosas. Además, tenía una forma de hablar muy peculiar; Craig nunca en su vida había oído a nadie hablar de ese modo o dijera palabras como «*okey*». Sin mencionar la forma en que estaba vestida cuando la conoció, el extraño objeto de metal que sostenía en la mano...

—¿Por qué eres tan diferente de todos los que conozco? —le preguntó.

Amy soltó un suspiro tembloroso.

—¿Lo soy? ¿Cómo es eso?

—No lo digo de mala forma. Pero no sabes las cosas que sabe todo el mundo. Hablas de forma extraña. Y cuando te conocí, ibas vestida como nadie que haya conocido antes.

Amy se miró las manos, que estaban apoyadas sobre la mesa, y se encogió de hombros.

—Tú tampoco eres exactamente el tipo de hombre que yo conozco todos los días.

—Y, ¿qué hay de diferente en mí?

Ella suspiró y luego, con los ojos oscuros como dos charcos de agua, buscó la mirada de Craig.

—Casi todo.

Le sostuvo la mirada con esos ojos grandes y hermosos por un momento, y a Craig se le secó la garganta. ¿Acaso eso sonaba como si a ella le gustara lo que veía en él? ¿O solo se lo estaba imaginando? Con la mente nublada y rehusándose a pensar, a Craig se le aceleró la sangre caliente cuando se inclinó hacia ella.

—Eres un misterio —le susurró—. Por lo general soy bueno resolviendo misterios. Dime, ¿por qué no puedo resolverte a ti?

Ella se acercó a él.

—Porque no deberías.

Con un gemido que no pudo contener, Craig le cubrió la boca con la suya. La boca de Amy era como terciopelo, los labios como pétalos de rosas, y la lengua como fuego. Ella sabía deliciosa, y él quería más. Lo invadió una ola ardiente de deseo. «Mía, mía, mía», proclamó su corazón.

Él la deseaba. Ella era su esposa. Era suya por derecho.

Giró la silla de Amy hacia la de él y la jaló para acercarla más. Tenía la cintura delicada y fuerte bajo sus manos; era como la curva de un arco. A él le palpitaba la entrepierna, la necesidad que sentía por ella se tornó más espesa, caliente y pesada.

—Muchacha —le dijo contra los labios—, si no me deseas, dímelo ahora. Un momento más y ya no podré detenerme.

Amy se quedó tiesa, y él sintió el aleteo de sus pestañas cuando abrió los ojos. Ella se echó hacia atrás, y él la miró con el ceño fruncido.

—Sí, creo que es mejor detenerse, Craig.

Él exhaló y frunció el ceño. Amy tenía las cejas unidas y los labios rojos, hinchados y entreabiertos mientras luchaba por recuperar el aliento.

—¿Por qué? —le preguntó—. ¿No te gustan mis besos?

—Yo... no es por eso.

—Eres mi esposa. Yo soy tu marido. Tengo derecho de acostarme contigo. ¿O todavía te estás guardando para el conde de Ross? —Esa idea le hizo sentir unos celos que se le clavaron en el estómago.

—¿Qué? No.

—Entonces, ¿qué pasa?

—Solo creo que complicará más las cosas.

—¿Qué hay que complicar? Sin duda, hará que nuestro tiempo juntos sea mucho más agradable de lo que es ahora.

Ella se humedeció los labios.

—Te mostraré todas las formas en las que un hombre puede amar a una mujer. Placeres que no creerías posibles.

Ella exhaló despacio. El pecho le subía y le bajaba rápidamente. Tenía una vena en el cuello que le latía. Sí, ella lo deseaba. Él le tomó la mano, pero ella la apartó de un tirón y se puso de pie de un salto.

—Estoy muy cansada, Craig. Me voy a la cama.

—Pero apenas comiste...

Ella se volteó y se marchó. Lo dejó con el ceño fruncido, sintiéndose confundido y rechazado.

Craig fue a dormir a la habitación de la torre Comyn que estaba debajo de su habitación. Pero no pudo pegar un ojo. Sus pensamientos volvían a Amy, y tenía los músculos tensos y ardientes por la necesidad insatisfecha. Sí, él deseaba a la mujer, aunque fuera su enemiga. Y era un tonto por eso. Ella era una mujer hermosa, pero él había comenzado a ver más allá de eso. Había comenzado a ver que tenía un corazón cariñoso y habilidades sorprendentes. Era fuerte e inteligente.

Pero quererla le nublaría juicio y lo cegaría ante el peligro. No lograría ver la cuchilla hasta tenerla clavada en la espalda.

Por lo tanto, no podía confiar en ella. No le podía gustar. No solo porque Amy era una MacDougall, sino también porque escondía algo. A menudo le temblaban las manos, se mostraba nerviosa por ser tan diferente y no sabía las cosas básicas. Ella le estaba mintiendo. Pero Craig no sabía si era porque quería hacerle daño a él y a la causa de Roberto I o porque tenía miedo de algo.

De pronto, una sombra se proyectó sobre Craig, quien se llevó la mano directo a daga que tenía debajo de la almohada.

—Soy yo, Hamish —susurró el hombre—. Veo que tú tampoco puedes dormir. Quizás un *uisge* nos ayude a conciliar el sueño.

Craig frunció el ceño. De hecho, un *uisge* para acallar los pensamientos y adormecerlo sonaba como la idea perfecta.

—Sí. —Se levantó del saco de dormir y se puso el abrigo—. Es la mejor idea que he escuchado en varias semanas.

Subieron las escaleras y luego salieron al muro. Se apoyaron contra el parapeto y exhalaron nubes de vapor en el aire oscuro de la noche. Desde allí, el río y el lago se veían negros en contraste con la orilla y las colinas que se alzaban más allá del agua en tonos grises debido a la fina capa de nieve que las cubría.

Hamish le entregó la petaca para beber, y Craig bebió varios tragos con gusto. Gimió cuando el líquido le quemó la boca y luego observó a Hamish tomar un sorbo también.

—¿Tu esposa no quiso que durmieras con ella? —le preguntó Hamish.

Craig miró a Hamish con recelo. El hombre tenía la vista fija en la vasta oscuridad y una expresión deliberadamente tranquila e indiferente en el rostro.

—No deseo hablar de mi esposa —le respondió.

—Claro, disculpa. Es solo que a mí me ayuda hablar de las cosas que me preocupan cuando no puedo dormir.

Craig se aclaró la garganta. Se sentía posesivo hacia Amy; Hamish había estado a menudo cerca de ella, y ahora su primera pregunta era sobre ella... ¿por qué estaba tan interesado en ella? Nunca la tendría mientras ella fuera de él.

—¿Por qué no puedes dormir? —Craig extendió la mano hacia la petaca.

Hamish se rio.

—Pensar en una mujer me mantiene despierto.

Craig rechinó los dientes. «¿Amy?»

—¿Una mujer? —le preguntó.

—Bueno, no es una mujer. Una muchacha. De cuando era un niño pequeño.

Craig arqueó las cejas y luego bebió un sorbo.

—¿Sí?

—Me criaron en una granja después de la muerte de mis padres. A ella también. Era la única persona en el mundo que era amable conmigo, y nos volvimos inseparables. Mis padres adoptivos eran duros con los dos, pero ella, al ser una muchacha y más joven, era más débil. Se enfermó porque la golpeaban y murió.

Craig alternó el peso de un pie a otro y le devolvió la petaca a Hamish. Hamish tomó varios tragos largos.

—Lamento oír eso, Hamish —le dijo.

—Pienso en ella a menudo. Pienso en lo que hubiera pasado si yo la hubiera protegido. ¿Habría crecido para convertirse en una mujer fuerte y bonita? ¿Me habría casado con ella? ¿Cuán distinta sería mi vida si ella no hubiera muerto?

Craig exhaló. El *uisge* comenzaba a quemarle el estómago de forma agradable y por fin se le comenzaban a distraer los pensamientos.

Soltó un suspiro. Entendía esos pensamientos, ese dolor. Él no había perdido a Marjorie, pero había permitido que sufriera un gran daño. ¿Cómo hubiera sido la vida de su hermana si no la hubieran secuestrado y violado?

—En ese entonces, juré que nunca permitiría que lastimaran a una mujer —explicó Hamish y miró a Craig—. Supongo que es por eso que me siento un poco sobreprotector con tu esposa.

Craig también lo entendió.

—No te preocupes por mi esposa. Yo soy el responsable de su protección y nunca dejaré que sufra ningún daño.

—Sí, lo sé. Pero no puedo evitarlo. Alguien le levanta la voz a una mujer, y algo en mí se enciende. Te juro que no tengo ningún pensamiento sobre ella como mujer, Craig. Ella es tu legítima esposa, y nunca miraré a la mujer de otro hombre. Espero que me creas.

Craig lo estudió. Había un tono de insistencia en la voz de Hamish, tal vez demasiada presión en sus palabras, pero sus ojos brillaban serios y oscuros bajo las cejas fruncidas. No tenía motivos para desconfiar de él. De hecho, podía identificarse mucho con el instinto protector de Hamish.

Craig le dio una palmada en el hombro.

—Sí, Hamish, te creo.

—Gracias.

—Y si ves a alguien merodeando por el palomar o notas algo extraño, ven a verme, ¿de acuerdo?

Hamish se enderezó.

—¿Por qué? ¿Qué pasa con el palomar?

Craig confiaba en él, pero no lo suficiente para contarle la verdad.

—Nada. Pero no podemos permitir que ella intente enviarle un mensaje a su padre, ¿no?

Un músculo se contrajo en la mejilla de Hamish, pero fue apenas perceptible. De seguro todavía seguía no muy contento de que alguien pudiera pensar mal de Amy.

—No —respondió finalmente y se terminó de beber el *uisge*.

CAPÍTULO 16

TRES DÍAS MÁS TARDE...

Amy se despertó temprano después de una noche de dar vueltas sin lograr conciliar el sueño. No podía sacarse el beso que ella y Craig habían compartido hacía tres días ni de la cabeza, ni del cuerpo. El roce de los labios de Craig contra los de ella, la dulce lengua que la había acariciado y le había prometido incontables travesuras. El calor del cuerpo de Craig cuando la jaló hacia él.

Ese beso le había hecho olvidar todo. Ella se había disuelto en él, deleitándose en lo que prometía ser felicidad pura. Recordó la sensación de los músculos fuertes de Craig debajo de sus palmas cuando ella le apoyó las manos contra el pecho. Su aroma, oh, su aroma. Quería inhalarlo para siempre, inhalarlo a *él*.

Oh, Dios. Estaba enamorada de un maldito *highlander* del siglo XIV.

Él nunca iba a la habitación, y Amy no lo culpaba. De hecho, durante los últimos días había estado ausente del castillo. Había salido con algunos de sus hombres a cobrar el alquiler y los impuestos de las nuevas tierras.

De modo que Amy solo lo había visto la noche anterior, cuando Craig regresó a casa. De cualquier forma, era mejor así. Ella había logrado detenerse cuando él la había besado, pero si él iba allí y los dos se encontraban en una habitación, con una cama, pieles y el hogar... y Craig comenzaba a desvestirla y...

«No. ¡Deja de pensar en él sin la camisa!»

Amy saltó de la cama y se vistió. Le llevaba mucho más tiempo ponerse toda la ropa medieval: la camisola, los cordones y luego el vestido en sí; no usaba sostén y tampoco lo echaba de menos. Pero sí extrañaba la ropa interior. Estaban esos pantalones delgados de lana que ella no quería usar porque los había usado la anterior señora del castillo cuya habitación ahora ocupaba. E incluso si los hubiera lavado, se hubiera sentido incómoda usando la ropa interior de otra persona.

Amy fue a la cocina para comenzar a preparar el desayuno. Los últimos tres días había entrado en una rutina: desayunar, asear, cocinar el gran caldero de estofado y hornear pan que serviría durante el almuerzo y la cena. Como los guerreros siempre desayunaban avena o gachas, eso era precisamente lo que les cocinaba.

Cuando Amy comenzó a llenar un par de cubetas de agua de pozo en el patio, todavía estaba oscuro afuera. Acto seguido, encendió el fuego y vertió el agua y la avena dentro del caldero que había sido lavado a fondo el día anterior.

Mientras la comida se hacía, fue a buscar otra cubeta de agua para limpiar más tarde. El cielo se empezaba a aclarar, y el castillo se comenzaba a despertar. Los hombres se ocupaban de sus asuntos matutinos y comenzaban a reunirse en el gran salón. Alguien gritó detrás de las puertas.

—...hablar con el señor... necesito un caballo...

Los guardias abrieron las puertas, y una mujer y un hombre se apresuraron a entrar. Miraron desesperados a su alrededor, y la mujer corrió hacia Amy.

—Por favor, ¿dónde está el señor? Estamos buscando al nuevo señor.

—Yo soy la esposa. —Amy puso el balde de agua en el suelo
—. ¿Qué sucede?

—Somos de la aldea de Inverlochy. Mi nombre es Alana y él
es mi esposo, Diarmid. Mi madre... —la mujer sollozó—. No
podemos encontrarla. A veces deambula por los alrededores y se
olvida las cosas. Anoche la buscamos y esta mañana también, y
aún no ha regresado. Probablemente haya ido a recoger hierbas a
las montañas y se olvidó el camino de regreso. Necesitamos un
caballo; el ejército se llevó todos los de la aldea. Por favor...

Amy asintió. Búsqueda y rescate. Eso era lo que ella hacía.
Podía encontrar a la mujer, o al menos podría intentarlo. Pero
sería complicado sin un coche. A caballo, sería más fácil. Ella
sabía montar a caballo; lo había aprendido en la granja. Pero
Craig no la dejaría salir del castillo. Bueno, en ese caso, no le
quedaría más opción que obligarlo.

—Esperen aquí —les dijo—. Iré a buscar a Craig.

Se dio la vuelta y echó a correr hacia la torre Comyn. De
seguro, Craig había dormido con el resto de su clan en los
aposentos del señor del castillo situados debajo de la habitación
de Amy. Mientras ella se apresuraba hacia la entrada, él había
salido y se dirigía hacia ella.

Ella se detuvo, sin aliento, como si hubiera chocado contra
una pared invisible. Craig todavía llevaba la túnica desabrochada
en la base de la garganta, por lo que la mata de vello oscuro que
le cubría el pecho estaba al descubierto. Tenía el rostro aún soño-
liento y el cabello despeinado y, mientras caminaba, se estaba
poniendo el abrigo. La inmovilizó con la mirada, su rostro se veía
frío e indiferente, pero sus ojos ardían.

De repente, Amy tuvo sed, y el suelo comenzó a moverse
debajo de sus pies. Craig se detuvo justo frente a ella, tan alto e
imponente como una montaña.

—Buenos días —lo saludó—. Te estaba buscando.

—Bueno, me encontraste —le respondió acariciándola con la
voz—. ¿Qué sucede?

—Esa gente. —Amy señaló detrás de ella—. Han venido a

pedirte ayuda. La madre de la mujer ha desaparecido. Creo que tiene demencia. Quiero decir, es probable que haya olvidado cómo regresar a casa. Necesitan un caballo para ir a buscarla a las montañas.

Craig frunció el ceño y estudió a los dos visitantes.

—¿De dónde vienen?

—De la aldea. Al parecer, no tienen más caballos. Yo puedo ir a buscarla. La mujer corre riesgo de morir congelada si pasa otra noche en las montañas. Debemos darnos prisa antes de que lleguemos demasiado tarde.

Él levantó una ceja.

—¿Debemos?

Amy se miró los pies.

—Mira, como ya te dije antes, soy buena rastreando y he rescatado a muchas personas. También sé cómo ayudar con las heridas: tú me has visto con Caoimhe. Te prometo que seré útil. Y no huiré.

Craig le sostuvo la mirada durante mucho tiempo, y Amy sintió como si un detector de mentiras invisible la escaneara e intentara llegar a lo más profundo de su alma. Esos penetrantes ojos verdes... Un escalofrío la recorrió mientras se preguntaba si, en efecto, él había descubierto la verdad con solo mirarla.

—¿Me das tu palabra? —le preguntó.

—Sí, te doy mi palabra. No puedo permitir que esa mujer muera. Tengo la capacidad para ayudarla y solo quiero intentarlo.

—Probablemente esté loco por confiar en una MacDougall cuando he jurado no volver a hacerlo nunca más. Pero yo estaré contigo todo el tiempo. Y si intentas algo, si intentas huir o enviar un mensaje a alguien, te encerraré de nuevo. Una vez rota mi confianza, ya nunca volverás a recuperarla. ¿Entendido?

Amy asintió. Por lo menos en eso no lo estaría engañando. Y, si algún día él descubría cuánto lo estaba engañando en realidad, y lo haría, nunca la perdonaría. Se lo había dicho él mismo. Ella nunca podría recuperar la confianza de Craig.

Por algún motivo, ella quería tener su confianza. Era como un regalo precioso y frágil que quería mantener vivo. Y lo lograría... al menos por ahora.

—Sí —le dijo de inmediato—. No huiré, te lo aseguro. Y si intento algo, puedes volver a encerrarme.

Craig asintió brevemente.

—De acuerdo. —Se dirigió hacia la pareja—. Yo los ayudaré — les dijo—. Iré en persona junto con mi esposa.

Los rostros de los aldeanos se suavizaron; las máscaras de preocupación y ansiedad desaparecieron y fueron reemplazadas por sonrisas eufóricas. La mujer tomó la mano de Craig.

—Gracias, señor. Gracias.

Amy lo siguió y se detuvo a su lado.

—¿Hay algún camino en especial que ella suela tomar cuando va a las montañas?

—Sí. Sube por el arroyo, hacia la cascada. Pero ayer la buscamos por allí y no la encontramos.

Craig asintió.

—Pueden mostrárnoslo. Deberíamos ir por los caballos —se giró hacia Amy—. ¿Cuántos hombres necesitas que vengan?

—Solo tú. Dos seremos más que suficiente; hay que saber dónde buscar. Llevar más personas que no tengan idea de lo que están haciendo sería inútil.

—¿Estás segura? Pueden gritar su nombre.

—Será más rápido. Si no saben dónde buscar, podrían destruir todos los rastros y entonces nunca podremos encontrarla.

—Le pediré al menos a Owen que venga...

—¿Sabe rastrear?

—Solo para cazar.

—¿Y tú?

—También para cazar.

—Tú y yo bastaremos.

Tú y yo... eso sonaba tan bien. Como si Craig pensara lo mismo, una pequeña sonrisa se dibujó en sus labios.

—Incluso podría ir sola —agregó—, pero estoy bastante segura de que no permitirías que eso suceda, ¿no?

Él se rio.

—Ni en tus sueños.

Amy negó con la cabeza y suspiró.

—Iré a buscar mantas, y también necesitaremos algo de comida y agua.

—Sí.

Rápidamente, ensillaron los caballos y juntaron todo lo necesario para la búsqueda y el rescate; Amy llevó su mochila con el botiquín de primeros auxilios escondido debajo de una capa de piel que había encontrado en el baúl de *lady* Comyn.

Conteniendo la respiración, Amy se montó al caballo. Por fin dejaría el confinamiento del castillo para hacer algo para lo que era buena: su verdadera vocación.

Cuando los hombres abrieron las puertas, Craig y Amy salieron del castillo, atravesaron el puente que había sobre el foso y continuaron cabalgando hacia la aldea. A pesar de que Amy ya estaba acostumbrada a la idea de encontrarse en la Escocia medieval, no podía quitar los ojos de las casas con techo de paja, la gente y las carretas. Había un mundo más grande allí afuera, un mundo medieval que ella ni siquiera había visto todavía. Ese pensamiento le hizo sentir una ola de emoción.

Cabalgaron durante media hora, hasta que las colinas comenzaron a convertirse en montañas. Una vez allí, Alana y Diarmid les mostraron el camino que solía tomar Elspeth, la madre de Alana.

Comenzaron a subir. Allí crecía un espeso bosque de pinos, abedules y álamos. Las cimas de las altas montañas estaban cubiertas de nieve. Amy respiró el aire helado y dulce, le ardían los pulmones por el ritmo acelerado con el que se movían. El sol salió, y Amy sabía que la fina capa de nieve, que cubría el suelo y las hojas caídas, pronto comenzaría a derretirse.

Amy se detuvo y se desmontó del caballo. Allí mismo, en el

barro helado cubierto de nieve, había una huella de tamaño mediano, ligeramente rotada hacia afuera y con el arco elevado.

—Encontré una huella —anunció.

Craig se desmontó del caballo de un salto. Amy estudió el suelo y los árboles que los rodeaban.

—¿Qué estás buscando? —le preguntó.

—Necesito un palo recto de un metro para rastrear las huellas.

Craig encontró una rama más o menos recta.

—¿Te sirve esto?

—Sí, ¿le puedes quitar las ramas más pequeñas?

Él asintió, se las quitó con el cuchillo y luego le dio la rama.

—¿Me prestas el cuchillo? —le preguntó Amy.

Los ojos de Craig registraron un brillo de alarma.

—¿Para qué?

—Necesito hacer algunas marcas en la rama para medir el tamaño del pie y la longitud del paso. Para asegurarnos de que sigamos sus pasos y no los de otra persona.

Craig la miró con cautela a ella y luego a la huella.

—Nunca había oído hablar de tal método. Si esto es un truco...

—Te digo que soy buena para esto. La encontraremos, pero tenemos que darnos prisa.

Craig le dio el cuchillo, y ella puso la rama sobre la huella y marcó la longitud desde la punta de la rama. El patrón de la suela era plano y el tacón, liso. «Por supuesto, la gente no tenía zapatos con suelas de goma estampadas en ese entonces», pensó.

Amy se agachó y deslizó con cuidado el palo paralelo al suelo por encima de la huella, dibujó un reloj y siguió el sentido horario desde las diez hasta las dos en punto. Con la atención fija en la punta de la rama, buscó la siguiente huella.

—¡Ahí! —La señaló.

A menos de medio metro delante de ella se hallaba la siguiente huella, que no era tan profunda como la primera y, por lo tanto, resultaba más difícil de encontrar. Se acercó y se arrodilló con cuidado de no tocar la huella. Se trataba de una marca parcial, solo se veía un talón. Amy marcó la distancia entre el talón de la primera huella y el de la segunda.

—Sin duda le pertenece a una persona mayor. ¿Ves cómo los bordes de los talones están un poco difuminados?

Craig se agachó junto a ella.

—Sí.

—Es porque está arrastrando los pies. Quizás esté cansada. Pero es más probable que se deba a la edad.

Craig asintió.

—Tienes razón. Yo no sabría qué buscar. ¿Cómo aprendiste todo esto? ¿Quién te ha enseñado?

«Búsqueda y rescate de las montañas de Vermont».

—Había un hombre cerca de casa —le dijo. Eso era lo bastante impreciso como para ser cierto, y Amy se sintió bien de no tener que mentirle—. Él había sido rastreador toda su vida y me enseñó.

—Pero, ¿por qué estabas interesada en aprender a rastrear?

Amy exhaló temblorosamente. Se le tensó el pecho al recordar el granero abandonado, las noches frías, el hambre voraz de tener el estómago vacío y los labios secos y agrietados por la deshidratación.

Pero no podía decirle eso. No solo porque no podía revelar que era de otra época, sino también porque no se atrevía a contárselo a nadie. No podía admitir ni su propia vergüenza, ni la cobardía que la había llevado a esa situación.

Otro hecho, mucho después, la había llevado a elegir la búsqueda y el rescate como profesión.

—Porque se perdió un niño —le respondió.

Había ocurrido en Nueva York, donde se había mudado para convertirse en veterinaria. El hijo de sus vecinos se había perdido.

—Y yo no podía dejarlo solo, desesperado, pasando hambre y frío. Encontré al chico, pero fue más por casualidad que por conocimiento. En ese entonces, no tenía idea de cómo hacer nada de esto. Pero cuando lo encontré, cuando vi las lágrimas de alivio en su rostro, cuando me abrazó temblando y no me soltó hasta que lo llevé con su madre, supe que eso era lo que quería hacer. Era lo que estaba destinada a hacer: nunca dejar que nadie se perdiera así, asegurarles que siempre alguien vendría a rescatarlos.

Craig la miró fijo y parpadeó.

—Eso es muy noble de tu parte, Amy. Eres muy buena.

Ella se encogió de hombros.

—Ojalá más personas supieran cómo rastrear y rescatar. Pero incluso una sola persona puede hacer la diferencia. Aunque solo pueda salvar una vida, creo que vale la pena.

Craig exhaló bruscamente.

—¿Estás segura de que eres una MacDougall?

Ella se rio.

—Sí. Ahora mismo estás asombrado, ¿no?

—¿Y tu padre te permitió hacer eso siendo mujer? ¿Vagar sola por las montañas y por el bosque?

Amy se humedeció los labios con nerviosismo. Era cierto, a las mujeres en esta época no se les permitía hacer mucho al aire libre.

—Bueno, mi instructor estaba conmigo la mayor parte del tiempo.

Craig entrecerró los ojos.

—Nunca he oído hablar de nada semejante. Suena muy raro.

—¿No me crees?

—Para mi sorpresa, te creo. Veo que me estás diciendo la verdad, pero no puedo imaginarme a John MacDougall dejando que su única hija se ponga en peligro de esa manera. ¿O acaso no se preocupa por ti?

Amy miró al suelo. «Su» padre, de hecho, no se preocupaba por ella.

—Sí, has acertado, Craig. Pero debemos darnos prisa. La pobre Elspeth está esperando.

Miró la huella y barrió el suelo con la rama de nuevo para

encontrar la siguiente huella. Continuaron así mientras las huellas todavía eran bastante visibles en el barro. Craig se aseguró de que los caballos los siguieran.

Hablaron un poco más sobre el rastreo, comparando lo que Craig sabía sobre el rastreo de animales con lo que sabía Amy. Luego empezaron a hablar de otras cosas, sobre Craig y su familia. Él le contó que había ido a Inglaterra con su padre y sus tíos durante los cuatro años que Roberto I fue aliado de Eduardo I para oponerse a la restauración de Juan de Balliol como rey escocés. Le contó que, durante ese tiempo, los Cambel habían luchado por Eduardo I y que su tío Neil había recibido tierras en Cumberland en reconocimiento por su servicio. Le explicó lo diferente que era Inglaterra de Escocia. Aunque la mente de Amy estaba en la tarea de rastrear a Elspeth, hablar con Craig le resultaba fácil y agradable, y deseó que pudieran hablar así para siempre.

Debió haber pasado una hora más o menos, el terreno se fue volviendo más rocoso y el bosque menos abundante. Allí arriba, las huellas de la mujer se tornaron confusas. Había pisado varias veces un mismo lugar, como si hubiera girado para mirar a su alrededor. Luego los pasos cambiaron de dirección: la mujer se había salido del camino y se había internado en el bosque.

Allí solo había unos pocos parches de nieve, y los pasos de Elspeth ahora estaban enterrados en las hojas caídas, la hierba podrida y entre pequeñas piedras. Era más difícil verlos, pero Amy sabía qué buscar. La mujer había subido la pendiente, se había vuelto a detener, se había apoyado en una roca y luego se había marchado en otra dirección. Resultaba evidente que estaba desorientada o perdida. Era bueno que se moviera a paso lento porque las pistas se estaban volviendo más frescas. Amy también vio ramas rotas en los arbustos y unos pequeños hilos de lana aferrados a las ramas.

—Creo que se encuentra cerca —comentó—. Lo puedo sentir.

Apretaron el paso. A veces las señales eran apenas visibles y tomaban una dirección completamente diferente a la que Amy había anticipado. Y, de pronto, se detuvieron frente a un acantilado y vieron una cueva. Amy y Craig intercambiaron miradas.

—¡Elspeth! —gritó Amy corriendo colina arriba en dirección a la cueva—. ¡Elspeth!

—¡Elspeth! —repitió Craig mientras ataba los caballos a un árbol y luego la siguió.

Amy se detuvo en la entrada de la cueva. Cuando sus ojos se adaptaron a la oscuridad, vio una sombra gris apoyada contra la pared a unos metros de distancia.

Se apresuró a entrar.

Una anciana se encontraba sentada en el suelo, apoyada contra la pared. Tenía el cabello despeinado debajo del capuchón; de la capa sucia y rasgada le colgaban hojas y césped. Estaba pálida y temblaba. Abrió los ojos rojos y humedecidos con lágrimas.

—¿Quién es Elspeth? —preguntó la mujer.

Craig se detuvo junto a Amy.

—Es ella —le dijo Amy—. No recuerda quién es. Pero es ella.

Sintió la mirada de Craig sobre ella.

—Cumpliste tu promesa. La encontraste —le dijo y, si Amy no se equivocaba, en su voz había una nota de admiración.

Envuelta en mantas y tartanes, Elspeth iba sentada enfrente de Amy sobre el caballo. Amy sentía que necesitaba protegerla e insistió en que la mujer fuera con ella, para que pudiera reaccionar rápido si notaba alguna señal de que pudiera necesitar asistencia médica.

Bajaron la colina con cuidado, permitiendo que los caballos escogieran el camino. Craig cabalgaba delante de ellas, y Amy se la pasó mirando su figura ancha y poderosa y el cabello oscuro y ondulado que le rozaba los hombros. ¿Qué estaría pensando él en ese momento? Ella había cumplido su promesa de no huir. Había encontrado a la mujer.

A Amy se le encogió el estómago. Deseaba ya con desesperación caerle bien y que él confiara en ella. Porque su estúpido corazón estaba irremediablemente enamorado de él.

—Es muy guapo —comentó Elspeth.

Amy miró la parte de atrás de la cabeza de la mujer.

—Sí —admitió—. No está mal.

—«¿No está mal?» ¿De dónde vienes, querida? Nunca antes había escuchado a alguien hablar como tú.

Oh, Dios. De nuevo lo del acento. Quizás sería mejor que aprendiera a hablar como los escoceses si se tenía que quedar allí mucho tiempo más.

—Eh. Soy Amy MacDougall.

Elspeth se rio.

—No, querida, tú no eres Amy MacDougall.

A Amy se le heló la sangre. La mujer tenía demencia o tal vez Alzheimer. Cuando la encontraron, no recordaba dónde quedaba su casa, ni quién era. Amy y Craig la habían hecho entrar en calor y le habían dado comida y agua. Craig había querido darle *uisge*, pero el alcohol era una de las peores cosas que podía ingerir una persona si tenía hipotermia. Craig le había preguntado a Elspeth dónde estaba su casa, y la mujer le había preguntado si él era el rey de las hadas y había venido a llevársela a su mundo.

De modo que se preguntó qué tan en serio se podría tomar las palabras de la anciana. No obstante, sintió un escalofrío.

—Sí, lo soy —insistió.

—Aguarda, escuché una voz como la tuya una vez —dijo, como si recordara algo de otra época.

—¿Has dicho que la escuchaste?

—Sí. Un hombre, un hojalatero que pasaba por la aldea, se quedó en nuestra casa. Fue hace mucho tiempo, mi hija no era más que una niña en ese entonces. Él nos contó muchas historias, y una era sobre una mujer que usó el túnel bajo el río del tiempo. Él mismo la conoció y dijo que ella tenía un acento muy peculiar. De hecho, lo imitó y sonaba como el tuyo.

Amy tragó con dificultad. Miró a Craig, pero afortunadamente él no mostró señales de haber oído nada de eso.

—¿Qué le pasó a esa mujer? —Amy susurró la pregunta rápido.

—Entonces, tengo razón, ¿no? —Elspeth se giró un poco y la miró. Ya no había rastros de confusión en sus ojos azules.

—No te puedo responder eso.

—No te preocupes, querida. No se lo diré a nadie.

—Háblame sobre la mujer.

—No recuerdo mucho más, solo que ella atravesó el tiempo, venía del futuro. Utilizó una piedra picta del tiempo. El castillo de los Comyn está construido sobre una, si mal no recuerdo. Mis antepasados, los pictos, lo construyeron. Sí, mis ancestros vienen de aquí y se remontan a siglos pasados. Construyeron la fortaleza que estaba allí antes del castillo y luego construyeron el castillo que ves ahora.

Amy no podía creer lo que oía.

—¿Qué le pasó a ella? —preguntó de nuevo.

—Debería haber mantenido su secreto, eso es lo que puedo decirte. La gente no le creyó. La declararon demente. Nadie quería tener nada que ver con ella. Nadie se atrevió a ayudarla ni a abrirle las puertas. El hombre dijo que la encontraron degollada en las calles de una aldea. Al final, alguien la mató porque, a lo mejor, temía que ella estuviera diciendo la verdad. Quizás temía que ella pudiera abrir el túnel del tiempo y dejar entrar a muchos más forasteros del futuro.

Algo oscuro y frío se le contrajo en el estómago. Una gota de sudor se le deslizó entre los omóplatos. Si la verdad sobre ella saliera a la luz, si alguien descubría que ella era una viajera en el tiempo, ¿correría también ese mismo destino?

—Entonces... —Se aclaró la garganta para aliviar la tensión—. ¿Tú sabes cómo funciona esa piedra? ¿Cómo se puede activar, o lo que sea, y viajar en el tiempo?

—¿Estás aquí por error?

—Sí. Por error. Necesito regresar. Por favor, ayúdame, Elspeth.

—Si mal no recuerdo, y admito que mi memoria ya no es tan buena, la mujer tocó la piedra y, cuando desapareció en su interior, viajó en el tiempo.

—Sí, eso es lo que hice... —murmuró—. Coloqué la mano sobre una huella que había en esa piedra. Entonces, si la toco de nuevo, ¿funcionará?

Elspeth se quedó callada.

—¿Elspeth?

Silencio.

Amy le sacudió el hombro a Elspeth.

—¿Elspeth?

—¿Quién es Elspeth? —le preguntó la mujer.

Amy refunfuñó.

—¿Recuerdas lo que acabamos de hablar?

—¿Y tú quién eres? —Elspeth se volteó un poco, y Amy vio que tenía los ojos lechosos por la confusión. Parecía que el momento de claridad había pasado. Quién sabía si lo que acababa de decir Elspeth era cierto o el producto de su enfermedad. Pobre mujer. «Debe ser terrible no tener el control de lo que recuerdas y de lo que sabes que es verdad».

Suspiró.

—Soy Amy. Te llevaremos a casa con tu familia.

Cuando regresaron a Inverlochy, Alana y Diarmid los estaban esperando en el calor del gran salón. La cabeza de Alana descansaba sobre el hombro de Diarmid; la mujer tenía una expresión de profunda preocupación en el rostro. De pronto, Alana se volteó hacia ellos, se le agrandaron los ojos, y le comenzaron a brotar unas lágrimas.

—¡Oh, mamá!

Alana se tapó la boca con las manos y corrió hacia Elspeth. Mientras Diarmid la seguía, Alana tomó a la confundida mujer en sus brazos.

—Gracias a Dios que estás bien —susurró contra el cabello blanco de Elspeth. Luego se giró hacia Craig—. Gracias, señor. Oh, usted es un señor muy bueno, tenemos mucha suerte de tenerle. El antiguo señor no habría hecho esto por nosotros...

Amy se rio para sus adentros, curiosa de ver cómo reaccionaría Craig. ¿Se quedaría con el mérito? El rostro severo de Craig se quedó en blanco de la sorpresa.

—No es a mí a quien deberías de agradecer. Es a mi esposa. Yo no habría podido encontrar a tu madre sin ella.

Alana soltó a su madre, y Diarmid sujetó a la mujer por los hombros mientras su esposa se acercaba a Amy y le tomaba las manos entre las suyas.

—Gracias, señora. Gracias de todo corazón.

A Amy se le sonrojaron las mejillas, pero no dudó en apretarle las manos a Alana. Era justamente para eso que hacía lo que hacía. Para poner esas sonrisas felices y aliviadas en los rostros de la gente.

—Por supuesto —le dijo—. Me alegro de haberla encontrado a tiempo.

Cuando la familia reunida salió del gran salón, Amy dejó escapar un largo suspiro. Elspeth no recordaba nada de su conversación ahora, pero, ¿y si más adelante recordaba algo? A Amy se le erizó el cabello de la nuca.

Necesitaba hacer todo lo posible para entrar en esa despensa y tocar esa maldita piedra. Le urgía marcharse de allí. Largarse de un mundo donde podrían declararla loca o asesinarla porque la gente tenía miedo de que ella fuera diferente.

Se volvió para mirar a Craig.

Solo que... cuanto más tiempo pasaba alrededor de él, menos quería volver a un mundo en el que no existiera Craig Cambel.

CAPÍTULO 17

Cuatro días después...

Amy salió de la cocina con dos tazones de estofado y caminó en la oscuridad del atardecer. Ese mismo día, el clima había cambiado de helado y soleado a cálido y ventoso. Pronto iba a llover, podía oler el aroma húmedo y exuberante que anunciaba la proximidad de la lluvia.

La cena estaba a punto de ser servida y todos estaban reunidos en el gran salón. Amy vio a Craig caminando con los guerreros jóvenes que acababa de entrenar. Había estado practicando el manejo de la espada con ellos durante los últimos días. Él sonreía, y unos mechones de cabello se le habían pegado en la frente sudorosa.

Una imagen obscena se le cruzó por la mente: el cuerpo desnudo y musculoso de Craig, con pectorales duros y abdominales como llanuras escarpadas en las que ella misma podría perderse. Todavía no lo había visto sin camisa, pero así era como se lo imaginaba porque cuando la besó, Amy sintió su cuerpo fuerte. Quería lamer esos músculos, hacerle echar la cabeza hacia atrás y arrancarle varios gemidos.

Craig le dio una palmada en el hombro a uno de los chicos y luego lo dejó entrar al salón. Se detuvo un momento y la miró.

Amy se quedó sin aliento.

Craig sonrió.

Fue una sonrisa tan cautivadora y dulce que casi dejó caer el estofado para echar a correr a sus brazos.

Sin titubear, Craig le hizo un gesto para que se acercara. Como si Amy fuera su amiga. Como si de verdad fuera su amada esposa. Como si no le hubiera estado mintiendo desde el momento en que lo conoció.

A Amy le costó respirar. Y no pudo evitar devolverle la sonrisa. La alegría y la felicidad la llenaron como la cálida luz del sol. Como la primavera.

Ella le señaló con la cabeza para que entrara.

Él asintió sin apartar la mirada, pero ya no la observaba con desconfianza, sino como si en realidad le importara. Como si quisiera asegurarse de que ella no necesitaba ayuda o simplemente de que se encontraba bien.

Y ella... ella contemplaba cada detalle de su apuesto rostro: la hermosa curva de sus cejas, los ojos verdes oscuro, la barba de varios días de color castaño. Se estaba despidiendo de él.

Y luego él entró.

Amy exhaló despacio, tanto aliviada como arrepentida de que el momento hubiese acabado.

Aunque era cada vez más difícil irse, tenía que hacerlo. Jenny la necesitaba. No podía abandonar a su hermana y dejar que cuidara a su padre sola. Además, después de escuchar la historia de Elspeth, era más consciente que nunca del peligro al que se enfrentaba. ¿Qué le haría la gente una vez que descubriera la verdad, una vez que se enterara que ella era una viajera en el tiempo?

¿Qué pensaría Craig? En el mejor de los casos, pensaría que estaba loca. En el peor, la encerraría en un calabozo en algún lugar o la mataría.

No, no. Ella tenía que huir. Tenía que regresar con Jenny. Si todo salía bien, esa noche regresaría a su propio tiempo. Solo necesitaba entrar en la despensa subterránea, aunque solo fuera por un minuto.

Los tazones le quemaban las manos. Sería mejor que se apresurara.

Avanzó por el patio hasta la torre este. Abriendo la puerta con la espalda, entró.

Como era de esperar, había dos guardias: Hamish e Irvin. Bueno, al menos parecía que a Hamish ella le agradaba. Quizás él estaría dispuesto a seguirle la corriente con el plan.

—Buenas noches —los saludó Amy alegremente y colocó los tazones sobre un barril.

Los guerreros habían estado jugando algún tipo de juego, pero se detuvieron cuando ella entró.

—Buenas noches, señora —dijo Irvin.

La noche después de que regresaron del operativo de búsqueda y rescate, Amy había llevado estofado y galletas de avena con miel a la torre, para ver si podía hacerse amiga de los centinelas. Así descubrió que, por las noches, Irvin y Drummond hacían guardia allí. Pero, ¿por qué se encontraría Hamish allí entonces? Podría tratarse de una buena señal, una señal de buena suerte.

—Les he traído algo de cenar —les dijo—. Irvin, te traje algo especial. Ayer dijiste que te gustaban las aves rellenas. Bueno, pues —Amy sacó un bulto del bolsillo de su vestido y lo abrió. En el interior, había dos aves rellenas y asadas al carbón. Ella había apartado los dos pájaros que habían traído de la cacería la noche anterior y ella misma había preparado el platillo para Irvin y Drummond después de preguntarle a Fergus cómo hacerlo, por supuesto.

Los ojos de Irvin se iluminaron.

—Ah, ¿sí? —le preguntó.

—Ah, sí —le respondió Amy con una sonrisa—. En realidad, también hay una para Drummond, pero, ¿dónde está?

Irvin se humedeció los labios.

—Está enfermo. Así que hay más cena para mí.

Amy frunció el ceño.

—Eso no es muy bondadoso de tu parte. Debe tener hambre. ¿Por qué no le llevas una, comes tu cena y le haces compañía un rato? Estoy segura de que Hamish puede hacer guardia solo por un rato.

Irvin miró a Hamish, quien se encogió de hombros.

—Sí, puedo hacer guardia solo —dijo Hamish—. No es que te necesite mucho de todos modos. —Tras decir eso, soltó una carcajada.

Bueno, sí, Hamish era mucho más alto y fuerte que Irvin.

—Sí, sí, ríete. Ya veremos si te ríes cuando regrese y te gane jugando a las cartas.

Irvin tomó las aves y el tazón y se marchó de la torre.

Amy le sonrió a Hamish.

—¿Cuál es tu comida favorita? Tal vez pueda cocinarla para ti la próxima vez.

Hamish sonrió.

—Te lo agradezco, muchacha. Tu estofado. Ese es mi plato favorito. Nunca he probado nada tan bueno. Lo juro por Dios.

Amy negó con la cabeza. Lamentó estar a punto de engañarlo.

—Eres muy dulce al decir eso. Mira, vi un poco de carne seca de cerdo allá abajo y quiero agregárselo al estofado mañana. ¿Por qué no comes tu cena mientras voy a buscarla?

El rostro de Hamish cambió de tener una sonrisa de satisfacción a una de alarma.

—¿Abajo? Pero, muchacha, el señor fue muy claro: tú no puedes entrar allí, bajo ninguna circunstancia.

—Tú puedes venir conmigo si no confías en mí. De cualquier modo, ¿qué voy a hacer allí? Solo le quiero agregar un poco de carne seca de cerdo al estofado de mañana. ¿No quedaría delicioso?

Él vaciló y la estudió. Y luego, ella vio algo parpadear en su rostro, como si Hamish se hubiese percatado de algo.

—Carne seca de cerdo —dijo con un énfasis extraño, como si fuera un código secreto que solo ellos dos entendían—. Oh, por supuesto. En ese caso, vayamos a buscar esa carne seca de cerdo.

Amy frunció el ceño. Había algo raro en la reacción de él, pero no podía darse el lujo de cuestionarlo. Hamish abrió la puerta que conducía a las escaleras que iban hacia abajo, le entregó una antorcha y luego la dejó pasar.

—Gracias —dijo y bajó las escaleras.

El olor familiar a piedra mojada y comida almacenada la envolvió. El corazón se le aceleraba más y más con cada paso que daba. ¿Podría ser este realmente el momento? ¿Volvería a su tiempo en tan solo unos minutos?

En la despensa, miró a su alrededor, acercó la antorcha a los barriles, los cascos y las piezas de carne seca que colgaban.

—No está aquí —declaró—. Sé que la vi en alguna parte. Debe estar en el cuarto de atrás.

Hamish miró la puerta con el ceño fruncido.

—El cuarto de atrás... —repitió—. Sí. Veamos allí.

Con la mano temblorosa, Amy abrió la pesada puerta del almacén. El interior estaba en total oscuridad, incluso comparado con la penumbra de la habitación anterior. Todo se veía negro. Hacía frío. Cuando exhalaba, le salían pequeñas nubes de vapor de la boca, y se le aceleró el pulso. Inhaló el olor a piedra húmeda, tierra, madera y algo apenas descompuesto. Allí estaban las pilas de leña, los barriles y los sacos.

La piedra.

En cualquier segundo, Hamish vería que allí no había carne seca de cerdo. Amy tenía que darse prisa.

Oyó unos pasos rápidos que avanzaban sobre el piso a sus espaldas.

«¡Rápido!».

Corrió hacia la piedra y cayó de rodillas. Los pasos se oían cada vez más cerca.

¿Por qué Hamish no estaba haciendo nada?

Allí estaba el tallado del río y del camino... ¡y la huella de la mano!

Miró hacia atrás. Hamish la contemplaba con perplejidad y los ojos abiertos de par en par. Desde la puerta, Irvin entró corriendo.

Amy acercó la mano a la huella. Le latía el pulso como si tuviera un pequeño tambor dentro de la sien. Pero la piedra no vibraba. Ni tampoco brillaba. Y la mano no se hundía. Solo estaba fría.

—¿Qué estás haciendo aquí? —gruñó Irvin a sus espaldas.

Unos fuertes brazos la levantaron y la apartaron de la piedra.

Irvin le lanzó una mirada fulminante a Amy.

—El señor se enterará de esto. Nos vamos de aquí.

Y antes de que ella pudiera hacer algo, Irvin la arrastró afuera del cuarto subterráneo.

CAPÍTULO 18

—Pero, ¿qué estabas haciendo ahí? —rugió Craig.

Irvin finalmente había encontrado a Craig en los aposentos del señor del castillo, donde Craig había ido a buscar a Amy después de haber terminado de comer su guiso. Él había pensado que ella iba a unírsele en el gran salón, pero nunca apareció. Y ahora sabía por qué.

Craig veía todo rojo. Al diablo con eso, no recordaba la última vez que había estado tan furioso y se había sentido tan traicionado.

No. Un momento. Sí que se acordaba. Cuando Alasdair MacDougall secuestró y violó a Marjorie.

Amy lo miró fijo sintiéndose culpable, confundida y decepcionada.

—La encontré mirando una piedra con una especie de talladura pagana y la huella de una mano —le respondió Irvin.

—Nunca he visto nada así. —Craig negó con la cabeza—. Gracias, Irvin —añadió con la mandíbula apretada—. Te puedes retirar.

Cuando el hombre se fue, Craig se volteó a mirar a su esposa.

—¿De qué estaba hablando Irvin? —le preguntó acercándose.

Amy se quedó callada.

—¿Acaso estabas buscando...? —Se giró y pateó la cama para evitar terminar la frase.

Craig no podía andar divulgando información por ahí.

—¿Qué? —le preguntó Amy.

—Una manera de escapar —terminó Craig bajando la voz. Se volvió hacia ella, quien se veía tan culpable como un ladrón atrapado con las manos en la masa—. ¿De eso se trata?

Ella respiraba con dificultad, el pecho le subía y le bajaba rápidamente.

—Solo estaba buscando carne seca de cerdo —le respondió.

—¡No hay cerdo ahí! —gritó Craig—. ¿Y por qué te ha dejado entrar Hamish?

—Porque lo engañé.

Él bajó la cabeza, cerró los ojos y exhaló.

—¿Querías escapar o no?

Ella se quedó en silencio, solo lo miraba con esos ojos grandes y hermosos.

—Encuentra valor, Amy —la presionó, y ella bajó la cabeza con culpabilidad—. Dime la verdad. ¡Por lo menos una vez en tu vida!

Amy levantó la cabeza y, con los ojos duros y llenos de lágrimas, se encontró con la mirada de Craig.

—Sí —le respondió—. Sí, así es.

Craig sacudió lento la cabeza. El estómago se le llenó de un sabor tan agrio como el vinagre. Quería golpear algo. ¿Dónde había una buena pelea cuando la necesitaba?

—Claro. Otra traición, justo cuando pensaba que eras diferente.

Ella levantó las cejas.

—Bueno, ¿y qué esperabas? —exclamó—. Te casaste conmigo y me prometiste libertad. Pero, aun así, me tratas como a una prisionera. Porque soy una prisionera para ti, ¿no es así? Nada más que una enemiga con quien te sientes obligado a ser cortés. Cuestionas cada uno de mis pasos. Si me trataras como a un igual, como tu verdadera esposa...

Ella estaba sonrojada, le brillaban los ojos y tenía la boca tan roja como las frambuesas otoñales. Llevaba el cabello despeinado y el vestido torcido. Craig dejó que sus ojos le recorrieran las curvas de los senos y siguieran bajando hasta la cintura delgada y las caderas redondeadas.

Pero, ¿qué le pasaba? Él todavía deseaba a la mujer que acababa de traicionar su confianza.

Seguramente, había perdido la cabeza en el instante en que la vio en las barracas.

De pronto, se percató de la gran cama, las pieles que había sobre ella y el calor del hogar. La mente se le llenó de imágenes: ella yaciendo desnuda sobre esas pieles, la sensación de su piel deslizándose contra la de ella mientras le cubría el cuerpo con el suyo, el sabor de su boca, su voz gimiendo su nombre con placer.

Lo que sentía en ese momento no era ira. Ni decepción. Tampoco dolor. Era deseo y afecto.

Craig negó con la cabeza y caminó hacia el hogar. Le dio la espalda y colocó una mano sobre la piedra, miró las llamas bailar, tratando de incinerar todas las imágenes que le colmaban la mente.

—Me has engañado —le dijo—. ¿Sobre qué más me has mentido, Amy?

—Miento porque tengo miedo de lo que me vayas a hacer. Miento porque tengo miedo de que nunca me dejarás ir. Miento porque... ¿Acaso no crees que no quiero contártelo todo? Pero es que tú tampoco eres, a decir verdad, la persona más compasiva. Si me hubieras asegurado de que no tengo nada de qué temer...

Él se giró hacia ella.

—Pero deberías de tener miedo, Amy. No de mí, sino de lo que pudiera suceder con tu familia. Estamos en guerra. Y tú estás del otro lado.

Ella cerró los ojos por un momento y exhaló.

—¿Y qué tal si no lo estoy?

—¿De qué estás hablando?

—¿Qué tal si no quiero ser tu enemiga?

Él frunció el ceño.

—Entonces tendrías que demostrármelo.

Ella negó con la cabeza.

—Es muy difícil demostrarte algo cuando estás siempre como un puercoespín, todo erizado y listo para pinchar con tus púas. Me das órdenes todo el día. No puedo salir del castillo e, incluso dentro de estos muros, no puedo ir a donde quiero. Y nunca pierdes la oportunidad de señalar que soy tu enemiga.

La sangre caliente le golpeó la piel.

—Pero, ¿cómo puedo dejar de tratarte como a una enemiga cuando haces estupideces como esa? —Craig señaló hacia la puerta—. ¡Justo cuando empiezo a confiar en ti, engañas a mis hombres e intentas salir a escondidas del castillo!

Ella hizo un gesto negativo con la cabeza.

—Bueno, esto es una situación como la del huevo y la gallina, ¿no crees?

—¿Una qué?

—La eterna pregunta de qué vino primero, si el huevo o la gallina. No puedes confiar en mí porque soy una MacDougall, así que me tratas como a una prisionera. Y yo intento huir porque tú me tratas como a una prisionera.

¿Acaso estaba perdiendo la cabeza otra vez o había una pizca de verdad en esas palabras?

—¿Qué sugieres? —le preguntó.

—Sugiero que empecemos de nuevo. ¿Qué tal si nos detenemos un momento? Podemos hacer algo agradable. Olvidarnos de nuestros nombres y pasar tiempo juntos, como...

Ella se detuvo, abriendo y cerrando la boca; parecía incapaz de encontrar las palabras.

—¿Como marido y mujer? —sugirió Craig.

Los ojos de Craig se dirigieron a la cama. Así era como un marido y una mujer pasaban el tiempo juntos sin recordar sus nombres. Ella le siguió la mirada, y las mejillas se le pusieron del color del sol naciente.

—¡Eso no era lo que quería decir! —exclamó.

—Pues, tengo que decirte, muchacha —le dijo con voz ronca y se acercó a ella—, que, si quieres eso, lo haría encantado. Te lo he dicho desde el principio.

Craig vio cómo se le agrandaron los ojos y le acarició la mejilla cálida con los nudillos. Amy entreabrió los labios y cerró los párpados.

—Eso no era lo que quería decir —le contestó con una voz suave—. Me refería a salir a algún sitio. Me encantan las montañas, los bosques que vimos ayer... aunque no tuve tiempo de admirar realmente su belleza. Pero no me había sentido tan bien en mucho tiempo.

Craig también amaba las montañas.

—¿Quieres ir a las montañas? —le preguntó.

—Sí. ¿Qué tal si tomamos los caballos, preparo un picnic y aprovechamos para pasar el día juntos? Déjame sentir un poco de libertad. Déjame ver el paisaje que nos rodea. Déjame mostrarte que no soy tu enemiga. Y permítete mostrarme que tú no eres el mío.

—¿Y si tratas de huir?

—No lo haré. Y si lo hago, enciérrame para toda la eternidad. Solo quiero sentir un poco de libertad. ¿Acaso es pedir demasiado?

Craig estudió sus ojos azules y brillantes. Sus labios estaban tan cerca de él que podría inclinarse y besarlos. Ella parecía hablar en serio, pero él ya había caído por eso antes.

Pero aun así... Sus instintos le decían que, al menos en eso, no le estaba mintiendo.

Y la idea de pasar tiempo a solas con Amy, en las montañas que él también echaba de menos, era más deliciosa de lo que podía permitirse admitir.

Y si ella empezara a sentirse más a gusto allí, tal vez podría ser su esposa de verdad. Quizá lo dejaría entrar en su cama.

La entrepierna le ardía de deseo, y Craig se endureció al pensarlo. Se inclinó y la besó. Ella lo aceptó sin dudarlo y soltó un gemido apenas audible. La boca de Amy era cálida y suave, y él se hundió en ella como si fueran las aguas de un lago. La envolvió en sus brazos y la acercó más a él, estrujándola, inhalando el aroma limpio de su piel y de su cabello, que tenía un sutil olor a estofado por trabajar en la cocina. Ella olía a casa, a mujer, y Craig la deseaba.

La besó con intensidad, incapaz de resistirse al hambre que sentía por ella y le rugía en la sangre. Le rozó la lengua con la suya, le mordió los labios, la probó y la saboreó. Y ella respondió. Le pasó los brazos alrededor del cuello y apretó los suaves pechos contra el torso de él. Craig le apoyó las palmas de las manos sobre la cintura delgada. Luego sus manos encontraron los pechos de ella, y los acarició. Con los pulgares le dibujó círculos alrededor de los duros brotes de los pezones. Amy gimió, se estremeció y lo abrazó con más fuerza. Él se apartó de su boca, le besó la barbilla y luego fue bajando por el cuello apretando los labios contra la vena que latía desbocada.

Los dedos le cosquilleaban por la necesidad de desvestirla; la boca, por la de saborear la piel desnuda de su estómago; y la lengua, por la probar los pechos de Amy. Mirándola a los ojos, Craig cayó de rodillas y con las manos le recorrió desde las caderas hasta los tobillos indicando su intención; la única manera de liberarla de ese vestido sería pasándoselo por la cabeza.

—Muchacha, te he deseado desde el primer momento en que te vi —le confesó.

Amy parpadeó, bajó las manos a los hombros de Craig y se las clavó en ellos.

Tomando ese gesto como una invitación, él le acarició suavemente los tobillos y luego subió las manos por las medias de lana que llevaba puestas. Le recorrió las ligas que tenía justo debajo de las rodillas y le acarició la piel desnuda y suave de los muslos. A ella le temblaban las piernas.

Craig le puso las manos en las caderas y se fue deslizando hacia arriba. Le tomó las nalgas y se las apretó, saboreando la sensación de la carne fuerte y abundante. Amy tenía la piel tan suave y sedosa que Craig temía arañarla con sus palmas callosas.

Pero ella no se quejó. Al contrario, echó la cabeza hacia atrás y soltó el gemido más delicioso.

Craig gruñó en respuesta. Ansiaba escuchar cómo sonaría Amy una vez que él estuviera dentro de ella. Enterró la cabeza en la cumbre de sus muslos, a través del vestido, mordiendo ligeramente la tela.

Le acarició las caderas y, con los dedos, se abrió paso bajo el vestido hacia el mismo punto donde se encontraba su boca. Cuando encontró los suaves rizos del vello, ella jadeó.

Y de pronto dio un paso atrás.

Perdido y confundido, elevó la mirada al rostro de Amy.

Ella negó con la cabeza como si estuviera sacudiéndose un sueño.

—Yo... —Dio otro paso atrás—. No creo que esto sea una buena idea.

El espacio donde había estado parada hacía un momento se sentía frío y vacío. Craig exhaló y cerró los ojos. El miembro le palpitaba de necesidad sin satisfacer. Ahí estaba su hermosa esposa. Ahí estaba la cama. ¿Qué estaba esperando?

Pero no pudo. No había forma de que hiciera algo en contra de su voluntad. De modo que asintió con la cabeza.

—Respeto tu no. Pero, ¿por qué? ¿Acaso me estás poniendo a prueba?

—No. No. No es eso. Es solo que, todavía no te conozco, de verdad. Eres mi marido, pero no tengo ni idea de quién eres en realidad y de qué estás hecho. ¿Sabes?

—Estoy hecho de carne palpitante que te desea —la voz le tembló al hablar. El deseo y la decepción se debatían en el interior de Craig, como una batalla de fuego y hielo—. Y de sangre que hierve por ti.

—Mira, salgamos, tomémonos un tiempo para nosotros dos y veamos a dónde va todo esto. ¿*Okey*?

«*Okey*...» De nuevo esa palabra extraña que a ella le gustaba usar.

A pesar de todo, Craig quería ir a las montañas con ella. Sí, estaba deseando pasar tiempo con su esposa. Cuando rastrearon a Elspeth, cuando la vio hacer su magia siguiendo las señales, él perdió la noción del tiempo y de dónde se encontraba. Había disfrutado escucharla y hablar con ella y, en ese momento, creyó saber de qué estaba hecha.

A lo mejor, ella tenía miedo de su primera vez.

—Sí, Amy —terminó por acceder —. Vayamos a las montañas y hagamos un picnic. ¿Me prometes que esto no es un truco?

—Sí, te lo prometo, Craig.

Craig le sostuvo la mirada un momento y luego exhaló. La erección estaba empezando a calmarse.

—En ese caso, te doy las buenas noches. Tengo que ir a dormir abajo. No podré detenerme otra vez si estamos en la misma habitación.

Amy asintió ruborizándose.

—Buenas noches, Craig —le dijo.

Con un esfuerzo similar al requerido para erguir las piedras usadas en la construcción del castillo, Craig también asintió y se marchó.

CAPÍTULO 19

—¡MANTÉN la posición! —gritó Craig a la mañana siguiente avanzando con su espada hacia Killian sin piedad.

El aire fresco del patio se llenó con el sonido de las *claymore* mientras casi cuarenta hombres entrenaban. Craig respiraba agitado. La actividad física era la mejor distracción del tormento que sentía en la entrepierna y que había experimentado toda la noche. Pensando en Amy.

Amy, quien había hecho una avena deliciosa y le había añadido una cucharada de mantequilla y miel... solo para él. Amy, quien le había sonreído durante todo el desayuno. Amy, quien no podría haber estado más hermosa, con el cabello peinado en una trenza larga y elegante y las mejillas sonrosadas por el sueño.

Craig no debería estar pensando en ella durante el entrenamiento, porque de repente el pequeño Killian era el que lanzaba los ataques. ¡Bang, bang, bang! Craig bloqueó la espada: izquierda, derecha, izquierda.

—¡Muy bien, muchacho! —gritó, y un mechón de cabello cubierto de sudor le bloqueó la vista.

—¡Aaah! —exclamó Killian y se lanzó hacia adelante para perforar el espacio cerca del riñón de Craig.

Craig apenas logró saltar a tiempo.

—¡Un jinete! —anunció un centinela desde la puerta.

Craig levantó la vista, y la distracción le costó un duro golpe cuando el lado plano de la hoja de la espada descendió contra su hombro.

—¡Ay! —gritó Craig llevándose una mano al hombro.

Luego le dio una palmadita en la cabeza al chico.

—Bien hecho, muchacho. Vas a ser un gran guerrero algún día. Busca a alguien más con quien entrenar. Necesito ir a ver a ese jinete.

Una sonrisa de oreja a oreja iluminó el rostro de Killian.

—Sí, señor.

Craig fue a la torre sur para llegar al muro, pero, antes de que llegara, el centinela anunció:

—¡Dice que es un mensajero de su padre!

Craig se detuvo y se dio la media vuelta.

—¡Déjenlo entrar! —ordenó.

Mientras Craig avanzaba hacia la apertura entre las puertas, un hombre entró galopando. El jinete saltó al suelo, y Craig vio que tenía el rostro rojo y curtido. Era evidente que había pasado un buen tiempo sobre el lomo del caballo.

—¿Qué noticias hay? —le preguntó Craig.

—Le traigo una carta de su padre. —El hombre se metió la mano en el abrigo y extrajo un pergamino.

—Gracias, amigo. ¿Qué hay de mi padre? ¿Se encuentra bien? ¿Y mi hermano Domhnall?

—Sí, señor. Su padre, sus tíos y su hermano se encuentran todos bien. Yo he venido desde Garioch.

Garioch era la finca de Roberto I y quedaba cerca de Aberdeen, en el otro extremo de Escocia, hacia el este.

—Cabalgué durante cinco días —continuó el hombre—. El rey se ha enfermado.

—¿Qué? —Craig desplegó el pergamino.

Pero antes de que pudiera leerlo, Owen se detuvo a su lado.

—¿Qué noticias hay?

Craig miró a su alrededor. Sus hombres habían detenido el

entrenamiento y lo observaban con ansiedad. Craig no quería anunciar ninguna mala noticia o hacerles sentir pánico antes de saber lo que decía el mensaje y lo que tenía que hacer.

Le dio una palmada en el hombro al mensajero.

—Estás cansado. Has hecho un buen trabajo al venir hasta aquí con tanta prisa. Ve al gran salón, busca a mi mujer y ella te servirá algo de beber y de comer.

—Sí, señor, gracias.

Cuando el hombre los dejó a solas, Craig se volteó hacia Owen, que lo miraba con preocupación.

—Vamos —dijo Craig—. Veamos qué dice nuestro padre.

Se retiraron a la torre Comyn y entraron en los aposentos privados del señor, donde habían estado durmiendo. La habitación se encontraba vacía y fría, ya que el fuego se había apagado. Había sacos de dormir por todos lados. Craig abrió las persianas para permitir el ingreso de la luz, y los dos se sentaron sobre una mesa grande que había en el medio de la habitación.

Craig desplegó el pergamino y lo leyó en voz alta.

DOS DE DICIEMBRE DEL AÑO CRISTIANO 1307

DOUGAL CAMBEL SE DIRIGE A CRAIG CAMBEL:

ESCRIBO CON NOTICIAS BUENAS Y MALAS. GRACIAS A LA VOLUNTAD de Dios, tu padre, tu hermano y tus tíos se encuentran todos sanos y salvos. El primo Kenneth resultó herido en Urquhart, pero se está recuperando.

Nuestro rey ha tenido éxito. Hemos atravesado los valles escoceses de Gran Glen y logramos tomar el castillo de Urquhart en el loch Ness. *Las fuerzas del obispo de Moray se unieron a nosotros, tomamos el castillo de Inverness y quemamos el de Nairn. Asimismo, el rey ha acordado una tregua temporal con el conde de Ross.*

Ahora otro Comyn, el conde de Buchan, está marchando en contra de nosotros. Con 700 hombres, estamos en buena posición para ganar, pero hay malas noticias.

El rey ha caído gravemente enfermo. No puede caminar ni montar. Se encuentra muy débil y no tenemos comida ni refugio en el bosque. Lo hemos llevado a Inverurie para que pueda descansar. Reza por la salud de tu rey, porque sin él todo esto será en vano.

Con el conde de Ross fuera del camino de momento y el valle de Gran Glen bajo el control de Roberto, ustedes, en Inverlochy, controlan el acceso a las tierras de Roberto desde el oeste; por ese motivo, la posición del castillo ahora es más importante que nunca para asegurar esta victoria. Parece que el curso de la guerra ha tornado en nuestro favor.

Ahora todo depende de la salud del rey.

Tú eres su mano izquierda en el oeste, y yo sé que preferirías morir antes que decepcionarlo.

Que Dios te bendiga a ti, a Owen y a tu guarnición.

Tu padre

CRAIG MIRÓ A OWEN, QUIEN TENÍA EL CEÑO FRUNCIDO Y estudiaba el pergamino.

—Ahora somos un punto clave de acceso a Escocia desde el oeste —reconoció Craig—. Debería haber encontrado albañiles y reparado los daños del muro de inmediato. Pero no es demasiado tarde.

—Sí —acordó Owen.

—Y debo tener un plan de defensa en caso de que vengan los MacDougall o los ingleses.

—Sí, hermano.

—Así que déjame pensar en algo. Ve y prepara los caballos. Cabalgaré con Hamish y algunos hombres para encontrar un albañil y contratar obreros para reparar los daños. Tú serás mi segundo al mando, Owen.

Owen asintió; de repente se veía muy serio. Craig no lo había visto así desde hacía tiempo.

—Cuando yo esté fuera o si resulto herido o muero, tú debes seguir defendiendo. ¿De acuerdo?

Owen asintió.

—¿No crees poder hacerlo? —le preguntó Craig—. Yo creo que sí podrás. Si dudara de ti, no te habría dado la tarea. Confío en ti más que en nadie en este castillo.

Owen asintió y se retiró de la habitación.

Con la mirada clavada en la puerta, Craig se preguntó si acaso debería confiarle a Owen la existencia de la entrada secreta.

No. Si se encontraban bajo ataque, lo haría. Pero, aunque Owen era un muy buen guerrero, Craig podía ver la vacilación en los ojos de su hermano y algunos signos en su rostro que eran indicios de que Owen dudaba de sí mismo. Tenía experiencia en las batallas, pero no con la estrategia. Además, su hermano siempre había sido algo imprudente. Owen podría emborracharse y decírselo a alguien. Así que, por mucho que él confiara en su hermano, podía esperar para revelar ese secreto.

CAPÍTULO 20

Tres días después...

AMY INHALÓ UNA BOCANADA DE AIRE LIMPIO Y FRESCO, saturado del aroma a musgo y césped.

Craig y ella estaban parados mirando la vasta cadena montañosa, los valles que se abrían hacia abajo, las rocas erosionadas por el viento y las laderas grises cubiertas de césped amarillo, verdoso y café. Al otro lado del valle, unas nubes oscuras colgaban sobre la cima de la montaña más alta; Craig le había dicho que se llamaba Ben Nevis. Una sección de pinos oscurecía la ladera de la montaña en la que se encontraban, y unos arbustos grises y plateados crecían cerca. El viento silbaba a lo largo de las laderas y susurraba contra la hierba.

Eso era libertad. Cielo abierto y naturaleza por donde se mirara.

Pero de toda la belleza y la libertad que la rodeaba, Craig era la mejor parte. Su perfil era hermoso: la nariz recta, el cabello oscuro y ondulado, los ojos de color musgo, la boca ancha y los labios sensuales rodeados de una barba de varios días que lo hacían ver irresistible. La capa acolchada que llevaba puesta solo acentuaba su constitución alta, sus hombros anchos y sus caderas estrechas. Amy sintió un estremecimiento, y se le subió el pulso a la garganta.

—Este es un gran sitio para hacer un picnic, ¿no crees? —le preguntó.

—Sí. —Craig estiró la manta que habían traído sobre el suelo y colocó la canasta con comida que Amy había empacado.

Sostuvo la manta escocesa para que no se la llevara el viento hasta que Amy se sentó. Habían dejado a los caballos pastando abajo, cerca del arroyo, justo antes de que la caminata se volviera demasiado empinada.

Amy abrió la canasta y comenzó a servir los bocadillos: pan, galletas de avena, queso, mantequilla, ciruelas y manzanas aún frescas de la cosecha reciente y, por último, una botella de vino.

Esa mañana habían dejado el castillo en un pico de actividad. Después de tres días de búsqueda, Craig y sus hombres habían regresado con un albañil, a quien habían contratado en otra aldea ubicada a orillas del *loch* Linnhe. Ahora solo era cuestión de conseguir suficientes rocas y piedras. Por el momento, estaban construyendo andamios bajo la cuidadosa supervisión del albañil y de Owen.

Craig le había explicado a Amy que era un buen momento para dejar a Owen a cargo por un día. Quería darle a su hermano la oportunidad de asumir la responsabilidad mientras él se encontraba fuera.

—Gracias, Amy —le dijo—. Por preparar esto. Debido a la guerra, hace mucho que no paso tiempo en las montañas y me alegra estar aquí. Las echaba de menos.

—Yo también —repuso ella—. ¿Creciste en algún lugar cerca de las montañas?

—Sí, en el *loch* Awe. ¿Acaso no sabías dónde estaba el hogar del clan Cambel? El castillo de Innis Chonnel le ha pertenecido a tu clan desde hace ya diez años.

Amy se humedeció los labios y jugueteó con la falda de su vestido.

—Sí, bueno, quería decir... no sé dónde creciste tú.

—Crecí allí. Escalaba las rocas, pescaba en el lago y cazaba.

Craig mordió un trozo de pan que acababa de arrancar.

Ella lo estudió mientras la mandíbula recta masticaba el pan, y los ojos pensativos miraban a lo lejos. Siempre había un toque de tristeza detrás de esos ojos, algo oscuro que había estado ocultando. Ella quería conocer las profundidades de Craig, lo que lo hacía el hombre que era.

Y entonces recordó por qué odiaba a los MacDougall. Craig había dicho: «no deseo que sientas lo que sintió mi hermana». Eso debía significar que los MacDougall la habían encerrado.

«De modo que eso de encerrar a la gente corre en la sangre de mi propia familia», el pensamiento oscuro la invadió. Su padre la había encerrado al igual que sus antepasados habían encerrado a la hermana de Craig.

—Escuché a alguien decir que fue allí donde secuestraron a tu hermana —dijo Amy.

Era un poco arriesgado asumir que la habían secuestrado.

Craig dejó de masticar y pareció contener la respiración, luego la miró con el ceño fruncido.

—Sí. Muy cerca del castillo. Salió con su criada a recoger flores. La criada volvió sola a los gritos.

Una ola de dolor lo invadió y se le instaló en el pecho. Ella negó la cabeza.

—Pobre tu hermana.

—Por eso no puedo entender cómo es que tu padre te dejaba ir por allí con solo un hombre para protegerte o simplemente a solas. Porque hay malas personas que tienden a arrebatar a hermosas doncellas que caminan solas por el bosque.

Amy inhaló. «¡Qué tiempos más bárbaros!»

—¿Cómo se llama tu hermana?

—¿No la viste mientras se encontraba en Dunollie?

Amy se aclaró la garganta. Tendría que volver a fingir.

—No.

—Marjorie. ¿No estabas allí cuando la liberamos? Recuerdo

que entré en la habitación de tu madre y vi a algunos niños y niñas allí, ¿tú no estabas entre ellos?

Amy bajó la mirada.

—No. Yo estaba en Irlanda.

—Pues, es bueno que no estuvieras allí. ¿No estás enfadada porque maté a tu hermano?

Craig había matado al hermano de Amy... Amy tragó saliva. Eso era algo que la Amy MacDougall de este siglo habría sabido.

—¿Fue el responsable del secuestro? —le preguntó.

—¿De verdad no sabes nada? —Craig entrecerró los ojos.

Ella negó con la cabeza.

Él suspiró.

—Supongo que no es algo de lo que una familia esté orgullosa. Alasdair no solo la secuestró, Amy. La mantuvo prisionera y la violó. Todo porque ella rechazó su oferta de matrimonio.

Amy se quedó helada de pies a cabeza. Violada... prisionera... A manos de uno de los grandes antepasados MacDougall de los que su abuelo estaba tan orgulloso. Un orgullo que le había inculcado desde niña. Ahora entendía por qué él odiaba tanto a los MacDougall. Sintió vergüenza, y se le ruborizaron las mejillas y el cuello. Pobre muchacha.

—Sí, maté a Alasdair cuando nuestro clan fue a liberar a Marjorie. No tengas dudas de que tu padre se vengó de su muerte dos años después al matar a Ian.

—¿Ian?

—Sí. Mi primo. Tu familia lo mató cuando nuestros clanes estaban en una batalla y nunca nos devolvieron el cuerpo. ¿Estuviste ausente durante tanto tiempo? A veces pienso que no sabes nada de esto, pero estoy seguro de que tu clan siente odio y furia hacia nosotros, ¿no?

Amy exhaló.

—Como dije, yo no soy tu enemiga, Craig. Yo no hice ninguna de esas cosas.

—Sí, eso es cierto. Tú no las has hecho. Aunque es difícil

creer que hayas resultado ser tan diferente a tu padre y tu hermano.

Su padre... Ella definitivamente esperaba no tener nada en común con ese hombre. Tal vez la Amy MacDougall que era de este siglo entendería lo que Amy sentía. Un padre que podía permitir que su hijo secuestrara y violara a una mujer era tan culpable como su hijo.

—Entiendo un poco cómo se debió haber sentido tu hermana —susurró.

—¿Qué? —Craig alzó la mirada, y le brillaban los ojos—. ¿A ti te violaron? ¿Quién...?

Cuando Amy vio notas de preocupación, inquietud y rabia genuinas en los ojos de él, sintió que se le enternecía el corazón. Tomó un sorbo de vino de la botella para reunir coraje. Quería contárselo. Nunca se lo había dicho a nadie más que a su hermana y solo en términos generales. En realidad, jamás había hablado de ello, aunque en varias ocasiones había pensado que, a lo mejor, debería ir a un psicólogo o algo.

Sin embargo, Craig había sido testigo de algo similar que le había sucedido a su hermana: el cautiverio, la desesperación de encontrarse encerrada, de que nadie la encontrara.

Amy necesitaba decírselo. Quería que él supiera que ella estaba de su lado. Quizás, una vez que él supiera lo que le había pasado, le contaría toda la verdad. Que ella no era la Amy que él pensaba que era. Y, con algo de suerte, la perdonaría.

A Amy le dolía el pecho al entrar en los rincones más recónditos de su memoria, aquellos de los que se había alejado deliberadamente durante veinte años. Se le erizó la piel y le comenzaron a arder los ojos.

Y luego comenzó a soltar todo.

—No me violaron, pero, cuando tenía diez años, empecé a tener pesadillas. Imaginaba que había fantasmas y monstruos debajo la cama y no podía dormir.

La verdad era que las pesadillas habían comenzado después de la muerte de su madre, a principios de ese año. Sintiéndose perdida, triste y asustada por el futuro, Amy había acudido a la única otra persona que le quedaba, además de Jenny: su padre.

—Busqué a mi padre y le conté mi problema, le pedí que ahuyentara a todos los monstruos. Pero él estaba siempre medio inconsciente de tanto darle a la bebida.

—«¿Darle a la bebida?»

—De beber *uisge*. Y, de pronto, una noche se cansó de mí. Estaba borracho, pero supongo que todavía tenía algo de sobriedad como para encontrar una solución creativa. «¡Eres una cobarde, Amy MacDougall!», me gritó. «No existen los fantasmas. Ni tampoco los monstruos. Regresa a tu habitación y duérmete de una vez». Pero, cuando insistí en que no podía, me dijo: «Es hora de que confrontes tus miedos. ¿Sabes cómo me enseñó a nadar mi padre? Me arrojó al lago. Casi me ahogué, pero aprendí a nadar. Y así mismo es como aprenderás a no tenerle miedo a la oscuridad».

Amy se secó una lágrima de la mejilla. Craig la escuchaba en silencio, abierto al relato, solo asimilándolo todo. Ella sintió que eso la ayudaba. Se sintió aceptada y comprendida; estaba muy agradecida por eso.

—Él era fuerte, incluso estando totalmente ebrio. Era un hombre alto, un granjero, con brazos como troncos de árboles y un aliento que apestaba a alcohol. Me sacó de la casa y condujo el automó... digo, me llevó a un lugar en medio de la noche. Estaba aterrorizada. Pensé que iba a matarme porque les tenía miedo a los monstruos debajo de la cama. Pero me llevó a un granero abandonado en nuestra granja, quiero decir, en nuestra propiedad, y me encerró allí.

Amy recordó las luces cegadoras de la camioneta contra los maizales mientras su papá conducía, el rugido del viejo motor y el olor a *whisky* y gasolina impregnados en la cabina del vehículo. Luego recordó las manos terriblemente fuertes que la arrastraban hacia el interior oscuro de la construcción mientras ella pataleaba y gritaba. Por último, el implacable chasquido del pasador al cerrarse del otro lado de la puerta. Y la oscuridad que la oprimía por todos lados como si estuviera dentro de un ataúd.

—No sé cuánto tiempo estuve allí. Deben haber sido dos noches y un día. No lo recuerdo porque reprimí esa memoria. Si pudiera, lo habría sacado de mi cerebro como si nunca hubiera ocurrido. Tenía tanta hambre que comencé a masticar trozos de heno viejo. Allí no había agua ni comida. ¿Sabes cuánto tiempo puede sobrevivir una persona sin agua? Tres días. ¿Y sin comida? Veintiún días.

Las cejas de Craig se fruncieron al tiempo que sus ojos se tornaron oscuros y se llenaron de empatía.

—¿Nadie preguntó por ti? ¿Ni siquiera tu madre?

En la granja solo vivían su padre y Jenny, que tenía seis años. A su padre se le olvidó el episodio por completo al día siguiente, en mayor parte porque siguió bebiendo hasta el olvido. Jenny le había preguntado dónde estaba Amy, pero él siempre le decía que su hermana estaba en la escuela.

Fue solo al tercer día, cuando el personal de la escuela llamó a casa, y Jenny dijo que no la había visto en tres días, que llamaron a la policía. Un agente de policía encontró a Amy deshidratada, temblando y desesperada.

—Sí, preguntó por mí —mintió Amy—. Pero no pudieron encontrarme. Me hallaron a los tres días. Yo podría haber muerto allí si hubieran pasado un par de horas más.

—Tu padre no tenía derecho a hacerle eso a una niña.

—No. No lo tenía. Eso es lo que aprendí allí. Bueno, aprendí varias cosas. Me aterrorizan los espacios oscuros y cerrados, y nunca dejaré que otra persona se sienta perdida y abandonada como me sentí yo mientras pueda evitarlo. ¿Sabes la desesperación que se siente? ¿Pedir ayuda durante horas y que nadie venga? Por eso no soporto estar encerrada en ese castillo, sobre todo en una habitación.

Craig le cubrió la mano con la suya, y el calor que la invadió la tranquilizó.

—Lo siento, Amy. No lo sabía. Fui yo quien te ha atado y encerrado... si lo hubiera sabido...

—No podías haberlo sabido. Es cosa mía. Ya debería haberlo superado, pero me sigue aterrorizando la idea de sentirme perdida y encerrada. Supongo que por eso no tengo una dirección en la vida.

—Pero tú salvas a muchas personas.

—Sí, pero... ¿y después qué? ¿Qué viene después para Amy MacDougall? La mayoría de las mujeres quieren casarse y tener niños, pero yo no.

—¿No? ¿Y qué hay del conde de Ross?

Ella ignoró la pregunta.

—¿Sabes que ya he estado casada antes?

—Ah, ¿sí? ¿Estuviste casada?

—Sí. Me casé por amor. Pensé que él era perfecto, pensé que no encontraría a nadie mejor que él. Pero, por muy bueno que fuera, me sentía sofocada. No podía respirar. No podía dar ni un paso. Me sentía como si estuviera de nuevo en ese granero. De modo que nos divorciamos. Me divorcié de él porque hay algo en mí que está mal de raíz, Craig. Si alguna vez vuelvo a casa, dedicaré mi vida a buscar gente en las montañas.

—Amy, lo que hizo tu padre fue algo horrible. Creo que te perdiste en algún lugar del granero y aún no te has encontrado. Creo que cada vez que buscas y rescatas a alguien te estás buscando a ti misma. Debes encontrarte a ti misma primero.

Sus palabras le causaron un escalofrío y le resonaron en todo el cuerpo. «Te perdiste en algún lugar del granero...».

Ella lo miró. ¿Cómo era posible que un extraño de hace cientos de años la entendiera mejor de lo que se entendía ella misma? ¿Mejor que nadie en su propio tiempo?

Amy estiró el brazo y le apoyó una mano en la mandíbula. Justo cuando estaba a punto de besarlo, les cayó un chaparrón de lluvia encima.

Amy gritó y se rio. Craig le ofreció una sonrisa despreocupada y alegre. La acercó hacia él, la cubrió con el cuerpo y la besó, breve pero profundamente, e hizo que las piernas le temblaran.

—Yo te protegeré de la lluvia —le aseguró.

Pero Craig tenía el cabello tan empapado que a Amy le entraron gotas de lluvia en los ojos.

—Protégeme de la lluvia en el castillo, por favor. —Ella se rio.

—Sí. —La besó rápido de nuevo y la ayudó a incorporarse.

Y mientras volvían a guardar el picnic en la canasta, Amy se olvidó que ella era del siglo XXI y él, del siglo XIV. Tan solo se sintió como una mujer teniendo una cita con un hombre guapo bajo la lluvia.

CAPÍTULO 21

CRAIG ESTABA CASI seguro de que no había dejado de mirar a Amy ni un solo momento y recibió la lluvia de buena gana porque lo distrajo del latido acelerado de su corazón.

La mujer que acababa de abrirse a él no podía ser una traidora. No podía ser una mentirosa y no podía ser una asesina. Esa epifanía lo hizo sentir como si alguien le hubiera quitado una roca pesada del pecho. Amy no podía haber inventado esa historia. Cuando ella le contó lo del granero, él había visto verdadero dolor y desesperación en su rostro.

Ese hombre había dejado a la niña sola durante tres días, sin comida, ni agua, la había dejado morir. Craig dudaba que ella pudiera serle leal a un hombre como John MacDougall y también dudaba que ella estuviera deseando casarse con el conde de Ross.

Se había divorciado, lo que significaba que tenía experiencia. A él no le importaba que no fuera virgen, nunca le habían importado esas cosas. Probablemente se había casado por la vieja tradición celta, que estaba prohibida por la Iglesia y que, a diferencia de la nueva Iglesia católica, permitía la separación y el divorcio. Pero eso también significaba que su marido había sido una persona amable. Porque una mujer no podía iniciar la separación.

Así que Amy debió haber convencido a su marido de que la dejara ir.

Sin embargo, con el conde de Ross se habría casado por iglesia y entonces no habría tenido escapatoria.

A lo mejor, estaba contenta por el cambio de planes que había significado el casarse con Craig. Quizás podría confiar en ella, después de todo. A lo mejor, si la conociera mejor, habría más para ellos luego de que el año de *handfasting* llegara a su fin. Porque Craig sospechaba que se estaba enamorando de ella.

Craig y Amy estaban empapados cuando llegaron al castillo. El patio se había convertido en un pantano fangoso. El aroma de la cena y el pan fresco flotaban en el aire, pero Craig no tenía hambre de comida. Afuera estaba oscuro, solo algunas antorchas iluminaban los edificios. Craig vio a Owen y a un par de otros salir del gran salón...

Con... no, eso no podía ser...

Craig entrecerró los ojos para ver a través de una cortina de lluvia.

—¿Esas son mujeres? —preguntó Amy.

—Sí, a menos que a mis hombres de repente les hayan salido senos y les haya crecido el cabello.

Owen corrió hacia la torre Comyn de la mano de una muchacha.

—Owen, Owen —Craig murmuró y negó con la cabeza—. ¿A quién otro podría culpar?

—Cuando el gato no está, los ratones hacen fiesta —dijo Amy —. Supongo que hizo una fiesta e invitó a algunas chicas. ¿Irás a detenerlos?

Craig estaba maravillado con el rostro húmedo de Amy que resplandecía a la luz de la antorcha con esas pestañas largas y empapadas por la lluvia y esos labios tan rojos y exuberantes que él anhelaba saborear.

—Lo último que quiero ahora es lidiar con Owen. Tengo otras ideas en la cabeza. Nuestro picnic aún no ha terminado.

Ella levantó las cejas y le ofreció una pequeña y dulce sonrisa que iluminó la noche.

—Pero primero llevemos a los caballos al establo —añadió Craig.

En la oscuridad del establo, los envolvió el olor a heno y animales; era un aroma simple, primitivo y natural.

—¿Está bien esto? —le preguntó—. ¿No te molesta estar aquí?

—No —le respondió con una sonrisa—. La salida está justo ahí. Y tú estás conmigo.

Él se conmovió cuando ella dijo eso. Vio cómo Amy cepillaba con suavidad el cuello de su caballo, acariciándolo, murmurándole palabras tranquilizadoras, como si lo hubiera hecho durante años. ¿Cómo sería sentir la palma de esa mano sobre su cuerpo? Craig le cubrió la mano con la suya, y ella se quedó completamente quieta.

Con los ojos brillando en la oscuridad, Amy se giró hacia él. Sin decir una palabra, él le puso una mano en la cintura y la acercó despacio. Ella apoyó una palma contra el pecho de Craig, bajo el abrigo empapado. Amy tenía la mano tan fría que Craig sintió una especie de quemadura.

—Gracias por el día de hoy, Amy —le dijo—. Hacía mucho tiempo que no tenía un día como este. Todo lo que me contaste... sé que no fue fácil para ti. Guardaré tu confianza como un regalo preciado.

A Amy se le llenaron los ojos de lágrimas y parpadeó. Él le rozó la mejilla con el pulgar.

—No puedo dejar de pensar en ti. Lo que hiciste el otro día me dolió. ¿Me lastimarás de nuevo como lo hiciste cuando trataste de encontrar la salida? ¿Me traicionarás?

Amy parpadeó de nuevo y le temblaron las pestañas. Cuando le apoyó la mano en la barbilla, Craig se volteó y le dio un beso suave en la palma de la mano.

—No quiero pensar más. No quiero preocuparme. Quiero

vivir. Aquí y ahora. No quiero prometer ni planear ni recordar. —Se acercó a él y le dio un beso tierno en los labios. Ese pequeño gesto le convirtió la sangre que le circulaba por las venas en fuego.

—Quiero tenerte —agregó ella.

Él la miró a los ojos para asegurarse de que ella hablaba en serio, de que le estaba dando permiso después de todo.

Y lo que vio allí fue un oscuro deseo, un anhelo y una promesa.

—Oh, por fin, muchacha —gruñó. Luego la abrazó, la levantó en el aire y le cubrió la boca con la suya.

Ella le respondió con la misma pasión y necesidad que rugía dentro de él. Craig no podía esperar ni un minuto más para estar con ella. Debía tenerla allí mismo, en ese preciso instante. Antes de que ella se asustara y cambiara de opinión. La tregua entre ellos aún se sentía frágil.

Sin interrumpir el beso, Craig se desató la capa y luego la de ella. Le apoyó las manos en el hermoso trasero y la levantó en el aire para que Amy le envolviera la cintura con las piernas. Ella gimió un poco sorprendida, pero le pasó los brazos alrededor del cuello.

Como en la esquina de los establos había una pequeña montaña de heno, Craig la llevó hasta allí. Al llegar, se arrodilló y la puso sobre el lecho suave e improvisado.

De pronto, una mujer soltó un grito, un hombre maldijo, y dos personas salieron de detrás de la montaña, sosteniendo sus prendas.

—Pero, ¡qué diablos! —exclamó Craig al tiempo que jalaba a Amy para ponerla detrás de él.

—¡Soy yo, Lachlan! —dijo el hombre mientras se ponía la túnica.

La mujer que estaba detrás de él también se vistió rápidamente. Craig negó con la cabeza al reconocer a su primo lejano en la oscuridad.

—¿Por qué no se mostraron antes? —gruñó Craig.

—Pensamos que se marcharían pronto del establo —respondió la mujer.

—No los esperábamos tan pronto —añadió Lachlan—. Pensamos que nuestras invitadas ya se habrían ido para entonces.

Craig volvió a negar con la cabeza y soltó un gruñido.

—Sal de aquí, hombre.

—Y, ¿a dónde voy? Este es el único lugar que no está ocupado.

—Voy a matar a Owen —refunfuñó Craig—. Vete a cualquier parte. A mi habitación, usa mi cama por todo lo que me importa. Pero déjanos a mi esposa y a mí en paz.

—Sí, primo.

Los dos se marcharon tomados de la mano. El cabello de la mujer era largo y pelirrojo, como el de Amy, aunque no tan bonito.

Craig sacudió la cabeza y miró a su alrededor.

—¿Hay alguien más aquí?

No se escuchó más nada, excepto el resoplido suave de los caballos. Craig intercambió una mirada con Amy. Ella parecía estarse divirtiendo; gracias a Dios no estaba asustada, ni asqueada o disgustada. De pronto, estalló en risas, y fue el sonido más hermoso que él había escuchado. Él sonrió al verla reír, y pronto se le contagió la risa, y Craig también se rio a carcajadas. Se quedaron parados, mirándose a los ojos y riendo.

Craig nunca se había sentido tan feliz como en ese momento.

Luego de unos instantes, las risas se apagaron, los dos respiraron profundamente y dejaron que salieran a la superficie unas últimas carcajadas.

—Ven aquí —le dijo acercándola hacia él.

—¿Aquí mismo? —preguntó Amy.

—Sí, Amy Cambel, aquí mismo. Ya escuchaste al hombre: todo lo demás está ocupado. Y yo no compartiré una habitación con nadie. Te quiero toda para mí.

—Bueno —repuso mientras iba a sus brazos—. Al fin y al cabo, comparto tu opinión.

—Gracias a Dios. Si no puedo tenerte ahora mismo, voy a estallar.

—Definitivamente no queremos eso —murmuró ella con dulzura y lo besó.

CAPÍTULO 22

AMY LE DIO un beso lento y dulce, como miel derramada, y se tomó su tiempo para disfrutar la boca cálida, suave y deliciosa de Craig.

Él respondió con avidez, como si nunca hubiera probado algo tan bueno y no fuera a detenerse. Volvió a acostarla sobre el montón de paja que se hundió bajo el peso de Amy. Craig se estiró junto a ella, y el olor a heno fresco los envolvió.

¿Sentiría ella algún tipo de ansiedad por estar en un granero oscuro? No. Con él, se sentía segura y cálida. Estaba lista para reemplazar los malos recuerdos por otros más felices y placenteros.

La paja le picaba a través del vestido, y eso le añadía algo de emoción al momento. Él le acarició la barbilla y luego fue bajando la mano por el cuerpo de ella. Con sus caricias le produjo un cosquilleo en toda la piel que Amy sintió a través de la ropa. Ella arqueó la espalda hacia la mano de Craig, no quería que él se apartara de ella. Craig le cubrió un pecho con la palma de la mano y lo masajeó dibujando pequeños círculos alrededor del pezón con el pulgar que se endureció y le causó el dolor más dulce.

—Oh, ¿te gusta eso? —le murmuró contra el cuello mientras le rozaba la piel con los labios.

—Mmm —logró decir Amy.

—Y, ¿qué me dices de esto? —Craig se movió hacia un pecho, se inclinó, tomó el pezón con delicadeza entre los dientes a través del vestido, y la tela se humedeció.

Un relámpago de dulzura la atravesó.

—Oooh —gritó Amy un poco más fuerte y arqueó la espalda.

—Sabía que eso te gustaría. ¿Y si hago esto?

Craig se metió el pecho en la boca y comenzó a succionarlo mientras le atormentaba el otro pezón con la mano. Amy sintió unas inmensas oleadas de la tortura más deliciosa en todo el cuerpo y gimió, incapaz de contenerse.

—Oh, Dios mío, sí.

Enterró los dedos en el cabello sedoso y húmedo de Craig y luego bajó las manos a esos fuertes hombros. Él fue descendiendo por su estómago, besándola a través del vestido, lo que, de alguna manera, resultó más erótico que si hubiera estado desnuda. La experiencia era tan simple. Un establo. Un hombre. Una mujer. Y deseo mutuo.

La piel le hormigueaba y cantaba allí donde él la tocaba; era como si conociera un secreto de su cuerpo que ella misma desconocía.

Craig le pasó una mano a lo largo de la falda, luego la introdujo por debajo de ella y le acarició la pierna. Siguiendo un instinto, Amy le quitó la mano, porque no se había rasurado, aunque era evidente que a él no parecía importarle.

Oh, cierto. Las mujeres medievales probablemente tenían todo tipo de vello. Mmm. Podría acostumbrarse a no tener que rasurarse las piernas.

Craig le recorrió la pierna con los dedos y le calentó la piel. Cuanto más se acercaba al vértice entre sus muslos, más se retorcía Amy con anticipación y deseo, sintiéndose caliente y húmeda.

Craig la miró mientras le cubría el sexo con la palma de la mano.

—Aaah. —Ella echó la cabeza hacia atrás.

—Mírame, muchacha —le pidió.

Amy abrió los ojos y lo miró. Craig tenía una mirada oscura que ardía de deseo en la penumbra del establo. Estaba frunciendo el ceño y tenía los labios entreabiertos y un poco hinchados. Había tanto calor, tanta promesa en sus ojos, que Amy se volvió a estremecer.

—Tú eres mía —le dijo—. Y yo soy tuyo.

Acto seguido, le separó los pliegues con los dedos, y Amy jadeó, aunque no sabía qué era más dulce: si sus palabras o sus dedos. Craig le presionó con suavidad el clítoris y comenzó a rodearlo, a provocarlo para despertarle un profundo éxtasis.

Ella se aferró a la paja, intentando encontrar algo de donde sujetarse antes de estallar en una nebulosa allí mismo, en los brazos de Craig.

Él le subió la falda con la otra mano y se la dobló alrededor de la cadera. Amy sintió frío en las piernas y la pelvis al quedar expuestas al aire fresco. Craig se inclinó y se colocó entre sus muslos. La miró profundamente a los ojos y le dijo:

—Muchacha...

Su voz reverberó a través de ella, baja y peligrosa. ¿Cómo era posible que una palabra estuviera cargada de tanto calor?

Acto seguido, Craig bajó la boca a la suya, y Amy jadeó por la intensidad del suave placer que se le extendió por todo el cuerpo.

—Aaah.

De inmediato, Craig deslizó la lengua en el interior de su boca... una lengua malvada, hermosa y magistral que comenzó a moverse, a dar vueltas y a provocarla. Amy se estremeció, se ablandó y se contrajo al mismo tiempo. Todas esas sensaciones que Amy nunca había sabido que podría conocer le hicieron perder la cabeza.

Ella no era virgen; de hecho, pensaba que era buena en la cama.

Pero esto...

Él...

Iba más allá de lo físico. Era algo más. Algo que le permitía ver las estrellas.

—No —exhaló y se sacudió.

—¿Qué? —Craig se levantó preocupado—. ¿Te hice daño?

—No, no me hiciste daño. Lejos de eso, Craig. Pero no puedo esperar mucho más. Y te deseo. Quiero sentirte dentro de mí.

Los ojos de Craig se oscurecieron.

—¿Oh, sí, mi dulce muchacha? ¿Acaso no te dije que tenías que pedírmelo?

Amy negó con la cabeza una vez y luego se rio.

—Sí. Por favor.

Él asintió, con una sonrisa de satisfacción en el rostro.

—Solo porque me lo estás pidiendo. —Se incorporó, se desabrochó los pantalones sin apurarse, se los deslizó por las piernas y se los quitó. Se quedó de pie frente a ella: tenía unas hermosas piernas esculpidas que parecían una obra de arte. Y de pronto...

Amy se quedó sin aliento.

Vio la erección larga y gruesa, lista y dispuesta, que crecía cada vez más bajo su mirada.

Amy se humedeció los labios.

—Ven aquí.

Él se hundió entre las rodillas de Amy sin romper el profundo contacto visual. Ella sintió como si estuvieran conectados por algo invisible, como si estuvieran envueltos en un tartán escocés grande y cálido. Ya no sabía dónde terminaba ella y comenzaba él.

Craig se incorporó sobre ella.

—Eres mía, muchacha. Déjame amarte como un hombre ama a una mujer.

—Sí, por favor.

Él acercó el miembro a la entrada de Amy y la hizo sentir un profundo estremecimiento de placer. Luego la embistió. La estiró deliciosamente y se fue introduciendo en ella hasta llenarla por completo.

La sostuvo en sus brazos mientras ella arqueaba la espalda y le pasaba las piernas alrededor del torso. Su mirada estaba sobre ella, como si tuviera peso y, a la vez, pudiera acariciarla.

Cuando Craig se retiró de repente, se desató una ola de terciopelo líquido en el centro de Amy.

De inmediato Craig se volvió a hundir en su interior y comenzó a embestirla cada vez más rápido. La rozaba en el lugar indicado y la iba elevando más y más alto, a alturas que ella nunca antes había conocido.

Ella había tenido orgasmos antes, sí. Pero nunca había sentido esa conexión cósmica y eléctrica que le devastaba el alma. Era casi como si Craig intuyera lo que ella deseaba, lo que la excitaba.

Él se movía más y más fuerte, más y más rápido. La estaba abriendo. Estaba liberando algo atrapado en su interior.

Amy respiraba agitada. El establo se llenó de jadeos, gemidos y gruñidos.

Algo dentro de ella se fue poniendo rígido, pero era un placer muy dulce.

Y pronto, demasiado pronto, él la llevó al borde del abismo.

—Oh, Craig —gimió—. ¡Oh, Craig!

—Sí, mi cielo, alcanza la cima.

Con dos exquisitas embestidas más, Amy se desmoronó en los brazos de Craig, se contrajo, se relajó y sintió varios espasmos y estremecimientos.

Craig la siguió, se hundió en ella y con ella. Él también estaba al borde del abismo: tenía el cuerpo endurecido, sus movimientos se tornaron más bruscos, y le clavó los dedos en las caderas al tiempo que la embestía.

Finalmente, con un estremecimiento que le recorrió todo el cuerpo, se dejó caer sobre ella.

—Mi esposa —susurró.

Amy le pasó los brazos por los hombros anchos. Respiraban

al unísono; el pecho de Craig subía y bajaba al mismo ritmo que el suyo.

Amy se estaba quedando dormida, tranquila y feliz por primera vez en mucho tiempo, hasta que un pensamiento le cruzó la mente.

¿Cómo podría marcharse y romperle el corazón ahora que se estaba enamorando de él?

CAPÍTULO 23

Hamish se refugió dentro de su capa en el muro sur. La lluvia no era tan mala sin el viento, pero sí que detestaba esa maldita humedad que parecía penetrarle hasta el alma. Había estado de guardia durante días como castigo por permitir que Amy MacDougall entrara en la despensa subterránea.

Ni modo.

Ella también estaba buscando el túnel secreto, él lo sabía.

Hamish nunca había visto a Amy antes de ir a Inverlochy. Ni siquiera sabía que John MacDougall tenía una hija llamada Amy. Pero, como solo se había reunido dos veces con el jefe del clan y sus centinelas, y además había sido en el bosque, en realidad no había conocido a ninguno de los miembros de su familia.

Le inquietaba que John no le hubiera dicho que su hija estaría en el castillo.

Tal vez ella tendría que haberse marchado antes de que él llegara.

O quizás a MacDougall no le importaba su hija. Podía ser, considerando la mirada fría y distante que tenía el hombre. Hamish conocía a gente como él. Sus padres adoptivos lo habían mirado de la misma manera, tanto a él como a Fiona, su hermana

184

adoptiva. Como si miraran herramientas de trabajo para una granja.

Hamish sentía pena por Amy.

Sin embargo, sabía que estaba de su lado. Había actuado tan bien que él lo había dudado hasta que la vio buscando el túnel en la despensa.

El túnel se encontraba en algún lugar allí. Quizás debajo de esa piedra con los tallados. A lo mejor, en otro lugar. Pero tenía que ser por eso que Craig había puesto centinelas allí. Él tenía miedo de que ella huyera y que alguien más pudiera encontrar una entrada al castillo a través del túnel.

Ahora que Hamish sabía dónde estaba la entrada, no necesitaba a Craig.

Podría liberar a Amy de él.

Observó mientras Craig y Amy atravesaban la aldea. Aunque no podía ver sus rostros en la oscuridad, a juzgar por sus posturas, estaban relajados. Cuando se desmontaron de los caballos, se pararon uno cerca del otro. Incluso parecían felices.

Y luego, Craig la besó.

Pobre muchacha.

Hamish cerró los puños. Ella estaría fingiendo que toleraba sus avances con tal de conseguir una oportunidad de ser libre.

Como lo había hecho Fiona, quien había fingido que el trabajo no era demasiado, que no estaba cansada y que no sentía dolor. La niña habría hecho cualquier cosa para que sus padres adoptivos no la golpearan. Hamish había hecho el trabajo de Fiona. Tanto como pudo, pero solo lo suficiente como para que sus padres se dieran cuenta. Sin embargo, Fiona era débil. Necesitaba el descanso y los cuidados que sus padres le denegaron.

Como consecuencia de eso, Hamish tuvo que enterrar a la única persona que había sido amable con él, la única a la que él le había importado, la única que era como él.

A Fiona la habían reprimido. La habían encarcelado. La habían usado.

Como a Amy.

Esa noche Owen había ido a la aldea con Lachlan y algunos otros guerreros para invitar a la mitad de los habitantes a una fiesta. No habría mejor oportunidad para realizar el trabajo que Hamish había ido a hacer allí. La mayoría de los hombres estarían borrachos y ocupados con muchachas bien dispuestas.

Nadie sospecharía nada.

Era hora de terminar su misión. Esa misma noche. Hamish obtendría el dinero de John MacDougall y, de paso, le llevaría a su hija de regreso.

De ese modo, Hamish por fin podría comprar un pequeño terreno con granjas y una torre o un castillo. O, tal vez, una pequeña isla donde pudiera vivir en paz.

Ya había dejado ir a la única mujer con la que alguna vez se pudo imaginar casarse. Hacía ya nueve años que se había enamorado de Deidre Maxwell, la hija del jefe del clan Maxwell, que vivía en la zona fronteriza entre Inglaterra y Escocia, en el castillo de Caerlaverock. Deidre pertenecía la nobleza. Él era un don nadie. En ese entonces, apenas acababa de empezar a buscar misiones y no tenía ni un centavo en el bolsillo. A pesar de eso, la había seducido, y ella le había entregado su virginidad. Esa historia de amor había sido la época más feliz de su vida.

Hasta que de pronto Hamish la dejó. Había huido porque Deidre quería que se casara con ella. Él simplemente no podía unirse a una muchacha de ese modo solo para terminar perdiéndola después. Como ya había perdido a Fiona.

Hamish negó con la cabeza en el intento de deshacerse de los recuerdos dolorosos. Necesitaba concentrarse en su misión: unirse al ejército de Roberto I y debilitarlos desde adentro formaba parte de ella. John MacDougall solo sabía de boca de lord Comyn que en el castillo había un túnel, pero no sabía dónde estaba.

Y si al viejo *laird* MacDougall no le importaba su hija, para Hamish ese era un motivo más para protegerla.

Sí, la miseria de la muchacha terminaría esa noche.

Hamish observó a Amy y Craig entrar en los establos y, al

cabo de un rato, salieron corriendo hacia la torre Comyn, tomados de la mano y con restos de paja pegados en las prendas arrugadas.

Hamish apretó la mandíbula y le rechinaron los dientes. Pobre muchacha. Tenía que acostarse con ese hombre.

Él la liberaría.

Cuando la pareja desapareció, abandonó su puesto. Comprobó que la daga que le había dado *sir* William se encontraba en su bota. Un hermoso regalo de despedida por sus años de leal servicio como escudero, años durante los cuales había entrenado para convertirse en un guerrero invencible. Años durante los cuales había estado entrenando con la única finalidad de ganarse la libertad absoluta. Pronto nadie más tendría la audacia de decirle qué hacer.

Hamish cruzó el patio corriendo y, antes de entrar en el gran salón, elevó la mirada para ver cuál de los centinelas podría haberlo visto. Sabía que un par de guardias estarían durmiendo, y el resto no estaría prestando demasiada atención.

Entró en el gran salón, que estaba lleno de música y risas y apestaba a olor corporal mezclado con alcohol. La gente bailaba al son de la música y, para hacerse ver, Hamish saludó a un par de hombres. Luego se desató la capa y la dejó en un rincón. Se tomó una copa de *uisge*, rio y cantó en voz alta. Cuando se aseguró de que suficiente gente lo había visto allí, salió del salón y regresó a la oscuridad. Corrió hasta la torre Comyn y subió las escaleras hasta el primer piso.

Detrás de la puerta de las habitaciones privadas del señor del castillo, donde dormían los Cambel, oyó los sonidos de una mujer satisfecha y un hombre en éxtasis y sonrió.

«Owen, Owen. Es bueno que mate a Craig esta noche porque, de lo contrario, él te habría matado a ti mañana».

Hamish continuó subiendo las escaleras hasta que se detuvo frente a la puerta de la habitación del señor. Un hombre gemía rítmica y ruidosamente, pero la mujer sonaba como si estuviera forcejeando.

Un gruñido se le escapó de la garganta. Extrajo la daga de la bota y abrió silenciosamente la puerta. Dos figuras se movían bajo las mantas. La cabeza oscura de Craig estaba arriba, y el cabello rojo de Amy yacía desparramado sobre la almohada. Ella tenía las manos extendidas por encima de la cabeza, y él se las sujetaba contra las almohadas.

Hamish se movió sin hacer ruido y se acercó a la cama. Ambos tenían los ojos cerrados.

Hamish agarró el cabello de Craig, le jaló la cabeza hacia atrás y le cortó la garganta con un movimiento rápido. La sangre se derramó sobre Amy a borbotones.

Los ojos de la muchacha se abrieron de par en par, y ella separó los labios para gritar, pero Hamish estaba listo y le cubrió la boca con una mano para amortiguar el grito.

—¡Shhh! —le dijo—. Está bien, Amy, muchacha...

De repente, Hamish abrió los ojos como platos.

La mujer no era Amy. Tenía el mismo cabello pelirrojo, pero nunca antes la había visto.

Hamish maldijo. Tenía una sola regla: nunca lastimaría a una mujer inocente.

—Por todos los demonios habidos y por haber —murmuró y miró la cara del hombre.

¡Lachlan!

Había matado a un hombre inocente. De hecho, Lachlan le caía bien. Hamish sintió el estómago duro y pesado al tiempo que se le formaba un nudo en la garganta.

Miró a la muchacha que estaba a punto de gritar.

—Si aprecias la vida, cállate, vístete y ven conmigo.

Hamish tendría que desprenderse de una parte significativa de sus ahorros. Pero no podía romper su única regla; las mujeres y los niños inocentes eran intocables. De lo contrario, nunca sería capaz de vivir consigo mismo.

CAPÍTULO 24

CRAIG ENTRELAZÓ los dedos con los de Amy y estudió su mano femenina. Estaban completamente vestidos, acostados sobre el lecho de heno. Los caballos dormían; la lluvia suave tamboreaba contra el techo y las paredes. Ella estaba acostada encima de él, su peso era agradable y reconfortante. El pecho de Amy se movía al mismo ritmo que el de Craig. El dulce aroma femenino lo envolvió; el cabello y la piel de Amy olían a césped, a lluvia y a ella.

Craig se sentía satisfecho, tenía el cuerpo pesado y relajado, como si hubiera crecido y se hubiera expandido. Se le había llenado el pecho de algo liviano, de ese eco de esperanza que a veces sentía en la primavera.

Amy...

Ella era mucho más de lo que él jamás hubiera pensado o esperado que fuera. De ser su enemiga se había convertido en otra cosa. Él aún no sabía qué o, mejor dicho, no quería etiquetarlo.

Ella bien podría hacer algo para romper su confianza y lastimarlo. Lastimarlo como nunca antes lo habían lastimado. La realidad era que no había nada que quisiera más que llamarla su amor.

El amor de su vida. Su esposa. La mujer en la que podía confiar más que en sí mismo.

Craig necesitaba confiar en alguien así.

—¿Todo *okey*? —le preguntó ella.

Él se rio.

—Nunca me acostumbraré a las palabras extrañas que dices a veces. ¿*Okey*?

Ella sonrió.

—Disculpa. Quise preguntar si te encuentras bien. Es que tu corazón empezó a latir más rápido.

Ella le apoyó la barbilla en el pecho para mirarlo. Tenía los ojos grandes, suaves y brillantes. Craig le tomó un mechón de cabello castaño rojizo en la oscuridad.

—Sí, estoy bien. Estaba pensando en ti...

—Ah. Pues, qué bueno, porque yo también estaba pensando en ti. —Amy le depositó un beso suave en el pecho.

—Y en la confianza —añadió Craig.

De pronto, se puso rígida y lo miró, la sonrisa se desvaneció de sus labios.

—¿Crees que alguna vez podrás llegar a confiar completamente en mí? —le preguntó.

—Quiero hacerlo.

—¿Pero...?

—No sé si entiendes lo que me hizo tu clan.

Ella se mordió el labio inferior.

—Entonces, cuéntamelo —le pidió en una voz tan baja y suave que lo podría haber hechizado.

Craig se recostó y la mente se le llenó de recuerdos de sangre, madera quemada y gritos de dolor.

—Supongo que no quería creer que la traición había sido real hasta que la vi a ella. A Marjorie.

Craig tragó saliva en el intento de aflojar el nudo que se le había formado en la garganta y se permitió sentir la tensión en el estómago y la ira ardiente que siempre solía ahuyentar.

—Entré a hurtadillas en el castillo, subí las escaleras y la encontré en una habitación con tu hermano. Tenía el rostro pálido, cortado y golpeado y las piernas descubiertas llenas de arañazos y moretones. No pude pensar. Tuve que matarlo, aunque con eso no hubiera deshecho sus terribles hazañas.

Se le estremeció la garganta de toda la tristeza y la culpa que se elevaban como una ola oscura y pesada desde lo más profundo de su interior. Los ojos se le llenaron de lágrimas.

—Entendí la traición, pero al «ver» lo que le hizo... algo se rompió dentro de mí. Ella es mi única hermana, la única con la que comparto la misma madre. Owen y Domhnall son mis medio hermanos y Lena es mi media hermana. Los quiero a todos, pero Marjorie es especial. Es como si ella fuera parte de mí, ¿sabes?

Amy exhaló despacio.

—Más de lo que te imaginas.

Craig asintió.

—Lo único que podía pensar era, ¿cómo no lo supe? ¿Cómo no vi las señales de que esas personas no eran dignas de confianza? —Exhaló bruscamente—. Nosotros, los Cambel, éramos sus vasallos. Estábamos bajo su protección. Les juramos lealtad. Alasdair había sido mi amigo. Yo jugaba con él en las reuniones entre clanes cuando éramos niños. Entrenamos juntos con las espadas. Me caía bien. ¿Cómo pude hacerme amigo de un monstruo como él? ¿Y cómo pude permitir que mi hermana saliera así, tan desprotegida? Solo cuando la saqué de ese castillo y vi el cuerpo de mi abuelo aún cálido, pero ya sin vida, fue que decidí que no volvería a confiar en otra alma, a menos que la conociera muy bien, como mi clan, y aun así...

Los ojos de Amy se llenaron de pesar.

—Y, aun así, no les digo todo —concluyó Craig.

No le había contado a nadie sobre la existencia del túnel secreto. Tampoco le había dicho nada a Owen acerca de la nota que había interceptado. Y había estado en lo cierto porque ese día Owen lo había traicionado al invitar a la gente de la aldea al castillo.

—Pero quieres confiar en alguien, ¿no es así? —susurró Amy.

—Mucho más de lo que quiero tomar mi próximo aliento. Quiero confiar en ti.

Ella cerró los ojos, como si algo invisible le hubiera pegado.

—Yo... tengo que decirte algo, Craig...

Craig sintió como si lo hubiera apuñalado en el abdomen. Después de todo, tenía razón. Ella estaba escondiendo algo.

Afuera unos pasos golpeaban fuerte contra el piso a medida que se acercaban. Alguien abrió la puerta de golpe y entró en el establo. Craig y Amy se sentaron.

Uno de los centinelas se acercó.

—Señor, gracias a Dios que está aquí.

—¿Qué pasa?

—Venga rápido. Es Lachlan. Lo han asesinado en su cama.

CAPÍTULO 25

CRAIG SIGUIÓ el cuerpo de Lachlan, envuelto en sábanas, mientras dos hombres lo sacaban de la habitación. El olor cobrizo de la sangre estaba impregnado en el aire de la habitación. Amy le apoyó una mano sobre el hombro y le dio un apretón. Craig cerró los ojos por un instante.

—Lo siento mucho, Craig —le dijo Amy.

—No deberías haberlo visto así —se lamentó Craig—. No es bueno que una mujer vea a un hombre asesinado de esa manera.

—Ya he visto gente muerta antes. No todos a los que he intentado rescatar han sobrevivido.

—Claro, tiene sentido. Eres diferente a las mujeres que conozco.

Craig caminó hacia la cama. Las sábanas y las mantas estaban manchadas de sangre que ya comenzaba a secarse. ¿Quién había hecho eso? ¿Una de las personas de la aldea? ¿La mujer con la que había estado Lachlan? ¿O el espía que estaba buscando el túnel secreto?

No pudo haber sido Amy. Ella había estado con él, compartiendo la mejor noche de su vida. Hablando.

Él la miró, ella se encontraba de pie a unos metros de

distancia y lo miraba con inquietud. Como si estuviera preocupada por él.

Lo que habían compartido, las cosas que ella le había contado y las que él le había contado a ella... eran cosas muy íntimas. Incluso sagradas. Se habían contado los pensamientos más profundos y oscuros que les carcomían el alma.

¿Podría ella traicionarlo, aun después de eso? ¿Podría haber estado fingiendo?

Craig negó con la cabeza. Debería dejar ese mal hábito de cuestionar todo y a todos. Al fin y al cabo, ¿no había decidido confiar en ella? Al menos quería intentarlo.

Recordó que ella había estado a punto de decirle algo y decidió que se lo preguntaría más tarde.

—¿Qué puedo hacer para ayudar? —preguntó Amy.

—Nada.

Craig tomó una antorcha de la pared y miró alrededor de la cama en busca de pistas. A Lachlan le habían cortado la garganta, de seguro por detrás. Como estaba completamente desnudo, era evidente que había estado ocupado terminando lo que Craig y Amy habían interrumpido en el establo. Por lo tanto, era probable que la mujer pelirroja hubiera estado recostada debajo de Lachlan. Por ende, si ella hubiese sido la asesina, lo habría apuñalado en el corazón en lugar de degollarlo.

En efecto, sobre la almohada, había un cabello pelirrojo, largo y ondulado. Craig recogió tres cabellos más. Dos de ellos estaban cubiertos de sangre.

Craig volvió a hacer un gesto negativo con la cabeza.

—Espero que Owen esté arrepentido de esto. Nada de esto habría sucedido si no hubiera invitado a los aldeanos.

—Habla con él antes de juzgarlo —dijo Amy—. Seguro que él puede ayudar.

—Sí. Lo que me gustaría saber es dónde estará la pelirroja con la que estaba Lachlan.

Craig caminó hacia Amy.

—Espero que no esté muerta, tirada en una zanja en algún lugar —señaló ella.

Él se detuvo delante de Amy. Le puso los dedos debajo de la barbilla y se la levantó. Clavó la mirada en la de ella, tratando de ver qué había detrás de sus ojos, qué estaba pensando y qué estaba sintiendo. Tratando de descifrar si ella le estaba diciendo la verdad.

—Contéstame esto. Para honrar la noche que pasamos juntos y todo lo que hemos compartido, solo te lo preguntaré una vez y, sin importar cuál sea tu respuesta, te creeré.

Los ojos de Amy se abrieron un poco, y Craig vio un rastro apenas perceptible de miedo en su rostro. Ella tragó con dificultad.

—De acuerdo, Craig.

—¿Tuviste algo que ver con esto?

Amy abrió los ojos aún más, frunció el ceño y una máscara de enfado le cubrió el rostro.

—¿Qué? ¡Por supuesto que no!

Craig asintió.

—¿Y sabes si tu familia puede estar detrás de esto?

—No tengo idea de quién está detrás de esto, Craig.

Ella estaba enojada, sí. Y parecía honesta. Él le había prometido que le creería y eso era lo que haría, aunque una voz en la cabeza le gritaba que no confiara en ella.

Asintió de nuevo, cortante.

—En ese caso, eso es todo. No hablaremos más del tema. Ven. Necesito hablar con Owen y los centinelas, y tú necesitas comer algo.

Owen estaba sentado y encorvado sobre una copa en el gran salón, que estaba atestado con los hombres de Craig y los aldeanos. Todos se hallaban sentados en silencio y, en su mayoría, ebrios. Varios hombres yacían inconscientes o roncaban sobre las mesas. Uno de ellos era Hamish, quien tenía la ropa y parte de la barba cubiertas de vómito.

Craig se acercó a Owen y se sentó enfrente de él en la mesa. Owen elevó la mirada y torció la boca en una mueca de tristeza.

—Pero, ¿qué estabas pensando? —le preguntó Craig.

Owen negó con la cabeza y clavó la mirada dentro de la copa.

—Ya sabes lo que estaba pensando. Lo que siempre pienso. Que todo estará bien. Que todo el mundo es demasiado serio, en especial tú. Que la vida es aburrida.

—Debería enviarte con nuestro padre si estás tan aburrido aquí. La guerra te borrará esos pensamientos de la cabeza bien rápido.

—Haz lo que te parezca mejor.

Craig suspiró. Debería castigar a Owen, mostrarle que las consecuencias de sus acciones eran graves. Pero Owen parecía haberlo entendido. A él le caía bien Lachlan. A todos les caía bien Lachlan. En parte, su muerte se debía a la mala conducta de Owen. Y como Owen claramente se sentía culpable, ya se estaba castigando a sí mismo.

—Solo dime lo que pasó —le pidió Craig—. De cualquier forma, tengo que averiguar quién lo mató. Y por qué.

Owen asintió con la cabeza.

—Sí. Yo pensé que, como te ibas a ir a pasar el día con Amy, podría invitar a algunas chicas de la aldea y hacer una fiesta. Lachlan y algunos otros vinieron conmigo, y pronto se corrió la voz. Algunas de las madres no querían dejar que sus hijas vinieran solas, de modo que también terminaron viniendo las madres, los padres y los hermanos. Cuando me quise dar cuenta, ya había llegado la mitad de la aldea. Se me fue todo de las manos, Craig.

Craig tomó una profunda bocanada de aire. Sí, eso no le sorprendía.

—¿Te parece, hermano? Lachlan era un buen hombre.

—¿No crees que ya lo sé? —Owen golpeó la mesa con el puño.

—Sí, bueno. Ahora dime, ¿había tenido alguna discusión con alguien de la aldea o alguno de nuestros hombres? ¿Había alguien que estuviera enfadado con él?

—No que yo sepa.

—¿Y la mujer con la que estaba? ¿Sabes quién es?

—¿La pelirroja? Creo que estaba con esa familia de allá.

Un hombre mayor y una mujer madura estaban sentados junto al fuego con los ojos completamente desorbitados.

—Hablaré con ellos. ¿Ha aparecido ella desde entonces?

—No.

Craig tocó una copa vacía que estaba frente a él.

—Lo que no entiendo —dijo Owen— es qué hacía Lachlan en tu habitación.

—Él estaba en mi habitación porque yo lo envié allí.

—¿Lo enviaste allí? ¿Por qué?

Craig se removió en el asiento.

—Porque quería un maldito momento a solas con mi esposa.

Craig miró al otro lado de la habitación, donde Amy les estaba sirviendo estofado y pan a la gente de la aldea y a los guerreros. El cabello de ella resplandecía a la luz del hogar, y en el rostro tenía una expresión amistosa y suave.

Su esposa...

Su cama...

Se imaginó por un momento a Lachlan con la mujer pelirroja en la cama de Craig y Amy. Lachlan alto, de cabello oscuro, la mujer con el cabello largo y pelirrojo sobre las almohadas. Así era exactamente como él se había imaginado con Amy en esa cama tantas veces.

Había algo que no estaba viendo... un detalle importante.

La revelación lo golpeó más fuerte que un puñetazo en el estómago. Se le heló la sangre.

Por supuesto. Lachlan se parecía a él. Y la mujer tenía el cabello como el de Amy.

¿Cómo no lo había visto antes? El asesino lo había ido a matar a él. Se trataba de la misma persona que había enviado la nota.

Craig miró alrededor de la habitación. Uno de sus hombres

era un traidor capaz de degollar a un miembro de su clan o a un aliado.

Los MacDougall se encontraban detrás de eso, Craig no tenía ninguna duda al respecto. Era obvio que habían contratado a alguien para que se infiltrara en el castillo, y Craig debía desenmascarar a esa persona. Debía volver a pensar en el comportamiento de cada uno de sus hombres y cuestionar su propio juicio, que estaba demasiado nublado por culpa de su nueva esposa.

Sí, eso de apuñalar por la espalda y traicionar era el sello de los MacDougall.

Pero, ¿sería también el sello de Amy?

CAPÍTULO 26

Tres días después...

Durante los días que habían pasado desde el asesinato de Lachlan, Amy podía sentir que Craig la miraba con más atención que nunca. Era también atento y amable con ella, pero la despreocupación que había sentido el día de la cita en la montaña había desaparecido. Cada vez que la miraba, los ojos de Craig se veían oscuros e intensos.

Y, dondequiera que ella iba, siempre la acompañaba alguien. Si no era Craig, era uno de sus hombres.

Con el transcurso de los días, la inquietud de Amy se fue volviendo cada vez más fuerte; sentía pequeños espasmos en las piernas, se le cerraban las vías respiratorias y se le aceleraba el pulso.

A menudo se recordaba que no era una prisionera y que no estaba encerrada. Craig todavía no sabía que ella había viajado en el tiempo. Era obvio que él estaba preocupado por ella. Había algo entre ellos. La forma en la que le había hecho el amor en el establo y todas las noches desde entonces no era solo lujuria.

Cada acercamiento de piel contra piel los conectaba profundamente, mucho más allá del nivel físico. Cada susurro le llenaba el alma de anhelo. Cada vez que lo veía desnudo, glorioso y sudado, el corazón de Amy cantaba.

Ella no debería permitirle acercarse tanto. Estaba claro que él todavía sospechaba de ella. A pesar de lo que le había dicho sobre querer confiar en ella, él no podía olvidar que ella era una MacDougall. Y Amy dudaba que alguna vez lograra olvidarlo.

Sin embargo, lo peor era que ella le estaba ocultando un secreto. Un gran secreto, uno que él nunca le perdonaría. Y la confianza entre ellos era tan frágil que, si Craig llegaba a descubrir que ella no era quien él pensaba, todo estaría perdido entre ellos. O si descubría que ella había planeado dejarlo desde el principio. Pero entonces, ¿por qué estaba pensando en el futuro de la relación?

A pesar de todo, Amy le seguía añadiendo un poco de sal y una pizca adicional de perejil seco al estofado de Craig, para que supiera más rico. Le lavaba la ropa porque él estaba ocupado interrogando a todas las personas que habían estado esa noche en el castillo, que eran unas ciento cincuenta. Le llevaba cerveza y agua cuando los párpados de Craig lucían agotados y las ojeras le ensombrecían los ojos.

No podía evitarlo. Se había enamorado de él.

Esa revelación la asustó más que ninguna otra cosa antes porque ellos dos habían estado destinados a fracasar desde el comienzo. Al otro lado de ese túnel del tiempo, la aguardaba una Jenny abandonada, sola y preocupada.

Bajo ninguna circunstancia dejaría a su hermana sola como su padre la había dejado a ella.

De cualquier forma, ¿cuánto tiempo más podría mantener esa farsa? Tarde o temprano, Craig descubriría que ella no era la Amy MacDougall que él pensaba. Y entonces seguramente terminaría como esa mujer de la historia de Elspeth. Tildada de loca. O, peor aún, acusada de brujería y asesinada.

No. Tenía que marcharse. Lo antes posible. Cuanto más tiempo esperara, más difícil sería dejar a Craig.

Pero, ¿cómo se iría? Ahora todos los habitantes del castillo se mostraban desconfiados y cautelosos. ¿Cómo podría volver a acercarse a la piedra?

La ayuda llegó cuando Amy menos lo esperaba.

Había ido a usar la letrina, que era un pequeño armario que sobresalía de la pared, adjunto a la habitación en la torre Comyn. Como no existía el papel higiénico, tenía que usar heno. Pero a ella no le importaba eso. Había tenido que ir al baño en el bosque muchas veces y se había acostumbrado a la sencillez. Lo que sí extrañaba era lavarse las manos. Así que siempre tenía un frasco con agua y un trozo de jabón para lavarse las manos en el orificio del inodoro.

Terminada su tarea, salió de la letrina para ir a la cocina y comenzar con la cena, pero había alguien más en su habitación.

Hamish.

Con el ceño fruncido, miraba la cama, que ahora estaba limpia de cualquier resto de sangre porque Amy se había encargado de eso. Aun así, Craig y ella no querían dormir allí, de manera que, por la noche, se acostaban en el suelo junto al hogar. No era muy cómodo, pero era mejor que dormir en una cama donde alguien acababa de ser asesinado.

—Hamish, ¿qué pasa? —le preguntó.

Él miró hacia la puerta.

—¿Está todo bien? ¿Acaso Craig me necesita?

—Necesito hablar contigo —le respondió Hamish.

—Claro, ¿por qué no me lo dices de camino a la cocina? Necesito empezar con la cena.

—No, no puedo arriesgarme a que alguien me escuche.

Ella inhaló hondo, y una sensación de inquietud le apretó el pecho como un broche de hierro.

—Está bien.

Él se aclaró la garganta.

—Es sobre lo que estabas buscando en la despensa subterránea.

A Amy se le aceleró el pulso. Hamish la miró con calma por debajo de sus espesas cejas.

—Estaba buscando tocino.

—¿Tocino?

—Carne salada de cerdo.

—Sí, esa fue buena excusa para ir allí. Pero tú, Craig y yo sabemos que eso no era lo que realmente estabas buscando.

Amy cerró las manos en puños y clavó la mirada en la puerta. Hamish la estaba bloqueando. Sintió un temblor en las entrañas.

—¿Y qué crees que estaba buscando? —le preguntó.

—Lo mismo que yo.

Amy parpadeó. ¿Acaso Hamish también era un viajero en el tiempo? No. Él era demasiado medieval. Lo delataba la forma en que hablaba y se comportaba. Además, todo el mundo decía que Hamish era un gran guerrero. Los hombres modernos no sabrían luchar con una espada.

Ella tragó saliva. Sin importar lo que él intentara decir, ella no le revelaría su secreto.

—¿Y qué es eso, Hamish?

Él frunció el ceño y entrecerró un ojo.

—Lo que te llevará a casa.

De modo que estaba hablando del portal, ¿no? Amy se frotó la falda con las palmas humedecidas. Si él estaba de su lado, podría ayudarla.

—¿Puedes ayudarme a volver allí? Craig observa cada uno de mis movimientos.

—Sí, muchacha. Yo te ayudaré. Cuando Craig esté dormido esta noche, ve a la torre. Ya no tengo permitido vigilarla, pero me aseguraré de que los centinelas no digan nada, ¿de acuerdo?

—¿Qué ganas tú con esto? ¿Acaso tú también...?

Amy dejó de hablar, incapaz de decir en voz alta las palabras «has viajado en el tiempo».

—No puedo hablar ahora, pero estoy de tu lado, muchacha.

Sus palabras eran suaves y cariñosas.

Lo observó mientras él se daba la media vuelta y se marchaba, sorprendida por el cambio en la voz de ese guerrero alto y de aspecto brutal. Así que Hamish tenía secretos. Y si él tenía secretos, entonces...

A Amy la cubrió una capa de sudor frío.

¿Podría haber tenido algo que ver con el asesinato de Lachlan? No, ella lo había visto en el gran salón con sus propios ojos, casi inconsciente y cubierto de vómito. De hecho, varias personas habían confirmado que lo habían visto en el gran salón durante toda la noche.

¿Le debería decir algo a Craig? Si lo hacía, podría ir despidiéndose de la única oportunidad de llegar a la piedra.

Más tarde esa noche, Amy yacía saciada, cálida y amada en los brazos de Craig y deseaba poder quedarse así por el resto de la eternidad.

Había pensado que él se había quedado dormido porque su pecho cálido subía y bajaba pacíficamente contra su mejilla, y el corazón le latía de manera uniforme. Pero de repente él le dijo:

—Me has hecho feliz, Amy.

El pecho de Craig se movió contra la oreja de Amy mientras lo decía y le hizo sentir un cosquilleo en todo el cuerpo. A Amy le picaban los ojos. Se odiaba a sí misma porque aún tenía la confianza de Craig en las manos y estaba a punto de dejar que se rompiera en un millón de pedazos.

—Tú a mí también —le susurró—. Tú también me has hecho feliz, Craig.

Él la apretó más fuerte contra su cuerpo, dejó escapar un largo suspiro y pronto se quedó dormido.

Amy se secó una lágrima de la mejilla y, con mucho cuidado y sigilo, se apartó de sus brazos. Se apresuró a vestirse e intentó no hacer ni un solo ruido. El corazón le latía desbocado contra las costillas. Pero, ¿qué estaba haciendo? ¿Estaba realmente segura de eso? Sí, Jenny la necesitaba. Ella no podía abandonar a su hermana.

«Estoy yendo, Jenny».

No estaba segura de qué temía más: que el portal no funcionara y Craig la atrapara al fin, o que funcionara y esa fuera la última vez que lo viera.

Amy se escabulló hacia el exterior. Todos los habitantes del castillo dormían. Los únicos que se suponía que deberían estar despiertos eran los centinelas que hacían guardia en los muros, pero decidió caminar con toda la calma y confianza que pudo reunir. Después de todo, era la esposa del señor del castillo. Tenía derecho a caminar por donde quisiera en la mitad de la noche, ¿no?

Abrió la puerta de la torre este y se asomó al interior. Había dos centinelas apoyados contra la pared y durmiendo. Hamish estaba sentado con la espada desenvainada, al lado de uno de ellos. Cuando vio que la puerta se abría, se incorporó de un salto, pero bajó la espada cuando la vio.

—Ven, muchacha, no tenemos mucho tiempo.

Amy cerró la puerta a sus espaldas.

—¿Qué les hiciste? —le preguntó.

—Les di un sedante. Se despertarán pronto. Ven.

¿Hamish tenía sedantes?

—¿De dónde diablos sacaste sedantes? —le preguntó.

Otra capa más de Hamish que ella desconocía. Lo miró con cautela de arriba abajo, en busca de cualquier indicio de agresión o malicia oculta. Pero no encontró nada. Él estaba tranquilo. Era el mismo Hamish que había conocido desde que había llegado. Amy recordó que él había sido la única persona que había sido amable con ella desde el principio.

Hamish tomó dos antorchas, le entregó una a Amy y bajó corriendo las escaleras.

—La mujer que me crio, una granjera en la isla de Skye, me enseñó acerca de los usos de las hierbas. Si les pones algo en la cena, al poco tiempo se despertarán de un buen sueño, con algo de dolor de cabeza, eso es todo.

—Tienes unas habilidades ocultas de lo más interesantes, Hamish.

Hamish miró hacia atrás.

—No te preocupes. Como te dije, estoy de tu lado, muchacha. Vamos.

—Pero, ¿por qué quieres ayudarme?

—Quiero liberarte, muchacha. ¿Acaso no es eso lo que quieres?

—Bueno, sí, pero, ¿no se supone que le eres leal a Craig?

—No soporto que una mujer inocente sufra.

Hamish abrió la puerta de la despensa subterránea.

—Vamos a buscar —dijo.

Amy entró. ¿Buscar qué? La piedra estaba ahí. ¿Qué era lo que él estaba buscando?

¿Sería que, para viajar en el tiempo, necesitaba algo más que la piedra? Tal vez algo se había caído, o ella no se había dado cuenta de que estaba allí. O tal vez había que activar alguna otra cosa para que la piedra funcionara.

Amy movió la antorcha.

—¿Sabes lo que estamos buscando?

—No. Supongo que lo sabremos una vez que lo veamos.

Amy miró alrededor. Se le tensó todo el cuerpo, y el techo comenzó a oprimirla. Era como si sus pulmones tuvieran menos capacidad allí abajo. Buscó cerca de la piedra, golpeando la pared y las piedras que la rodeaban con las manos, y luego se adentró más en la cueva.

Hamish buscaba en el lado opuesto.

Revisó detrás de la pila de madera, que ahora se veía mucho más pequeña porque habían usado una parte considerable para construir andamios. Había más rocas, y la pared parecía volverse más áspera y menos acabada. Una piedra se veía plana y, en cierta manera, se parecía a la que la había transportado en el tiempo. Solo que no tenía tallados. Amy pasó la mano por la superficie.

Luego miró más de cerca, debajo de la piedra.

Vio una grieta. Sintió el olor a tierra y barro, así como también una pequeña corriente de aire fresco.

Amy apoyó la antorcha en el suelo y empujó.

La piedra se movió para revelar una entrada oscura y unas escaleras que descendían.

Al instante, Hamish se hallaba a su lado iluminando el agujero con la luz. Se veía contento.

—¿Qué demonios es esto? —preguntó.

—Lo que tú y yo hemos estado buscando, muchacha. Tu libertad.

Amy negó con la cabeza, confundida.

—¿Una especie de bodega?

Él parpadeó y frunció el ceño. La expresión amistosa se desvaneció de su rostro, y algo oscuro e incluso amenazador le cruzó por los ojos.

Algo iba mal.

Se puso de pie, lentamente, y las ganas de huir, de alejarse lo más posible de él, le comenzaron a oprimir el estómago.

—Sí, muchacha —le respondió al tiempo que su rostro se volvía a suavizar—. Es un sótano.

La sensación de peligro desapareció, pero, de todos modos, Amy se sintió incómoda.

—Entonces, ¿cómo me ayudarás a llegar a casa?

Hamish acababa de abrir la boca para decir algo cuando se oyó un golpe sordo que provenía de algún lugar de arriba o quizás de la despensa.

Hamish se quedó quieto.

—Debemos irnos, muchacha.

La tomó del brazo y la condujo hacia afuera de la habitación. Se detuvieron, por si escuchaban otro sonido, pero no se oyó nada. Hamish subió primero las escaleras en silencio. Miró por la rendija de la puerta arrimada y luego le indicó con un gesto que lo siguiera.

En la primera planta de la torre, uno de los centinelas se había caído y ese había sido el ruido que habían oído. Pero los dos centinelas seguían inconscientes.

—Vete —le susurró y le quitó la antorcha—. Se despertarán

en cualquier momento y nadie debería vernos juntos. Craig no puede descubrir que has venido aquí de nuevo.

Amy asintió temblando. Debería decírselo a Craig. Solo debería contarle lo que sabía de Hamish y toda la verdad: que ella era de otra época.

No volvería a casa esa noche, y el corazón le dolía de preocupación por Jenny, que seguía sola. Pero eso también significaba que pasaría más tiempo con Craig.

Y ese era el pensamiento más dulce de todos.

CAPÍTULO 27

—¿DÓNDE estabas? —susurró Craig acercándola a él.

Amy tenía la piel algo fría debajo del camisón, y Craig se sentía cálido, envuelto en pieles y mantas, junto al fuego. Lo único que le faltaba era ella.

—No podía dormir —le respondió.

—¿Te preocupa algo?

Como se quedó callada, Craig se incorporó sobre un codo, y los últimos indicios de sueño se desvanecieron de su rostro.

—¿Qué sucede? —le preguntó y le apretó el hombro con suavidad para que ella se girara hacia él.

Cuando Amy se volvió a mirarlo, Craig vio las lágrimas que brillaban en sus ojos.

—¿Qué sucede? —insistió.

—Tengo que decirte algo —Suspiró y se mordió el labio con una mueca de tristeza en el rostro—. Acabo de ver...

Él le cubrió la mano con la suya, el corazón le latía desbocado en el pecho. Ella bajó los ojos y negó con la cabeza. Luego dejó escapar un profundo suspiro.

—Eso puede esperar... —dijo al fin—. Me temo que hay algo más importante, Craig.

—¿Qué es?

—Lo que siento por ti.

Algo se derritió en el pecho de Craig.

—¿Qué sientes por mí, muchacha? —le preguntó.

—Tengo miedo de decirlo.

—Entonces, muéstramelo.

Amy cerró los ojos un momento. La abertura del camisón se cayó y reveló la curva interior de un pecho lleno y redondo. Él ansiaba llevárselo a la boca y jugar con ese pezón. Ella le tomó el rostro con suavidad y le acarició la mandíbula. Cuando sus miradas encontraron, Craig vio que los ojos de Amy eran de un azul oscuro y profundo que se parecía a las profundidades de un lago en verano.

Y brillaban con algo que él rara vez había visto en su vida.

Amor.

Ella se inclinó y le dio un beso en los labios tan suave y tierno que él pensó que se estaba hundiendo en una nube. Craig la acercó hacia él porque todo su ser vibraba de necesidad por Amy.

Ella se apartó un poco y lo miró.

—Eres muy guapo, Craig. No puedo creer lo guapo que eres.

—Eso es porque tu belleza brilla sobre de mí, muchacha.

Amy lo besó con más voracidad en esta ocasión, pero su boca aún se movía lentamente sobre la de él. Craig gimió al sentir la dulce intensidad que manaba de ella y el deseo que la embargaba y se igualaba al de él. Se le endureció el miembro; estaba caliente y listo para ella. Ella rodó para sentarse a horcajadas sobre él. Su erección se irguió al sentir la ranura caliente que se presionaba contra él.

Amy le acarició el pecho desnudo; luego le recorrió el mentón con los labios y fue bajando por su cuello y su pecho. Se detuvo en un pezón, lo lamió y le hizo sentir un estremecimiento de placer. Nadie le había hecho sentir nada semejante antes; era algo nuevo, carnal y prohibido.

Íntimo.

Amy se movió hacia el otro pezón, lo acarició con la lengua y lo mordió suavemente con los dientes. Una sacudida de placer lo atravesó, y Craig respiró hondo para disfrutar esa sensación.

—Eres una muchacha de lo más lasciva —murmuró.

—No tienes ni idea —susurró ella mirándolo a los ojos.

Acto seguido, continuó su exploración, dejándole un rastro de besos cálidos y ardientes por el estómago. La intención quedó clara cuando no se detuvo en los rizos oscuros que le rodeaban la erección.

—Oh, muchacha —gimió Craig cuando Amy se lo llevó a la boca, lo envolvió y comenzó a provocarlo.

Craig echó la cabeza hacia atrás y le enterró las manos en el cabello sedoso. La lengua de Amy subía, bajaba y giraba convirtiendo los músculos de Craig en miel cálida y líquida de la que parecía no poder saciarse.

Y, pronto, él tampoco logró saciarse. Su carne sensible se hinchaba y crecía y ya casi estaba a punto de estallar.

—Muchacha. —Craig se sentó, la acercó hacia él y la colocó a horcajadas sobre su miembro—. Es mi turno.

—Oh.

—Déjame mostrarte cuánto te amo.

Amy parpadeó un par de veces.

—¿Me amas?

No. Él no había dicho eso en voz alta, ¿o sí? Ahora no se podía retractar de sus propias palabras. La verdad estaba ahí.

—Sí, Amy. Me enamoré de ti. Mi enemiga. Mi mujer. Mi cautiva.

Unas lágrimas brillaron en los ojos de Amy, quien lo acercó aún más y con desesperación.

—Tómame Craig. Necesito sentirte. Te necesito dentro de mí. Tómame, por favor.

Él la entendía, porque la misma necesidad ardía en él. La necesidad de estar juntos: cuerpo con cuerpo, alma con alma y corazón con corazón.

Sin romper el contacto visual se introdujo en el interior liso, suave y sedoso de ella, que lo envolvió como un guante de felpa.

A Craig le encantaba ver el momento en que ella se volvía suya una y otra vez, el placer que le brindaba y la unión de sus cuerpos que también unía sus almas.

Craig comenzó a moverse al mismo ritmo que ella, sumergiéndose en ella. Ahora sabía que a ella le gustaba que se moviera lento al principio y luego rápido y brusco, sin reprimirse. Amy le puso las piernas alrededor de las caderas, los brazos alrededor del torso y le clavó las uñas en la espalda. Él observó la felicidad en su rostro mientras la penetraba una y otra vez, mientras se derretía y se evaporaba en el paraíso donde podría haberse quedado para siempre.

Su placer crecía junto al de ella, y pronto Amy no pudo contener los gemidos.

—Mírame —le pidió Craig—. Quiero que me mires mientras llegas a la cima.

Porque él también la estaría mirando.

Amy abrió los ojos azules, oscuros y brillantes en la noche, ojos que reflejaban la luz del fuego.

Él aceleró el ritmo, la sintió temblar y estremecerse por dentro, y luego el cuerpo de Amy se puso tenso mientras ella abría la boca y jadeaba.

—¡Oh, Craig! —gimió—. Oh, Craig.

Y entonces ella alcanzó la cima, su cuerpo latía en ondas debajo del suyo y tenía los dedos firmemente clavados en él. Él también se elevó. Con una última embestida, Craig alcanzó su propia liberación, estalló, se estremeció y se perdió en los ojos de Amy viendo las profundidades de su alma.

Se derrumbó encima de ella, pesado y caliente. Amy aún sentía varios estremecimientos en el cuerpo.

Ella se volteó y lo dejó acostarse de lado para acomodarse en sus brazos y apretar la espalda y el trasero contra el torso de Craig.

—Te amo, muchacha —le susurró contra el cabello al tiempo que la envolvía con los brazos y la acercaba más a su cuerpo.

Ella le susurró:

—Yo también te amo.

Craig sonrió y suspiró, por fin liberado de cualquier indicio de preocupación o sospecha. Porque, en realidad, no tenía nada de qué preocuparse con Amy.

Sin embargo, cuando se estaba quedando dormido, le pareció oír que ella decía:

—Y lo siento.

Probablemente lo había soñado.

CAPÍTULO 28

AL DÍA SIGUIENTE...

La granja estaba tranquila temprano en la mañana. La casa principal, el cobertizo y el establo estaban sumergidos en una niebla tan espesa como la crema batida. Hamish inhaló el aire húmedo y lo retuvo en sus pulmones mientras disfrutaba la sensación de expansión en el pecho.

Le vendría bien una buena copa de *uisge* ese día.

Ya casi había ganado. Ese aire pesado y húmedo, lleno de olor a hojas en descomposición y estiércol, era el olor de la libertad.

Hamish tenía toda la información que necesitaba para enviar el mensaje.

Caminó hasta la casa y llamó a la puerta. En el interior, el suelo crujió debajo de unos pies, y Amhladh, el granjero, abrió la puerta y frunció el ceño al ver a Hamish.

—Necesito los pájaros —le dijo Hamish.

La mandíbula de Amhladh se movió de derecha a izquierda como si ya no le quedaran dientes. Le brillaban los ojos mientras miraba a Hamish de arriba abajo.

—Necesitaré otro chelín por esto.

Lo que más detestaba Hamish era la codicia, pues esa era la

razón por la que sus padres adoptivos habían hecho que Fiona trabajara hasta la muerte. Asimismo, era lo que movía a hombres poderosos como John MacDougall a contratar a personas como Hamish para matar a sus enemigos.

Con la velocidad de un relámpago, Hamish sacó la daga de su cinturón y la apretó contra la garganta de Amhladh. Los ojos del hombre se abrieron de miedo.

—Ya te he pagado lo suficiente por tus molestias —le advirtió Hamish—. No seré manipulado ni chantajeado. Llévame a donde están los pájaros. Ahora mismo.

—Sí. —Amhladh salió y cerró la puerta detrás de él. Avergonzado, condujo a Hamish al establo. En un rincón del interior, había una jaula con al menos seis palomas. El olor a estiércol de vaca y excremento de pájaro flotaba pesado en el aire. Hamish avanzó hacia la jaula y extrajo una paloma.

Miró a Amhladh.

—Puedes irte.

El hombre asintió con marcado alivio en el rostro y se marchó.

Hamish esperó hasta que escuchó que la puerta de la casa principal se cerraba y también salió del establo. La granja quedaba en las afueras de la aldea, casi donde comenzaba el bosque. Hamish caminó hacia el bosque y se detuvo cuando pensó que ya estaba lo suficientemente lejos.

Apoyó una pierna sobre una roca y sacó un pequeño trozo de pergamino, luego una delgada barra de carbón para escribir: «Túnel secreto encontrado. Lo espero en una semana en la aldea».

No se arriesgaría a escribir la ubicación exacta del túnel y atarla a la pata de un ave. Siempre existía el peligro de que alguien más la atrapara. Hamish amarró el pergamino al pie de la paloma. Amhladh había recibido los pájaros de Dunollie hacía un par de días, de modo que la paloma no tendría problemas para encontrar el camino a casa.

Hamish liberó al ave, que desapareció rápido dentro de la

niebla. Tenía suerte de que hubiera niebla, las posibilidades de que alguien viera a la paloma eran bajas. Pero, aunque la vieran, nadie podría dispararle con ese clima.

La noche anterior había vertido más sedante en la boca de los guardias para ganar un poco más de tiempo, ver a dónde conducía el túnel y si era seguro de utilizar. Había tenido que caminar y luego gatear en completa oscuridad, pero finalmente había salido del otro lado del foso.

Su misión por fin tendría éxito, pues ni siquiera el error que había cometido al matar a Lachlan había alterado mucho su plan. Sí, había tenido que pagarle a la pelirroja casi todos sus ahorros para que mantuviera la boca cerrada. La había sacado del castillo a escondidas mientras la fiesta continuaba y los centinelas estaban distraídos y le había dicho que se marchara a Francia. Con el dinero que él le había dado, podría tener un buen comienzo. Y se había asegurado de infundirle miedo: le dijo que, si alguna vez le decía algo a alguien, él iría por ella.

Él sabía que esa amenaza la mantendría callada hasta que encontrara el túnel, y ella no sabía que él nunca le haría daño. Tan pronto como Hamish obtuviera la recompensa de MacDougall, se largaría de allí, y ya nadie más lo volvería a encontrar.

Tampoco le haría daño a la muchacha MacDougall. Amy no había hecho nada malo y no estaba del lado de Craig. Hamish necesitaba más información, pero su intuición le decía que ella no le representaba ninguna amenaza. En todo caso, ella podría ser útil para distraer a Craig, de ser necesario. Hamish no tenía dudas de que el hombre se había enamorado de ella.

De cualquier forma, Amy había ayudado a Hamish a encontrar el túnel. Ahora solo necesitaba salir vivo del castillo para cuando llegaran los MacDougall y Craig descubriera que Hamish había sido el culpable después de todo.

CAPÍTULO 29

Una semana después...

—Quiero que lo sepas, Amy —dijo Craig una mañana durante el desayuno—. He decidido dejarte ir sola a la despensa de la torre este. Los centinelas te dejarán pasar.

Amy se quedó inmóvil, con la cuchara de avena en la mano.

—¿Qué?

—Te dije que te amaba, pero no me comporté como si lo hiciera de verdad. —Craig se aclaró la garganta, tenía una mirada suave y luminosa, del color de pasto tostado bajo el sol de verano.

La semana pasada había sido la época más feliz de su vida. Amy se sentía ebria de amor y felicidad, aunque la culpa de ocultarle algo importante a Craig le pesaba a cada segundo del día.

No obstante, no se atrevía a decirle la verdad. ¿Cómo iba a romperle el corazón así, tan adrede? Por ese único motivo aún no había vuelto a intentar irse.

Y, con lo que acababa de decir, Craig había derribado la última de sus defensas.

La dejaría ir allí sola. Confiaba en ella completamente. Y ella lo iba a destruir.

Se le cerró la garganta, y se le obstruyeron las vías respiratorias. Se aferró a la tela del vestido.

«Respira».

«Respira».

Tomó una bocanada de aire.

Sus propias mentiras la estaban atrapando.

—Tú también me dijiste que me amabas. Así que confío en que te quedarás. Confío en que estarás de mi lado. Aunque todos mis instintos me griten que no lo haga. Pero lo haré.

Amy tuvo que cerrar la boca para evitar decir: «No deberías hacerlo».

Porque la realidad era que ella se iba a ir. Por Jenny. Y porque, tarde o temprano, Craig y todos los demás descubrirían su verdadera identidad. Descubrirían que ella había viajado en el tiempo.

Más importante aún, ¿cómo iba a soportar ver el dolor en los ojos de Craig cuando se enterara que ella le había mentido?

Sin dudas, lo mejor sería marcharse pronto. Ese mismo día. Ahora que el camino estaba despejado, solo necesitaba averiguar cómo activar el portal. Se preguntó por qué Hamish no había sugerido volver a intentarlo.

—Gracias, Craig —murmuró.

Él le cubrió la mano con la suya y se la apretó. Era una mano cálida, seca y muy familiar. Un simple roce le hizo sentir una ola de consuelo y alegría.

Ella era una traidora. Su padre tenía razón, era una cobarde.

Amy podía encontrar y rescatar personas. Podía buscar a otras personas en espacios reducidos sin dejar que un ataque de pánico la afectara.

Pero esto... Decirle a Craig la verdad... Herirlo. Era algo que simplemente no podía hacer.

Podía sentir la catástrofe que se avecinaba en la punta de los dedos.

Luego de terminar el desayuno y limpiar el gran salón, Amy se apresuró a ir a la torre este. Como había dicho Craig, los centinelas la dejaron pasar.

Ella solo echaría un vistazo. No se iría todavía. Solo quería averiguar si la piedra funcionaba. En el caso de que no lo hiciera, el problema estaría resuelto: se quedaría con Craig. La idea le hizo sentir un estremecimiento de alivio y alegría, pero Amy la descartó.

Con piernas temblorosas, tomó una antorcha, abrió la puerta y bajó las escaleras.

Desde afuera, escuchó gritos y llantos, seguidos de unos pies que golpeaban el patio. Qué extraño. Quizás Craig estaba implementando una nueva rutina de entrenamiento con sus guerreros. Eso le brindaría una mejor cubierta. Abrió la puerta de la despensa subterránea. Ya había otra fuente de luz allí, en el rincón más alejado de la habitación. Algo sorprendida, entró.

—¿Hamish?

La figura alta y de hombros anchos, cubierta con el abrigo de guerrero y una cota de malla, estaba agachada y se incorporó.

—Muchacha —le dijo con un tono de voz demasiado tranquilo—. No deberías estar aquí.

—¿Qué estás haciendo?

—Eso no importa. Debes irte.

—¿Por qué? Craig les dijo a los centinelas que me dejaran pasar.

—Sí, pero no es seguro que estés aquí.

—Solo vine a ver cómo puedo activar la...

De pronto notó que Hamish tenía puesta su capa y una expresión de culpabilidad en el rostro. «No seas tonta». Simplemente estaba analizando todo demasiado.

Amy frunció el ceño. Era extraño que, después de todo ese tiempo, con tantos obstáculos para llegar a la piedra, ahora que por fin estaba libre, lo último que quería hacer era marcharse.

Se acercó a la piedra, apoyó la antorcha contra la pared y cayó de rodillas ante el portal.

—¿Qué estás haciendo, muchacha? —le preguntó Hamish con una nota de alarma en la voz.

Pero ella lo ignoró. Trazó con cuidado la huella fría y húmeda con el dedo. Cuando lo había hecho la última vez, había estado pensando en Craig. En la soledad. En cómo entendía lo que eran las heridas.

La piedra permaneció inmóvil y sin vida.

Amy apoyó toda la mano sobre la huella.

Nada.

—¿Muchacha? —Insistió Hamish con tono cauteloso, como si le hablara a un gato salvaje.

Pero Amy no podía prestarle atención. Necesitaba descubrir cómo hacer que el portal funcionara.

¿Y si necesitaba pensar en alguien que ella quería? ¿Y si pensaba en Jenny? ¿O en su padre? Sí, no había hablado con él durante muchos años, pero aún era su padre. Ella todavía lo amaba.

Jenny. La pobre Jenny se sentiría abandonada. Probablemente había llamado a la policía hacía un mes. Probablemente ya había perdido la esperanza de volver a verla.

De repente, el río resplandeció en un azul intenso y la carretera se tornó de color café.

—Amy, ¿qué diablos? —Los pasos de Hamish sonaban cerca de ella.

La piedra vibraba un poco, y la mano de Amy comenzó a hundirse...

El pánico se apoderó de ella, era una sensación que le hundía el pecho.

De pronto, oyó más pasos apresurados a sus espaldas.

—¡Amy!

Al reconocer la voz, quitó su mano de un jalón y se incorporó de un salto.

Craig. Tenía puestos el abrigo y una cota de malla y llevaba una espada en la mano. Seis hombres más se hallaban detrás de él; todos iban armados.

Desde el exterior se oían gritos.

Amy tenía las manos y los pies tan fríos como el hielo y le temblaban. La repugnante sensación de caer en el tiempo y las consecuencias que eso acarrearía se aferró a ella a pesar de que se había detenido: al otro lado de esa piedra la esperaba una vida en donde nunca más volvería a ver a Craig.

—¿Qué es esta piedra brillante? —le preguntó—. Y, ¿qué hace Hamish aquí?

Amy perdió toda capacidad de habla. El tiempo se detuvo, cada momento se extendía hasta convertirse en una eternidad. Dejó escapar un suspiro tembloroso, y se le hundieron los hombros. El corazón le dio un vuelco. Necesitaba sentarse o apoyarse en algo.

Necesitaba a Craig.

Ya no tenía ningún lugar a donde correr. Él la había visto usar la piedra.

Aún podía mentir para intentar salir de eso. Todavía podía proteger el amor y la confianza de Craig, que tanto esfuerzo le había costado ganarse.

No. No más mentiras. Le diría la verdad. Él la odiaría por eso, pero se merecía saber la verdad.

El estómago le dio un vuelco como si estuviera esquiando por una pendiente empinada y no supiera si iba a aterrizar de pie o si se iba a caer y romper el cuello.

—¡Amy, te exijo que me respondas! —rugió Craig con la voz llena de rabia e impotencia.

Ella respiró hondo, como si pudiera inhalar su amor, queriendo extender ese último instante antes de que Craig la odiara para siempre.

Y luego se lo soltó.

—Yo no soy la Amy MacDougall que tú crees —le dijo.

Craig hizo una mueca de dolor.

—¿Qué?

—Vengo del futuro.

Craig negó con la cabeza; se veía confundido.

—Viajé en el tiempo a través de esta piedra. —Señaló la

piedra—. Fue un accidente. Mi nombre es Amy MacDougall, pero no soy la hija de ningún *laird*. Soy una oficial de búsqueda y rescate de los Estados Unidos de América. Siento mucho haberte ocultado esto, Craig, pero tenía miedo de que me fueras a matar.

Craig la miró fijo y del todo desconcertado.

—Vi la piedra brillar hace un momento, debe ser algún tipo de magia...

Ella asintió.

—Vengo del año 2020.

Él negó con la cabeza otra vez aún más anonadado.

—Entonces, si como tú dices, no eres la hija del *laird*, ¿por qué lo tenemos llamando a nuestra puerta con quinientos hombres si no es para rescatarte?

Amy sintió que la sangre le abandonaba el rostro. El corazón le latía desbocado. Le dolía el estómago como si lo hubiera atravesado un objeto largo y afilado.

—No —dijo ella.

Los ojos de Craig se nublaron de dolor.

—No sé por qué estás diciendo todas estas tonterías, pero lo que está claro es que yo tenía razón. Me traicionaste. Me estuviste mintiendo todo este tiempo, cuando yo llegué a confiar plenamente en ti. —Bajó la mirada un momento—. Y, ¿qué más me podía esperar de una MacDougall?

Era como si los pies de Amy se hundieran en el barro y se le desgarrara el pecho a dolorosos tirones.

—Craig, lo siento mucho.

—He venido a llevarte a un lugar seguro. Los MacDougall nos están atacando. Y tú, ¿qué estás haciendo aquí, Hamish?

Hamish llevó con cautela la mano a la espada.

Craig frunció el ceño y de pronto dio un paso hacia atrás. Vio la tapa de piedra que ocultaba el túnel, que ya se había deslizado para revelar la abertura.

El semblante de Craig decayó.

—¿Fuiste tú? ¿Tú encontraste el túnel? ¿Tú enviaste el mensaje? Tú mataste a Lachlan.

Amy respiró hondo y se volvió hacia Hamish. Pero él no solo no lo negó, sino que también se le oscurecieron los ojos. Craig le apuntó con la espada al único hombre que había sido amigo de Amy... y quien, recién ahora se daba cuenta, la había estado usando todo ese tiempo.

CAPÍTULO 30

—¿USTEDES dos estuvieron trabajando juntos? —preguntó Craig a través de la angustiosa opresión que sentía en la garganta.

—Craig, debemos darnos prisa —dijo Owen, quien estaba parado detrás de él—. Las puertas...

Craig asintió, pero no podía quitarle los ojos de encima a Amy. Tenía un agujero sin fondo en algún lugar en el centro de su ser, y le dolía. Quería saber la verdad, hasta dónde se extendían todas las mentiras que ella había tejido a su alrededor. Porque no estaba seguro de qué se había enamorado: si de la red de engaños o de la mujer en sí.

Necesitaba saber la respuesta.

—No estábamos trabajando juntos, Craig —le respondió Hamish—. Pero me voy a llevar a tu amada conmigo.

Agarró la mano de Amy, la jaló hacía él y apuntó la punta de la espada contra el cuello de ella. Ella jadeó y abrió los ojos con desesperación.

—¡Hamish! —gritó indignada.

—Déjanos ir o le cortaré el cuello como a Lachlan.

A Craig se le escapó un gruñido de la garganta. Sabía que debería atacar a Hamish antes de que se escapara. A juzgar por el hecho de que los MacDougall no estaban entrando en el castillo por el túnel, Hamish aún no les había dicho dónde se encontraba. Y no debería importarle que Amy pudiera resultar lastimada o que Hamish realmente la fuera a matar. Después de todo, ella no lo amaba. Le había mentido acerca de todo.

Nadie lo había lastimado nunca como ella. Y nadie volvería a hacerlo.

Sin embargo, a pesar de todo, Craig no podía permitir que nada ni nadie la lastimara.

—Craig —susurró Owen—, lo podemos agarrar...

—Retrocede —ordenó Craig.

—Suéltame, Hamish —dijo Amy mientras intentaba liberarse de él—. No me vas a matar.

—No me conoces, muchacha —le advirtió, moviéndose hacia el túnel y jalándola tras él—. Te mataré si es necesario.

Al oír eso, Craig sintió como si Hamish le estuviera arrancando el corazón con sus propias manos. Hamish empujó a Amy para que entrara al túnel primero, y cuando la mujer que Craig amaba desapareció de la vista, el corazón se le partió por la mitad. Lo único que quedaba de Craig era una herida abierta y en carne viva. Un dolor inmenso, un torbellino arrebatador, una agonía sin fin.

Observó cómo se cerraba la tapa del túnel y se quedó inmóvil durante lo que pareció una eternidad.

Debería ir tras ellos. Debería salvarla. Y lo haría, a pesar de que ella lo hubiera traicionado, porque aún daría su propia vida para salvar la de ella.

Pero primero tenía un castillo que proteger con los hombres que contaban con él.

—Pongan piedras, barriles y mesas para bloquear la entrada —les ordenó Craig a sus hombres—. Cuando Hamish les diga a los MacDougall dónde está el túnel, intentarán usarlo para entrar. Necesito por lo menos diez hombres aquí. Aunque logren mover todo ese peso y correr la piedra, solo podrán entrar de a un hombre a la vez. Ahora que sabemos que van a venir por aquí, no tendrán ninguna ventaja.

—Sí, Craig.

—Ven conmigo, Owen. El resto de ustedes, comiencen a bloquear el túnel.

Los guerreros asintieron, y Craig y Owen subieron corriendo las escaleras.

—¿Estás bien, hermano? —le preguntó Owen—. Eso fue...

—Ahora no, Owen —le respondió—. No me preguntes más por ella. Nunca más. No quiero escuchar su nombre, ni recordar que existió. Tenemos un castillo que proteger.

A AMY LE LATÍA EL CORAZÓN ACELERADO EN EL PECHO Y, CON mucho esfuerzo, inhaló el aire sofocante y frío. El túnel se sentía como un ataúd; era una desesperación negra e interminable.

Sin embargo, no era el confinamiento del túnel lo que le causaba tanto dolor y pánico.

Era que había ocurrido lo peor y de la peor manera posible.

Craig sabía la verdad.

Ella le había visto el dolor insoportable en los ojos; un dolor que acarreaba una sentencia de muerte para el amor que compartían. Y eso era lo que ella sentía en ese momento: el implacable latigazo de sus propias mentiras que le desgarraban tanto el alma como el corazón.

—Espera, muchacha —dijo Hamish—. Sé que esto no es agradable y que no hay luz aquí, pero yo tengo tu mano.

—Nunca me ibas a matar, ¿verdad? —le preguntó apretando los dientes—. Debí haber corrido hacia Craig.

Hamish no dijo nada durante un rato. Luego señaló cortante:

—No me conoces en absoluto.

—Claramente. ¿Cómo pudiste asesinar a Lachlan así? —le preguntó—. ¿Y qué le pasó a la mujer que estaba con él?

—Pensé que era Craig. ¿Quién más podría estar en su habitación con una mujer pelirroja?

Ella sacudió la cabeza.

—¿Entonces trabajas para los MacDougall?

Él guardó silencio un momento y, con eso, ella tuvo su respuesta. En la oscuridad, Amy lo sintió encogerse de hombros.

—Sí. Me contrataron para encontrar el túnel y matar a Craig. Pero fallé en ambas cosas.

—¿Por qué? Encontraste el túnel.

—Sí, pero ahora Craig lo sabe y nunca dejará que lo usen. El túnel solo sirve si es secreto, si uno ataca inesperadamente desde adentro.

—¿Y ahora qué? —le preguntó—. ¿Me vas a entregar a los MacDougall?

—No. No me puedo aparecer ante los MacDougall ahora. Me van a matar. No, tú y yo vamos a huir.

—¿Tú y yo?

—Sí, te necesito para protegerme en caso de que Craig decida venir por mí. Él nunca permitiría que alguien te haga daño.

Al oír esas palabras, Amy sintió como si algo afilado la hubiera apuñalado en el pecho.

—¿De verdad? —Se rio con amargura—. Quizás eso era cierto antes. Pero lo lastimé demasiado. Lo traicioné. Craig me odia.

Amy no sabía si Hamish suspiró, se rio entre dientes o si su reacción se trató de algo intermedio.

—Si conozco a los hombres, y créeme que los conozco porque soy uno, él no te odia. No me había dado cuenta antes, pero ahora lo veo con claridad. Craig moriría por ti, muchacha.

Amy se atragantó de tristeza.

—Ya no, Hamish, ya no.

Pronto, el aire se tornó más fresco y, en algún lugar delante de ella, más allá de los hombros de Hamish, vio un pequeño haz de luz.

—Ya casi llegamos —anunció Hamish.

Unos segundos después, se detuvieron y, encima de ellos, apenas se vislumbró un semicírculo de luz. Hamish subió las escaleras y empujó la tapa hacia un lado. La luz se coló al interior del túnel y la cegó por un momento. Amy cerró los ojos para permitir que se ajustaran. Cuando le dejaron de doler, respiró el aire fresco. Hamish miró a su alrededor.

—Bueno, está comenzando a nevar. Será mejor que nos demos prisa.

CAPÍTULO 31

Por lo que Amy podía ver, se dirigían hacia el norte. Memorizó algunas señales de los sitios por donde iban pasando para poder encontrar el camino de regreso. Pero después de un rato, todo comenzó a verse igual en la niebla blanca. Tenía que volver al castillo y luego a su propio tiempo. Seguramente tendría que suplicar, sobornar o quizás incluso hasta pelear para poder entrar.

Aunque la última opción sería una locura.

Pero, sin Craig, no tenía ningún motivo para quedarse. Tenía que regresar a casa donde podía ayudar a gente en lugar de causarles dolor.

La nieve se intensificó, y el viento del norte le mordía la nariz y los labios. Por fortuna, llevaba puesta una capa, pero el resto de la ropa que tenía puesta era de lo más inadecuada para largas expediciones en las montañas nevadas. Las faldas del vestido se le enredaban alrededor de las piernas y le restringían todos los movimientos. Como las suelas de cuero de los zapatos eran planas y resbaladizas, se cayó varias veces.

No sabía cuánto tiempo había transcurrido hasta que Hamish se detuvo y estudió los alrededores.

Estaban en la cima de una montaña. Allí la nieve era más

espesa, y hacía mucho más frío que abajo. Si bien crecían unos cuantos pinos, ante todo los rodeaba una vastedad nevada.

—Voy a dejarte aquí —le informó Hamish—. Lo que hagas a partir de ahora depende de ti. No creo que Craig nos haya seguido.

—Claro que no nos siguió —remarcó Amy, y se le cerró la garganta con amargura.

Él se encogió de hombros.

—El asedio podría durar mucho tiempo. No sé qué harán los MacDougall, pero debo esconderme de ellos, así que no puedo llevarte conmigo. Son un clan poderoso y me encontrarán si así lo desean.

Ella respiró hondo.

—¿Que no puedes llevarme contigo? Eres un patán. Intentaste matar a Craig y asesinaste a un hombre inocente. —Amy abrió y cerró los puños con impotencia—. Debería matarte.

Él arqueó una ceja.

—Ambos sabemos que no eres es capaz de matar a nadie. —Hamish suspiró—. Nunca te olvidaré. No he conocido a nadie como tú, muchacha. Espero que encuentres lo que estás buscando. Espero que encuentres la felicidad, donde sea que acabes yendo.

Hamish aguardó a que ella dijera algo, pero estaba sobrecogida por el entumecimiento que le envolvía todo el cuerpo. Por su parte, Amy esperaba que fuera el frío, y no los sentimientos inútiles de rabia, culpa y pena, lo que acabara con ella.

—Vete al infierno. Sinceramente, espero no volver a verte nunca más —le dijo en tono sombrío.

Antes de que Hamish inclinara la cabeza, algo que podría haber sido remordimiento destelló en sus ojos oscuros.

—Solo necesitas regresar rápido por ese camino. Lo peor de la tormenta de nieve ya ha pasado, ya se está calmando el temporal. Si te das prisa, llegarás al castillo.

Él asintió con la cabeza, dio media vuelta y se marchó. Amy

se quedó mirándolo durante un minuto hasta que él desapareció detrás de la pendiente de la montaña.

Entonces le entró una sensación de soledad abrumadora. La lenta nevada le rezumbaba furiosa contra los oídos, y un frío mortal le caló hasta el alma. Debía moverse porque, de lo contrario, moriría congelada allí.

Giró y emprendió el camino de regreso hacia el sur, hacia el castillo, siguiendo sus propias huellas en la nieve. Sus pies estaban fríos, y pronto dejó de sentir los dedos de los pies. Quizás por eso, o tal vez porque estaba bajando una pendiente, era que se caía más a menudo.

Estaba empapada de pies a cabeza; las faldas y la capa le pesaban por la nieve que le humedecía la ropa al derretirse. Transcurrido un rato, se le nubló la mente; la sosegadora blancura que la rodeaba, sigilosa, se le deslizó tanto en los pensamientos como en el corazón.

Quizás por eso no se dio cuenta de que estaba caminando demasiado cerca del borde.

Pisó una roca lisa y se resbaló. Al caer, patinó, rodó y se golpeó los costados contra las rocas mientras intentaba cubrirse la cabeza.

Hasta que por fin se detuvo.

Mientras yacía inmóvil de lado, Amy se estudió el cuerpo. La buena noticia era que ya no estaba entumecida. La mala era que le dolía todo. Movió las piernas y los brazos. Nada se sentía roto. Cuando se sentó, hizo una mueca de dolor. Le retumbaba la cabeza con un dolor palpitante. Se palpó el cuero cabelludo y no detectó sangre.

Bien. Al parecer debía contar sus bendiciones.

Echó un vistazo alrededor.

Y tragó saliva.

A menos de un metro de distancia, la plataforma rocosa en donde se encontraba terminaba abruptamente en un borde irregular. Y debajo se abría un vacío blanco.

Era difícil ver a través de la nieve, pero de seguro se hallaba en la cima de un acantilado. El viento era más intenso allí, y las fuertes ráfagas le arrojaban nieve en el rostro.

Miró arriba, por donde había venido. Había una pendiente empinada y rocosa cubierta de nieve y hielo que subía desde el pequeño acantilado.

De a poco le entró una desesperación que la dejó helada. Estaba sola. Como en el granero. Y nadie iba a venir por ella. Aunque allí no había paredes ni puertas cerradas, estaba atrapada.

Se le comenzaron a contraer los pulmones y a entumecer los dedos de las manos y de los pies. El estómago le dio un vuelco, y la bilis le subió por la garganta.

Amy se arrastró hacia la pendiente para alejarse de la implacable inmensidad que se extendía más allá del precipicio rocoso.

Aunque no se encontrara en un espacio confinado, se sentía más abandonada, más sola y más perdida que antes.

Se estaba asfixiando, los pulmones luchaban por tomar suficiente oxígeno. La cabeza le daba vueltas, y el sudor le brotaba de la piel, a pesar de que se estaba congelando. Todo a su alrededor la oprimía y la enterraba cada vez más en la desesperación.

Nadie la encontraría. Nadie vendría. Justo como esas dos noches terribles. Nadie la necesitaba.

Y entonces la voz de Craig le vino a la mente. «Te perdiste en algún lugar del granero... debes encontrarte a ti misma primero».

Amy puso la cabeza entre las rodillas y respiró hondo.

Debía encontrarse a sí misma primero... ¿Qué era lo que había perdido en el granero?

Hasta ese día, ella había estado segura de que podía contar con su padre y su madre. Eso siempre había sido un hecho. Sin importar cuán asustada estuviera, cuán traviesa hubiera sido o cuán enferma se pusiera, su mamá y su papá siempre habían estado allí para Amy.

Hasta que su mamá murió y dejó a Amy, Jenny y papá solos. Por mucho que la necesitara, su mamá ya no estaba allí y nunca más lo estaría.

Y luego estaba su papá.

Él también había cambiado. En realidad, había sido como si él también hubiera desaparecido, como si lo hubiera reemplazado otra persona. Dejó de ser un apoyo, un protector y una constante en su vida y se convirtió en un alcohólico. Había dejado de existir para perderse en el olvido. Y, en lugar de ser un protector, pasó a ser un agresor. Se convirtió en aquel que casi la había matado.

Entonces, ¿qué era lo que había perdido en ese granero?

¡Claro! Se había perdido a sí misma. A la niña que había creído que había alguien en el mundo que siempre vendría por ella. A la niña que confiaba en que alguien le daría apoyo sin importar lo que pasara. Que alguien la amaría incondicionalmente.

Y, en lugar de esa niña confiada, de ese granero había salido otra muy diferente: una que le tenía miedo a la vida y que pensaba que no se merecía que alguien la quisiera o estuviera siempre allí para ella. Esa nueva niña creía que se merecía ser abandonada, traicionada y encerrada. Olvidada hasta morir sola.

Las lágrimas le comenzaron a arder en los ojos.

Sin embargo, ahora Amy sabía que esa niña había estado equivocada. Ella se había echado la culpa cuando había sido su padre el culpable. Al no disponer de recursos ni de capacidad para lidiar con la muerte de su esposa, su padre había tomado un camino autodestructivo. Un camino que no solo lo había destruido a él, sino que también amenazó con destruir las vidas de Amy y Jenny.

Sintió pena por él. Había sido un buen hombre, pero no había sabido hacerle frente al dolor y la pérdida. Y, en lugar de buscar fuerzas en su familia, buscó un escape en el alcohol.

¿Qué hubiera hecho Amy de haber contado con los recursos suficientes para no entrar en pánico? Hubiera hablado con él. Y si, aun así, él la hubiera encerrado, ella habría buscado tranquilamente una salida. A lo mejor habría intentado salir por el agujero que había visto en el techo o hubiera trepado por las vigas para pedir ayuda desde allí arriba. Tal vez se le hubiera ocurrido alguna forma de encontrar agua...

Lo cierto era que podría haber intentado varias cosas diferentes.

Tal y como podía hacerlo ahora. En lugar de ceder al pánico, podía darse cuenta de que era tanto esa niña perdida y abandonada en el granero como la niña ingeniosa que necesitaba ser. Ambas eran parte de ella, íntegra y completamente ella.

Y con ambas partes de sí misma unidas, Amy elevó la mirada y vio un camino despejado que podía tomar: un sendero libre de hielo y nieve. En esta ocasión, no iba a esperar a que alguien viniera en su búsqueda.

Se iba a rescatar a sí misma.

CAPÍTULO 32

La batalla había terminado. Craig vio las fuerzas de los MacDougall darse la media vuelta para marcharse.

Había sido una batalla rápida y sangrienta. Aunque todavía estaba dañado, el castillo era una gran fortaleza. Los MacDougall, confiados de que tendrían la ventaja de colarse por el túnel secreto, no habían traído ni un ariete, ni demasiadas escaleras de asedio. Sin eso y sin acceso al túnel, no tuvieron muchas posibilidades de ganar, además la nevada tampoco los ayudó.

Craig se hallaba de pie sobre el muro sur mirando las tropas retirarse bajo la nieve.

Había logrado proteger el castillo sin que hubiera víctimas entre sus hombres; algunos guerreros tenían un par de heridas superficiales y algún que otro rasguño. Craig había cumplido con su deber.

Miró hacia el este, donde estaba la salida del túnel secreto y hacia donde sabía que Hamish se había llevado a Amy.

El hueco en el pecho, donde solía estar su corazón, le dolía y le ardía como si le hubieran derramado vinagre. ¿Se encontraría bien Amy? ¿Qué le habría hecho Hamish?

Apretó los puños. Primero se habían llevado a su hermana y

ahora a Amy. Se le encogió el estómago y un sabor amargo le subió por la garganta.

Ya no sabía qué era verdad y qué era mentira.

En las Tierras Altas, sucedían cosas de lo más extrañas. Él mismo se había criado oyendo incontables historias acerca de *kelpies*, hadas y guerreros legendarios.

Pero, ¿viajar en el tiempo? No. Definitivamente, eso tenía que ser mentira.

Owen estaba a su lado.

—Estamos a salvo, hermano. ¿Ahora qué?

Craig apretó los dedos sobre la piedra helada del parapeto. Owen le siguió la mirada.

—Quieres encontrarla, ¿no es cierto? —le preguntó.

Craig no respondió. Una sensación oscura y profunda le revolvió el estómago. Algo malo le había pasado. Lo sentía. Ella se encontraba en problemas. No sabía de dónde provenía ese sentimiento, pero no dudaba que era cierto. Quizás Hamish la había lastimado. O, a lo mejor, algunos de los MacDougall los habían seguido. Tal vez era otra cosa...

No obstante, en el fondo de su ser, él sabía que, si no iba tras Amy ahora, si ella llegaba a morir o si le pasaba algo malo, nunca podría vivir consigo mismo.

Sin importar cuánto lo hubiera lastimado, él la amaba.

—Sí —respondió—. Quiero encontrarla.

Owen le dio una palmada en el hombro.

—Entonces vamos.

Craig se fue con Owen y dos hombres más. Salieron a caballo y siguieron los rastros de las huellas de Amy y de Hamish, que aún eran visibles incluso bajo la nieve que había caído. Se dirigieron hacia el noreste, hacia las montañas, siguiendo el valle. Montar a caballo bajo la nieve era peligroso, de modo que avanzaron despacio y los caballos se fueron abriendo paso con cautela por el camino resbaladizo.

Craig no sabía cuánto tiempo habían cabalgado, pero pronto las huellas se volvieron difíciles de divisar; tuvo que desmontarse del caballo varias veces para encontrar la siguiente huella con la ayuda de un palo, usando el truco que Amy le había enseñado.

La tensión que Craig sentía en el estómago pronto se convirtió en espasmos de preocupación.

Sin siquiera darse cuenta, se encontró rezando en silencio: «Dios, por favor, déjela vivir. Por favor, déjela vivir».

Al poco tiempo, cayó el sol, y los envolvió la oscuridad del crepúsculo que precedía a la de la noche. Craig sabía que ya no sería capaz de seguir las huellas en la oscuridad, y el corazón le dio un vuelco al pensar en que Amy podría estar pasando frío y muy asustada en algún sitio solitario.

De repente, detrás de un pino emergió una figura que se veía negra en contraste con la nieve. Llevaba una capa con capucha, pero él la habría reconocido en cualquier sitio. Cojeaba y se apoyaba en un palo largo.

Amy levantó la cabeza y se detuvo en seco. Aunque no podía ver su rostro bajo la capucha, Craig sabía que esos ojos hermosos estarían grandes y brillantes.

Se desmontó del caballo y se acercó a ella sintiendo que las piernas le flaqueaban.

—Oh, Craig. —Amy sollozó y se dejó caer en los brazos de él.

Craig la envolvió en un fuerte abrazo y la apretó contra su pecho. Ella estaba helada y tenía la ropa empapada, saturada de nieve derretida y en parte congelada. Temblaba levemente y apoyó la mejilla fría y húmeda contra la de él.

A Craig lo embargó una mezcla de alivio y angustia que se le asentó en la boca del estómago; eran unos sentimientos confusos que no dejaban de darle vueltas a la cabeza. A pesar de lo que Craig sintiera por Amy, era evidente que ella estaba herida y congelada y necesitaba ayuda.

Sus instintos habían sido acertados.

—Te tengo, muchacha —le susurró—. Ahora estás a salvo.

—Gracias por venir a buscarme —le dijo entre lágrimas—. No estaba segura de que lo lograría.

—Por supuesto que vine por ti.

Siempre iría por ella, pensó Craig. Siempre iría por ella sin importar lo que ella le hiciera.

—Vamos, tenemos que hacerte entrar en calor rápido. Sube a mi caballo.

Craig la levantó en sus brazos y la colocó sobre el caballo. Ella se sentó delante de él, y Craig la acercó a su cuerpo para hacerla entrar en calor.

~

AMY YACÍA PACÍFICAMENTE EN LOS BRAZOS DE CRAIG; EL fuego repiqueteaba en el hogar de la habitación. Los dedos de las manos y los pies le dolieron cuando el calor regresó a ellos. Pero estaba seca, viva y a salvo... y se encontraba en los brazos del hombre que amaba.

Afuera, la nevada se convertía en una tormenta, el viento aullaba contra las persianas y se llevaba el calor de la habitación a través de los huecos.

Lo último que quería Amy era dejar el acogedor confinamiento del cuerpo de Craig. Seguían usando el lecho que habían improvisado, incapaces de meterse en la cama. Él había jurado que la quemaría, pero antes debía encargarle una nueva a un carpintero.

Se besaron, pero no hicieron el amor; ella se encontraba demasiado débil para eso. Y lo que había sucedido entre ellos, el peso tácito de las mentiras y los engaños, era como una barrera invisible.

—¿Quieres más té, muchacha? —le preguntó.

La tetera se hallaba sobre el fuego; el té estaba listo para ser servido.

—No. —Amy hundió la parte de atrás de la cabeza en el pecho de Craig—. Estoy *okey*.

Él se rio, pero no dijo nada.

—¿Qué? —le preguntó Amy.

—Nada. Es solo esa palabra... «*okey*».

—¿Qué tiene? —le preguntó, aunque ya sospechaba lo que le iba a decir. Después de todo, era una palabra del futuro, y ese era el enorme elefante en la habitación del que ambos estaban evitando hablar.

—No quiero hablar de eso, no mientras te estás recuperando.

Con mucho dolor, a Amy se le encogió el estómago, se sintió como si un cuchillo la estuviera apuñalando. La sensación de estar flotando feliz y en paz había desaparecido. Ella se incorporó, se envolvió los hombros con el tartán y se giró para mirarlo. El rostro de Craig estaba tranquilo, excepto por las pequeñas arrugas de dolor y preocupación que tenía alrededor de los ojos.

—Dilo, Craig.

Era obvio que estaba pensando en todas las mentiras. En lo de haber viajado en el tiempo. Estaba sopesando qué era cierto y qué no.

Él le sostuvo la mirada, y Amy vio la oscura intensidad de la tormenta que se le había desatado detrás de los ojos.

—Bueno. Está bien. Quiero saber, ¿por qué me engañaste? ¿Por qué no pudiste decirme desde el principio que no eras la Amy MacDougall que yo pensé que eras?

—¿Para que me acusaras de brujería y me mataras? ¿Cómo podía decirte de antemano que había viajado en el tiempo? Como si fuera algo tan normal de decir. Ni yo misma me lo creía, y tú nunca me habrías creído tampoco. Me habrías tildado de lunática y me habrías echado del castillo a patadas o me habrías matado.

—No te habría matado —murmuró.

—Pero no me habrías creído, ¿o sí?

—No, probablemente no. Todavía no lo creo.

—Claro. Porque es una locura.

Él suspiró.

—¿Cómo puede ser cierto?

—¿No me preguntaste de dónde venía mi acento?

—Sí. Vestías como nadie que yo hubiera visto antes y hablabas de manera muy extraña. Nunca antes había oído un acento como el tuyo...

—Eso es porque soy estadounidense. Me llamo Amy MacDougall, pero nací en 1989, en un país que ni siquiera existe todavía, en un continente del que nunca has oído hablar porque no se descubrirá hasta dentro de un par de siglos.

Craig continuó mirándola.

—Sí, es difícil de creer.

—Lo sé. Espera. Déjame enseñarte algo.

Amy salió de las mantas y pieles y tembló al sentir el aire frío. Se dirigió a uno de los cofres que había contra una de las paredes de la habitación, lo abrió y extrajo la mochila y la ropa con las que había llegado. Luego regresó al lado de Craig y se acurrucó en el calor de las mantas y de su cuerpo.

Ella le mostró su chaqueta.

—¿Ves? —Subió y bajó la lengüeta de la cremallera—. ¿Has visto algo como esto antes?

Él frunció el ceño, estudiando la cremallera. Luego tomó la chaqueta en sus manos y trató de subir y bajar la cremallera.

—Es una cosa bastante práctica —admitió. Examinó la tela de cerca y frotó los dedos contra ella—. Es suave y ligera, pero debe ser cálida, a juzgar por el grosor.

—Así es.

A continuación, Amy le enseñó la mochila y también abrió la cremallera. Sacó la linterna, que había recuperado, y la encendió. Craig se echó hacia atrás.

—Es solo una luz, Craig —le explicó—. No tiene fuego.

Él estiró la mano cauteloso y la tomó. Miró la luz y luego la tocó cuidadosamente con un dedo.

—Sí, solo da un poco de calor. No parece fuego.

—No, es electricidad, algo que se inventará a fines del siglo XIX, si mal no recuerdo. Le da energía a diferentes objetos y mecanismos, como este. Se puede utilizar para alumbrar, generar calor para cocinar y también puede realizar trabajos mecánicos para las personas, como, por ejemplo, mezclar cosas, coser o limpiar.

Él apuntó la linterna a un rincón oscuro de la habitación.

—Oh, esto es muy útil.

Acto seguido, apuntó la linterna hacia otros puntos de la habitación, incluidos el techo y la puerta. Luego la apagó.

—¿Qué más? —preguntó, mirando la mochila con curiosidad.

Amy se rio y le enseñó el botiquín de primeros auxilios. En ese momento, se sentía como Papá Noel.

Abrió la cremallera de la bolsa roja sintética y le mostró el contenido. Con gran asombro en los ojos, Craig sacó los paquetes con vendajes para quemaduras y golpes, un parche torácico ventilado, gasas, una compresa ocular, unas tijeras, blísteres de ibuprofeno y aspirinas y varias cosas más, y las estudió con detenimiento. Amy le explicó qué eran y para qué servían. Luego le mostró un paquete de tampones, los pañuelos descartables que siempre llevaba encima, el teléfono celular que no funcionaba y el pasaporte.

Cuando terminó de ver todo, Craig hizo un gesto negativo con la cabeza y clavó la mirada en algún punto del espacio.

—¿Y bien? —le preguntó Amy—. ¿Ahora me crees?

Él la miró.

—Sí, muchacha. Te creo.

Pero lo dijo como si, al decirle la verdad, de alguna manera lo hubiera lastimado más.

—Aunque sigo sin saber quién eres en realidad. ¿Por qué estás aquí? ¿Qué es cierto sobre ti y qué inventaste?

Amy asintió con la cabeza, el calor de la vergüenza le quemaba las mejillas.

—Lo siento, Craig. De verdad lo siento. Me odié a mí misma cada vez que tuve que mentirte. Quise decirte la verdad tantas veces, pero fui cobarde. ¿Cómo llegué aquí? Pues, estaba en un viaje escolar con mi hermana y su clase. Visitamos Escocia, y conocí a una mujer, Sìneag, que me habló de ti...

Ella le contó todo. Las palabras emanaron de ella como el

agua de un grifo. Buscó la mano de Craig y se la sostuvo. Craig le apretó la mano en respuesta. A continuación, Amy le dijo que había nacido en una granja. Que su verdadera madre había muerto cuando tenía diez años y que, de hecho, era cierto que su padre la había encerrado en el granero. Y luego le habló de su hermana y de los años que vivió con su tía y su tío después de que su padre fuera acusado de abuso y negligencia. Siguió contándole de su vida, le habló de la escuela veterinaria en Nueva York. Cómo había encontrado a ese niño perdido y cómo supo entonces que no había nacido para ser veterinaria, sino oficial de búsqueda y rescate. Le habló de su matrimonio con Nick, de lo feliz que había sido al principio y cómo pronto había empezado a sentirse atrapada y asfixiada. Le dijo que él se había acercado demasiado y que ella no había estado lista para creer que alguien realmente pudiera amarla o que ella se mereciera sentir amor y felicidad. Luego le habló del divorcio.

Y poco a poco llegó al presente.

Amy se quedó callada y miró a Craig. Él miraba el fuego con expresión pensativa. Se pasó ambas manos por el cabello y las dejó allí mientras bajaba la cabeza a las rodillas. Amy tuvo que contenerse físicamente para no pedirle un veredicto. ¿Le creía ahora? ¿La perdonaba?

Pero si lo hacía, ¿entonces qué? ¿Habría futuro para ellos? Y si lo había, ¿cómo sería?

Ella no podía quedarse allí. Él nunca podría irse con ella al siglo XXI. ¿Qué habría entonces para ellos?

Él la miró sacudiendo apenas la cabeza.

—Sí, ahora sí te creo, Amy. Creo que eres una buena persona. Creo que pensabas que no tenías otra opción y no podías confiar en mí. Y lamento haberte hecho sentir así.

A Amy le latía el pulso en la sien.

—Y te amo. A pesar de tus mentiras, no puedo dejar de amarte. No creo que alguna vez lo deje de hacer.

Con una mano temblorosa, Amy se acomodó un mechón de cabello detrás de la oreja.

—¿Pero? —le preguntó—. Suena a que viene un pero...

—Pero no puedo perdonarte. No puedo confiar en ti. Siempre estaré dudando de ti.

Ella asintió con la cabeza. Por fin, se había pronunciado el veredicto. Y fue como si un edificio de cemento se le hubiera venido encima y le hubiera aplastado el cuerpo y el corazón.

«Ya sabías que él no te perdonaría, e incluso si lo fuera a hacer, ¿entonces qué? Tendrías que romperle el corazón de todas formas y marcharte tan pronto como puedas».

Porque quedarse en un sitio donde estaba tan restringida, donde no podía ser su verdadero yo, sería como una sentencia de prisión.

—¿Porque te mentí? —le preguntó.

Él cerró los ojos un momento; cuando los abrió, había en ellos un dolor tan desesperado e interminable que Amy se atragantó.

—Porque la lealtad lo es todo para mí. No puedo volver a abrirme a ti y permitir que me traiciones otra vez. Te vigilaría a cada momento.

La boca de Craig formó una mueca de tristeza.

—Puede que vengas del futuro, pero sigues siendo una MacDougall.

CAPÍTULO 33

CRAIG SALIÓ del dormitorio procurando darle a Amy el espacio que necesitaba para recuperarse.

Al día siguiente, Amy ya tenía la fuerza suficiente como para levantarse y caminar.

A los tres días, fue a verlo durante la cena en el gran salón.

—Me voy mañana —anunció mientras ponía un plato de sopa de pescado enfrente de Craig.

Ella se sentó junto a él.

Craig no la miró. Le dolería demasiado. Tenerla tan cerca, incluso en el mismo castillo, bastaba para que a Craig se le dificultara la respiración y se le acelerara el corazón.

—Gracias —le dijo y tomó el tazón.

—¿Por la sopa o por marcharme? —bromeó, aunque la voz la traicionó.

—Por la sopa.

—¿Y acerca de que me marcho?

Él la miró a los ojos. Amy se ahogó en la tristeza que vio en ellos.

—Los dos sabemos que era solo cuestión de tiempo —le dijo —. Y ha llegado el momento.

Ella asintió con la cabeza, tenía los ojos llorosos y pestañeó varias veces. Sí. Por supuesto. Había llegado el momento.

Amy comenzó a comer la sopa. El silencio cayó sobre ellos. Craig sintió la distancia entre los dos, el doloroso deseo de tocarse el uno al otro, de hablar. De perdonar.

—¿Y si me quedo, Craig? —le preguntó—. ¿Has pensado en eso?

Él levantó la mirada del tazón.

—Sí. Lo he pensado.

Ella arqueó las cejas.

—¿Y?

—Y no podría contenerme contigo. Pero nunca podría perdonarte. Tus mentiras me han costado muy caro. Si me hubieras dicho la verdad desde el principio, no me hubiera casado contigo. Lachlan podría seguir con vida. Quizás Hamish nunca hubiera descubierto el túnel, y los MacDougall no hubieran venido a asediar el castillo. El conde de Ross debe pensar que Roberto y todos nosotros somos unos mentirosos.

Por un momento, Amy frunció las cejas de dolor.

—Cerraría el corazón, Amy. Dudaría de cada palabra que dijeras. Tú me dijiste que te habías sentido sofocada con Nick. Si estuviéramos juntos, yo te sofocaría, Amy. Otra vez. Y sería mucho peor.

Ella negó con la cabeza y los ojos se le llenaron de lágrimas.

—No. No lo creo.

—Deberías creerlo. Es mejor tener cuidado. Es justamente la precaución lo que me salvó la vida y terminó salvando al castillo. Y es mi confianza en los demás lo que condujo al asesinato de Lachlan, a la muerte de mi abuelo y a la violación de mi hermana. Es esa misma confianza la que ha hecho que la única mujer a la que he amado me destrozara el corazón.

Amy parpadeó.

—Entonces, ¿prefieres estar solo y sentirte miserable a tratar de cambiar? ¿A darme el beneficio de la duda?

—De cualquier forma, seré miserable y estaré solo.

Ella asintió con la cabeza y se puso de pie con la sopa.

—Entonces sé miserable y quédate solo, Craig. Eso mismo es lo que había dicho Sìneag. Que te casarías con alguien para fortalecer a tu clan, pero que nunca la amarías. Que morirías siendo un hombre solitario.

Esas palabras se hundieron como dolorosos clavos en el ataúd de la esperanza de Craig.

Amy asintió.

—Me marcharé por la mañana, antes del desayuno. Buenas noches.

Craig miró el vaivén del cabello de Amy y cómo se mecía su hermoso trasero redondeado mientras salía del gran salón.

Esa bien podía ser la última vez que él la vería.

Más tarde, Craig yacía de lado sobre las sábanas de su cama mientras el sueño lo eludía y lo embargaban los recuerdos de Amy montándolo, desnuda en toda su gloria, con una mezcla de lujuria y amor en los ojos. Ella se iría por la mañana. Solo una noche lo separaba de la mayor pérdida de su vida.

Sí, había resuelto no volver a verla. Pero el sentimiento era más poderoso que él y mucho más fuerte de lo que él era capaz de resistir.

Se levantó sin hacer ruido de la cama que había ocupado en los aposentos del señor del castillo, mientras Owen y el resto de los guerreros de su clan dormían, soltaban resoplidos y roncaban. Subió las escaleras hasta la habitación de arriba y abrió la puerta con cuidado.

Amy estaba acostada sobre el montón de pieles y mantas frente al hogar. El fuego ya se estaba apagando y crepitaba suavemente. Craig caminó despacio hacia Amy y, por un momento, se quedó mirándola. Ella yacía de lado con el cabello largo desparramado sobre unas pieles blancas.

Pero no estaba dormida. Craig escuchó un pequeño sollozo.

Estaba llorando.

—Oh, *mo gaol* —susurró—. Mi amor.

Amy se volteó a verlo, tenía los ojos rojos y los párpados

hinchados. Craig se acomodó a su lado en el acogedor calor de las mantas y la envolvió en sus brazos. El aroma de ella lo invadió: una fragancia dulce y femenina, una mezcla de esencias del bosque, la naturaleza y la cocina.

—¿Qué estás haciendo aquí? —le preguntó con la voz ronca de tanto llorar.

Craig sintió el aliento cálido y húmedo de Amy contra el cuello.

—No podía no verte... —le levantó la barbilla—. ¿Qué pasa, Amy? ¿Por qué lloras?

—Tú sabes por qué.

—No, no lo sé.

—Porque te mentí. Porque debo irme y, sin embargo, se me rompe el corazón. Porque...

Ella tragó saliva y luego exhaló suavemente.

—Porque te amo.

Las palabras lo llenaron y le llegaron a lo más profundo del alma. Él le secó las lágrimas de las mejillas húmedas, luego se acercó y le besó una última lágrima. Si pudiera, la besaría hasta que se le fueran todos los pesares, todos los problemas y toda la miseria. Pero eso era algo que Craig no podía hacer.

Lo que podía hacer era enseñarle cuánto la amaba a pesar de todo lo que había pasado entre ellos. A pesar de que esa sería la última vez.

Craig le dio unos besos suaves, bajando sin prisa desde la mejilla húmeda hasta la boca y luego le besó los labios con mucha ternura. El delicado roce de su piel contra la de ella le hizo sentir una corriente de fuego en las venas a Amy.

Craig profundizó el beso y le introdujo la lengua en la boca. Le dolió el pecho al comprobar que ella sabía salada por todo el dolor y la angustia que él mismo sentía también.

Amy le pasó los brazos por el cuello y se acercó más a él. Craig sintió los pechos suaves y los pezones endurecidos a través de la delgada tela del camisón.

Tomándose su tiempo, Craig le bajó las manos por la espalda

y saboreó cada centímetro de su elegante cuerpo, el arco de la zona lumbar y la firme redondez de su hermoso trasero. Le apretó las nalgas y las masajeó. Amy se estremeció contra él, le pasó una pierna sobre las caderas para presionar su sexo contra el de él.

Craig ya estaba duro. Su miembro palpitaba por ella y se erguía con impaciencia. Pero podía ser paciente. Sería todo lo que ella quisiera que fuera.

Craig le subió la camisa hasta la cintura y no se detuvo hasta quitársela por la cabeza. Le observó el cuerpo, los senos perfectos, suaves y redondos y la piel blanca como la leche que resplandecía en la oscuridad. A continuación, se quitó su propia camisa y los pantalones, y por fin quedaron piel contra piel, sin nada que ocultar, sin ningún lugar a donde huir.

Él bajó la cabeza y capturó un pecho con la boca; la piel era aterciopelada, dulce y deliciosa. Le rodeó el pezón suave con la lengua y se sintió satisfecho cuando se endureció. Lo chupó y mordió con ternura, una y otra vez, hasta que Amy comenzó a soltar gemidos como una gatita.

Luego pasó al otro pecho y repitió lo mismo mientras masajeaba el primero. Amy se arqueó contra él para darle aún más acceso. Le enterró las manos en el cabello, lo que a él siempre le había gustado.

Con la boca, Craig continuó descendiendo lentamente por el camino hasta que llegó al dulce triángulo de vello suave. Le sujetó una pierna y se la colocó sobre el hombro para abrirla y acariciarla.

Le separó los pliegues sedosos y miró maravillado el hermoso centro de Amy.

—Tan suave, tan cálido —murmuró mientras la besaba allí con la presión exacta que sabía que a ella le gustaba. Amy se estremeció, y él se colocó la otra pierna sobre el otro hombro y le sostuvo las caderas con firmeza. Se dedicó a provocarla, a saborear la sensación de tenerla allí con él y de extender ese momento toda una eternidad.

Ella se puso tensa; Craig supo que pronto llegaría a la cima del placer y se apartó. La volteó y la acomodó de espaldas contra su torso. Así, podría darle placer en el punto exacto que a ella tanto le encantaba.

Cuando acercó su erección palpitante contra al sexo caliente y húmedo de Amy, lo recorrió un intenso espasmo de placer. Él estaba lleno y ansioso por ella.

Le recorrió la espalda larga y elegante con la mano y comenzó a penetrarla suave y lentamente. Ella contuvo la respiración y meció las caderas para encontrarlo antes.

Craig empujó hasta que quedar envuelto entero por ella, hasta sentir la presión de esa estrechez aterciopelada. Amy arqueó la espalda, y él le acarició un pecho con una mano. Con la otra, encontró los pliegues calientes y comenzó a masajear el nudo de placer.

Amy se estremeció y soltó un gemido profundo y gutural.

—Así es, mi dulce muchacha —le dijo—. Siente el placer. Eres muy hermosa.

Comenzó a retirarse lento y luego, con la misma lentitud, la volvió a penetrar, moviendo las caderas para poder alcanzar los lugares más profundos dentro de su interior y darle más placer.

—Oh, Craig —gimió—. Oh...

Craig aumentó el ritmo, se sentía ansioso por tenerla y, a la vez, deseaba que eso nunca acabara.

Esa noche, la veneró con su cuerpo. Cada movimiento era como un canto de alabanza a su belleza. Cada roce de sus dedos, una oración. Cada jadeo, una confesión de amor.

Él estaba haciendo que el acto se prolongara durante más tiempo. Cada movimiento hacia adentro y hacia afuera lo acercaba más a ella, aliviaba el dolor y expandía tanto los límites de su cuerpo como los de su alma.

Él era un barco encallado en un mar sin olas, y ella era el viento. Él era la tierra congelada después del invierno, y ella era el primer sol de la primavera. Él era el hierro, y ella el fuego que lo fundía para convertirlo en espada.

Juntos, eran uno. Por ahora.

Y él quería que eso durara para siempre.

Pero pronto, demasiado pronto, el cuerpo de Amy temblaba aproximándose al borde del abismo, y Craig sabía que debía ser brusco hacia el final porque eso era lo que le daba más placer a ella. Aceleró las embestidas, adquirió un ritmo suave e implacable, lo suficiente como para incrementar las sensaciones, pero no tan fuerte como para causarle dolor.

Él también estaba cerca, un calor intenso le latía en la sangre, justo en el punto donde estaban unidos; era el punto donde él la poseía a ella, así como ella a él.

Amy se tensó contra él, jadeó y soltó unos gemidos dulces y urgentes que expresaban la necesidad de alcanzar la cima. Todo se contrajo ferozmente dentro de él y, sin detenerse, se inclinó hacia adelante al tiempo que Amy giraba la cabeza hacia él y le selló la boca con un beso desesperado.

El orgasmo lo atravesó como una ardiente ráfaga de éxtasis y reventó contra él como una ola ardiente. Amy se estremeció y se deshizo en sus brazos. Él se derramó dentro de ella. Sus gemidos se fundieron en uno, y su aliento se convirtió en canción.

Craig la abrazó contra él, apretándola con más fuerza como para hacerla parte de él. Respiraron juntos, y sus torsos se movían al mismo ritmo.

—Te amo, Amy —susurró.

—Yo también te amo —le respondió.

Él cerró los ojos y permitió que las palabras lo inundaran, las puso a prueba para ver si eran ciertas, pero no logró creerlas del todo.

Lentamente, ella se giró hacia él, sedosa en sus brazos.

—Craig... —comenzó.

Él la observaba maravillado, intentando memorizar hasta el detalle más pequeño de su rostro. Los ojos grandes, los labios llenos y la nariz algo puntiaguda.

Ella le apoyó una mano en el rostro y le dio el beso más suave y dulce en los labios. Luego Amy enterró el rostro en el cuello de

Craig, y él sintió las lágrimas cálidas y húmedas en la piel. La acercó más, la abrazó con más fuerza y sintió su respiración irregular mientras derramaba lágrimas silenciosas en sus brazos.

Así se quedaron dormidos.

Y cuando Craig se despertó, el espacio a su lado estaba vacío, y el fuego en el hogar se había apagado hacía rato. Se sentó al tiempo que una fría tristeza se apoderaba de su corazón.

Miró alrededor de la habitación, pero estaba vacía, excepto por el botiquín de primeros auxilios y el camisón de Amy que yacían sobre la cama.

¿Se habría ido?

¿Era eso todo? ¿Sin decir adiós? ¿Sin más nada?

Craig supuso que la noche anterior había sido todo el adiós que se podrían haber dicho, pero, aun así, ¿por qué se sentía como si acabara de perder algo más valioso que su propia vida?

Quizás Amy no se había ido todavía. Se puso de pie y se vistió rápido. Si se apresuraba, tal vez podría alcanzarla.

Pero, ¿para qué? ¿Qué cambiaría eso? Craig no lo sabía. Lo único que sabía era que no podía soportar la idea de que ella se fuera para siempre, de no volver a verla nunca más.

Bajó corriendo un tramo de escaleras y luego el otro, cruzó el patio hacia la torre este, pasó por delante de los centinelas y entró en la despensa subterránea. Empujó la puerta del cuarto de atrás para abrirla.

Amy estaba allí, agachada junto a la piedra, con su chaqueta moderna, sus pantalones ajustados y ese extraño bolso en la espalda. Tenía la mano apoyada sobre la piedra. Se veía un poco desvanecida, como si estuviera perdiendo el color.

Todo dentro de Craig le gritaba que corriera hacia ella y la detuviera. Que se pusiera de rodillas y le rogara que se quedara. Esos eran los últimos momentos de su vida en que la vería. ¿De verdad no podía ver más allá de su apellido? ¿Acaso no podía darle otra oportunidad?

Craig necesitó hasta la última gota de su fuerza de voluntad para quedarse allí y no dar un paso más hacia ella.

La piedra volvió a brillar en tonos azules y café. Amy se estaba desvaneciendo como la niebla arrastrada por un fuerte viento. Entonces, se volteó a verlo y, cuando sus miradas se cruzaron, Craig le vio los ojos llenos de pánico, tristeza y pérdida.

—¡Amy! —dio un paso hacia ella para tomarle la muñeca y jalarla hacia él, para alejarla de cualquier cosa que pudiera causarle todo ese dolor.

En un instante, ella ya se había ido.

Corrió hacia la piedra, incapaz de creer que ella acabara de desaparecer.

Pero, en efecto, había desaparecido. No quedaba ni un solo rastro de ella.

Craig supo que, más adelante, la comprensión de todo eso lo arrasaría como una avalancha. Como la desastrosa noticia del secuestro y la violación de Marjorie y la experiencia de ver a su abuelo muerto. El dolor lo abrumaría, lo devoraría, lo cambiaría.

Pero, por lo pronto, se quedó mirando las talladuras de las olas, el camino y la huella de la mano. Y se preguntó si alguna vez se perdonaría a sí mismo por haber dejado marchar al amor de su vida.

CAPÍTULO 34

Stowe, Vermont, fines de enero de 2021

Amy dejó escapar un profundo suspiro que salió acompañado de una nube de vapor. El destello de la nieve contra el verde intenso, casi negro, de los pinos que crecían en las laderas de Mount Mansfield le hacía doler los ojos. El día estaba despejado, y el cielo tenía un color azul invernal que solo se veía pocas veces al año.

Amy deseaba que Craig pudiera verlo.

Cada vez que tenía un buen momento, su primer pensamiento era compartirlo con Craig.

Craig, en sus Tierras Altas verdes y marrones. Craig, que había muerto hacía ya mucho tiempo.

Como siempre, al pensar en esas cosas, la embargaba un espasmo de dolor.

—Entonces, ¿a dónde vamos? —preguntó Jenny cerrando la puerta de la casa de Amy detrás de ella—. ¡Hace mucho frío!

Amy le empujó el grueso gorro de lana para abajo para taparle las orejas a su hermana.

—¿Qué tal si caminamos hasta el pub en lugar de conducir? Son solo quince minutos.

—Oh, sí, nada como un poco de aire fresco para que se me congelen las nalgas.

Amy se rio.

—Vamos. No seas tan dramática.

Jenny se rio.

—Llegué ayer. Déjame acostumbrarme a este frío. ¿Estás segura de que esta es la temperatura más baja posible?

Las hermanas comenzaron a caminar hacia el centro de la ciudad. La nieve crujía con suavidad bajo los pasos de Amy a medida que avanzaban por la calle alineada con casas de paneles de madera blanca y ladrillo rojo y techos cubiertos de nieve.

—No, espera a fines de febrero —le respondió—. Ahí es cuando la mayor parte de mi trabajo es combatir la hipotermia de los esquiadores y los excursionistas que se pierden en las montañas.

—Oh, yo no esperaré hasta febrero. No me quedaré más tiempo del necesario. De hecho —Jenny hizo una pausa para guiñarle un ojo—, mi plan secreto es meterte en una maleta y llevarte conmigo a Carolina del Norte.

El aroma de Stowe, una mezcla de nieve recién caída y naturaleza con el olor a bollos recién horneados, pasteles y guisos de carne, ya no era tan reconfortante como solía serlo. Ahora era un doloroso recordatorio del acogedor hogar que había tenido en Inverlochy, donde había sido feliz con Craig. El bienestar que había perdido. El hombre al que había perdido.

Con gusto cambiaría el aroma de los bollos y los pasteles por el aroma del estofado, así como también el calor de su hogar por la frialdad de las murallas del castillo. Y por sentir el roce de sus manos, su cuerpo y su mirada verde musgo y oír ser llamada «muchacha» por lo menos cien veces al día.

—Oh, bueno —le dijo Amy con una sonrisa forzada—. Mi hogar está aquí, donde me necesitan —hizo un gesto que abarcaba todo Mount Mansfield.

—Estoy muy contenta de que hayas recuperado tu trabajo —

comentó Jenny—. Y lamento que me haya llevado tanto tiempo venir a verte.

—No, no, por favor no te disculpes. Tú tienes tu propio trabajo. No tienes que cuidar a tu hermana mayor. Estoy bien.

Sintió la mirada escudriñadora de su hermana.

—No te ves bien, cariño.

Amy miró a Jenny rápidamente.

—Ah, ¿no? Pues lo estoy.

Miró hacia adelante con los hombros tensos. Ella quería su libertad ¿no? No quería tener una relación. Se lo había dicho a sí misma muchas veces después de regresar. Esa había sido la decisión correcta.

—Si todavía no lo estoy, pronto lo estaré —dijo decidida.

—*Okey*, pero siento que hay algo que no me estás diciendo. ¿Qué estás escondiendo? —preguntó Jenny con un tono de voz preocupado.

Amy tragó. Tenía la nariz helada, al igual que las mejillas. Le había dicho a Jenny que se había perdido bajo tierra en los túneles de Inverlochy y que, cuando se había despertado, la clase se había ido. Le había dicho que, como se había cansado de cuidar niños, había decidido quedarse sola para explorar las Tierras Altas y se perdió en las montañas. Eso era lo que también le había dicho a la policía escocesa.

Aunque Jenny nunca se había creído esa historia, no había hecho muchas preguntas por teléfono. Amy sabía que su hermana las tenía en la punta de la lengua y solo esperaba hacerlas cuando llegara.

Amy estaba cansada. Todo el tiempo que le había mentido a Craig se había sentido horrible. No quería mentirle a Jenny también.

—Te lo diré una vez que tengamos unos tragos en la mesa. Te contaré la verdad. Pensarás que estoy loca, pero te la contaré de todos modos. Tú decides si me crees o si piensas que soy una mentirosa por el resto de tu vida.

—Eso suena bastante siniestro —señaló Jenny.

—No tienes ni la menor idea.

Llegaron al bar, uno de los tres que había en Stowe. Tenía un interior clásico, con la madera oscura típica de un centro de esquí. El olor a cerveza y cloro la envolvió. Había un partido de hockey en la televisión y, por los altavoces, se escuchaba música rock. La escena era familiar. Amy había ido allí cientos de veces con sus amigos del trabajo y con Nick, pero ahora el bar le parecía un sitio tenso, pequeño y confinado. ¿Cómo se había podido sentir cómoda allí antes?

Escogieron una mesa junto a la ventana, Amy compró una cerveza para Jenny y un *whisky* para ella. Brindaron, y luego Amy bebió un sorbo y dejó que el líquido le quemara la boca y la garganta y se le asentara como un pequeño fuego en el estómago. Era más sofisticado y rico que el *uisge* que había tomado en Inverlochy con Craig, no más que un eco del sabor que le recordaba mucho la aventura que había vivido.

Lo cierto era que anhelaba cualquier cosa que pudiera acercarla a Craig de alguna manera. Cerró los ojos durante un instante e imaginó que estaba bebiendo de una copa de plata en el gran salón del castillo de Inverlochy. El *whisky* era como una parte de él que ella quería absorber.

La desesperación, la tristeza y la pérdida diarias se sentían como unas pesadas esposas de hierro que le sujetaban las muñecas. A Amy le dolían los hombros, y tenía todos los músculos tensos. ¿Alguna vez le dejaría de doler?

—Veo que adquiriste algunos gustos escoceses —comentó Jenny—. No recuerdo que bebieras *whisky* escocés antes.

Amy se rio.

—Especialmente porque era el veneno predilecto de papá.

—Sí.

Se quedaron en silencio por un momento.

—¿Entonces qué pasó? —preguntó Jenny con cautela.

Amy respiró hondo y miró a su hermana a los ojos. Eran azules como los de ella, pero Jenny tenía el cabello oscuro como su mamá, mientras que Amy tenía el mismo color que su papá.

—*Okey*, pero antes de que te diga nada tienes que saber que soy muy consciente de lo descabellado que va a sonar todo esto.

—*Okey*... —dijo Jenny lentamente.

—*Okey*.

Amy abrió la boca y comenzó a hablar. Le contó a Jenny sobre Sineag, la piedra, el asedio y Craig. Y todo lo que le había pasado después. Pidieron otra ronda de bebidas y luego otra más. La noche cayó del otro lado de la ventana, y el pub comenzó a llenarse de personas, muchas de las cuales saludaron a Amy.

Iban por la cuarta ronda de tragos cuando finalmente terminó de contar cómo había regresado. Se sintió bien al contarle todo eso a alguien, al dejar de fingir que no le había pasado algo extraordinario. Porque sí le había ocurrido algo extraordinario. Y la había cambiado. De hecho, ese sería, sin lugar a dudas, el evento más trascendente de su vida. Qué triste hubiera sido no poder compartirlo con la persona que más quería.

En realidad, hubiera sido triste y sabio, a juzgar por la expresión de incredulidad que se registraba en el rostro de Jenny, quien ya estaba algo embriagada, pero bebió otro sorbo de cerveza y solo se la quedó viendo.

—¿Tienes alguna prueba? —le preguntó Jenny luego de unos instantes.

—¿Alguna prueba?

—Sí, de que no te lo estabas imaginando todo o de que no estabas alucinando. Quiero decir, entiendo por qué crees que te sucedió. Pero, cariño, lo siento, es muy difícil imaginar que eso de viajar en el tiempo sea real.

Amy sintió una profunda decepción en el estómago y se encogió de hombros.

—No tengo pruebas, Jenny. Entiendo que no me creas. Si yo hubiera escuchado una historia como esa, tampoco la habría creído. Así que no te culpo. Y no tienes idea de cómo desearía que esto fuera una alucinación y no la verdad.

Jenny frunció el ceño.

—¿Por qué?

—Porque entonces Craig sería solo un producto de mi imaginación. Y podría dejar de preguntarme si cometí un error al marcharme.

Jenny hizo girar la cerveza en el vaso.

—Lo amas, ¿no es cierto?

Amy asintió.

—Sí. Desafortunadamente, lo amo.

—Pero también amabas a Nick, ¿no?

—Exacto. Ese es el punto. Lo amaba. Tenía el hombre más perfecto del mundo. Un hombre que quería casarse conmigo y que no vive cientos de años en el pasado.

—Cierto. Pero, ¿esto es diferente? ¿Lo que tuviste con Craig?

—Si te digo que lo es, ¿pensarás que es tan solo una ilusión? Ojalá fuera diferente, pero en realidad, ¿no es más de lo mismo? Si me hubiera quedado con él, ¿no hubiera terminado escapándome del matrimonio como lo hice con Nick?

—No lo sé, cariño. De algún modo, no lo creo.

—¿Por qué?

Jenny miró fuera de la ventana por un momento.

—Porque ahora eres diferente.

—¿Sí?

—Creo que sí. Se te ve más tranquila y... más feliz.

—¿Más feliz? —preguntó Amy—. Creo que nunca antes me había sentido más miserable.

—Bueno, sí, estás triste. Pero esa mirada de angustia que has tenido desde los diez años, como si fueras un animal salvaje al que están cazando y todo lo que necesitas es tu cueva segura, se ha ido.

Amy negó con la cabeza, mirando su vaso.

—No sabía que tenía una mirada de angustia.

—Lo que sea que hizo Craig, en la realidad o en tu cabeza, te cambió.

Amy arqueó las cejas, pero se quedó en silencio. Tal vez habría sentido ese cambio si no fuera por el dolor constante que llevaba en el corazón y en el alma. Pero, ¿acaso no era eso lo que había dicho Sìneag?

«...el único hombre al que amarás de verdad. Aquel por el cual cambiarías».

¿Había cambiado por Craig? Se había encontrado a sí misma en esa montaña en las Tierras Altas.

Y, extrañamente, pensó en su papá. Y, en lugar del resentimiento y desprecio que había sentido por él toda su vida, sintió lástima. De seguro la vida no había sido fácil para él luego de la muerte de su mamá. Tampoco lo habría sido descubrir lo que le había hecho a su propia hija, que casi la había matado.

—¿Cómo está papá? —preguntó.

Jenny ladeó la cabeza, perpleja.

—¿Papá? Está bien. ¿Por qué?

—Creo que voy a ir contigo a Carolina del Norte. A verlo.

Jenny la miró perpleja.

—¿En serio?

Amy asintió.

—Sí. Creo que sí. No lo he visto en mucho tiempo. Y creo que finalmente estoy lista para verlo.

CAPÍTULO 35

CASTILLO DE INVERLOCHY, enero de 1308

—¿Otra vez melancólico? —preguntó Owen.

Craig se giró hacia él y arqueó una ceja. Owen caminaba desde la torre Comyn hacia el muro norte que miraba hacia el río y el lago. Las cimas de las colinas y montañas estaban blancas, pero las bases aún conservaban los tonos marrones y grises.

—Sí —respondió—. Y me estás interrumpiendo.

Owen se detuvo al lado de su hermano y se apoyó contra el parapeto.

—Puedes estar melancólico todo lo que quieras —dijo Owen—. Quizás yo también he venido aquí para estar melancólico.

—¿Cuál es tu pesar?

—La ausencia general de mujeres en mi vida.

—Espero que la muerte de Lachlan te haya enseñado una lección al respecto.

Owen lo miró de reojo, pero no dijo nada.

—Sabes que no volveré a confiar en ti.

—Seguro que no lo dices en serio, hermano.

Craig le sostuvo la mirada durante un largo rato.

—Lo digo en serio, Owen. Iría contigo a luchar contra cualquier enemigo sabiendo que me apoyarías en una batalla. Pero para otras cosas... sabías bien que no debías seducir a las chicas de la aldea. Y lo hiciste de todos modos. ¿Cómo puedo confiar en ti?

Owen asintió.

—Lo entiendo. ¿Pero seguirás luchando a mi lado en una batalla?

—Sí.

—Entonces sabes que no te entregaría al enemigo.

—No creo que lo harías. ¿Por qué lo harías?

—Correcto. No lo haría. Pero si sabes que yo no te traicionaría, ¿por qué no le das a Amy el mismo beneficio de la duda?

Amy.

El nombre le atravesó el abdomen como una espada afilada.

—Porque crecí contigo, por eso —gruñó—. Y ella...

—Y ella no es tu enemiga. Ella no se crio con los MacDougall. Ella ni siquiera nació aquí. Es una desconocida. Una forastera.

—Sí.

—Así que ella no tendría ninguna razón para traicionarte.

—Pero lo hizo. Me mintió. Y los MacDougall siguen siendo su familia, por más que sean sus ancestros. Por lo que yo sé, ella podría querer ayudarlos después de todo.

—Eso no fue una traición.

—Se siente como una traición. Y, ¿tú por qué la proteges?

—No la estoy protegiendo a ella. Te protejo a ti.

—¿De qué?

—De tu estúpida terquedad.

Craig deseaba tener algo en las manos que pudiera arrojar sobre el muro para ver cómo se estrellaba contra el suelo.

—La lealtad es importante para mí. ¿Qué hay de malo en eso?

—Nada. Excepto que te estás confinando a una vida de miseria.

Las palabras de Owen le resonaron dolorosamente en el pecho. No era como si Craig no hubiese imaginado a Amy en su vida. Después de todo, ella era su esposa. No se habían divorciado, pues nunca dijeron las palabras. Pero, a menudo, él pensaba en cómo pasarían noches largas y apasionadas, en los viajes que harían juntos a las montañas o en el momento en que ella conocería a Marjorie. A Marjorie le encantaría Amy. Ambas eran mujeres muy fuertes. Las dos habían atravesado muchas cosas y no solo habían sobrevivido, sino que se habían fortalecido gracias a esas duras experiencias. Craig también se imaginaba los hijos que tendría con Amy. ¿Serían pelirrojos como ella? ¿O de cabello oscuro como él?

Así como también se imaginaba muchos días, meses y años en los que estaría agradeciendo a Dios por el regalo del amor y la felicidad que tendría a diario.

Lo cierto era que no podría tener nada de eso, porque a cada minuto de cada día él dudaría de Amy. ¿Cómo podría volver a confiar en ella?

De cualquier manera, todos esos pensamientos eran en vano, pues nunca más la volvería a ver.

Craig se puso de pie, miró a Owen y cruzó los brazos sobre el pecho.

—¿Por qué te concierne mi miseria o mi felicidad? ¿De repente te convertiste en un creyente del amor? ¿Tú? ¿El que no puede dejar pasar ni a una sola muchacha?

Owen bajó la mirada.

—No —le respondió—. Pero puedo ver que sin ella eres aún más idiota que cuando estás con ella.

Craig negó con la cabeza.

—Tú definitivamente eres más idiota cuando tienes mujeres alrededor.

—Pero esto no se trata de mí. Se trata de ti.

—Sí, sí. Intenta cambiar de tema.

—No, lo digo en serio. Tienes que aprender a confiar en las personas que amas, hermano. Ya no puedes vivir más así. Te pasarás la vida arrepintiéndote de todo.

—Si el precio de la paz es el arrepentimiento, lo aceptaré.

—Pues, yo no creo que lo hagas. Un día estarás en tu lecho de muerte, al igual que todos nosotros. ¿No te arrepentirías entonces de haber alejado a Amy? ¿No te arrepentirías de haberte perdido una vida llena de felicidad con ella por no haberte arriesgado a correr el riesgo de que ella cometiera un error?

Craig exhaló tratando de pensar. Estaba enojado con Owen por hablar de ello, por volver a despertar las dudas que lo acechaban a menudo.

Miles de preguntas como esas le daban vueltas en la mente desde que descubrió la verdad. ¿Y si él fuese lo suficientemente fuerte como para creerle? ¿Y si fuese lo suficientemente valiente como para permitirse concebir que ella podría serle leal? Que podría ser una persona honesta y que preferiría morir antes que traicionarlo. Como él lo hubiera hecho por ella.

Él ya había creído en ella una vez, y el resultado había sido desastroso.

Pero la vida sin ella estaría vacía. La vida sin ella no sería una vida. Vivir se convertiría en esperar un milagro. El milagro que él había tenido en sus brazos y que no había tenido el valor de creerse.

Amar era estar abierto a la angustia y al sufrimiento. Amar era un riesgo. La felicidad era un riesgo.

Craig nunca tendría confianza absoluta en otro ser humano: ni en Owen, ni en Amy, ni en el rey Roberto y ni siquiera en sí mismo.

De hecho, se estaba traicionando a sí mismo en ese preciso momento al mantener sus viejas creencias y hábitos. Si era honesto consigo mismo, no había nada que quisiera más que perdonar a Amy y rogarle que se quedara con él para siempre.

Le daría toda la libertad que ella quisiera. Se aseguraría de que ella se sintiera a salvo. La adoraría todos los días y no le pediría nada a cambio.

—Sí —respondió Craig—. Realmente me arrepentiría mucho. De hecho, ya me arrepiento.

CAPÍTULO 36

G RANJA T HORNBERRY H ILL, Carolina del Norte, febrero de
2021.

La casa olía a cosas viejas. Alfombra vieja, madera vieja y
recuerdos viejos. Amy observó las familiares paredes de color
verde pálido y los gabinetes de la cocina, los muebles de madera
oscura, las pantallas de las lámparas sucias y los cuadros descolo-
ridos de los paisajes de montañas, campos y lagos. Todo el interior se veía pálido; era como si estuviera mirando a través de un
filtro sepia. Los tablones del piso se hundían y rechinaban un
poco cuando los pisaba.

Amy respiró hondo para prepararse. Contó hasta cuatro,
tomó fuerzas y, finalmente, después de más de veinte años, miró
a su padre a los ojos.

Un hombre ya mayor se hallaba de pie ante ella, encorvado,
curtido y arrugado. Ahora ella era más alta que él. Y, al igual que
la casa, él se veía despintado y descolorido. Un dolor le atravesó
el pecho.

—Amy —susurró su padre con los ojos de color azul pálido
llenos de lágrimas.

—Hola, papá —lo saludó.

Jenny pasó junto a Amy y entró en la cocina.

—Hola, papá, pondré a hervir un poco de agua para el té.

—Sí— acordó él algo distraído—. Entra, Amy, por favor.

Hizo un gesto hacia la cocina. Amy asintió con la cabeza y entró. Se sentó en la mesa redonda en la que habían cenado miles de veces. El recuerdo de su madre haciendo la comida le pasó por la mente. Él se veía más pequeño ahora, incluso le parecía una imagen surreal. Como si estuviera en un sueño, pero no sabía si se convertiría en una pesadilla.

Su papá sacó unas tazas y una caja con bolsitas de té, y Amy vio que le temblaban las manos.

Todos se sentaron en la mesa con sus tazas de té, y se hizo silencio.

—¿Cómo estás, Amy? —le preguntó su papá con voz suave.

—Estoy bien. Estoy segura de que Jenny te contó sobre mi trabajo en el equipo de búsqueda y rescate en Vermont y todo eso.

—Sí, lo sé. Me alegro por ti.

Se sentía raro. Como si estuviera andando en puntitas de pie. Como si cada palabra estuviera cargada de significado y cada cambio de entonación pudiera romper esa frágil tregua temporal y revelar los viejos dolores y angustias.

—¿Y tú, papá?

—Aguanto, aguanto. Alquilé los campos porque ya no puedo hacer el trabajo de la granja.

Amy se preguntaba si también había alquilado el granero o si todavía estaba vacío y abandonado.

Se quedaron en silencio.

Jenny se puso de pie.

—Iré a ver si hay que limpiar las habitaciones —anunció.

Amy vio a su hermana salir de la cocina y casi quiso salir corriendo tras ella.

—¿Estás bien de salud? —le preguntó volteando para mirar a su padre.

—Tengo cirrosis, ¿sabes? Pero es estable por ahora.

—Bueno, hazme saber si necesitas algo. Siempre enviaré dinero.

Él bajó la mirada y asintió con expresión triste.

—Has sido demasiado buena conmigo, Amy. No me lo merezco.

Cuando Amy vio que le temblaba la barbilla, se le llenaron los ojos de lágrimas. ¿Quién era ese hombre? Era una sombra de la persona que había sido la última vez que lo vio. No había ninguna malicia en él, ningún signo de agresión. Solo dolor. Arrepentimiento.

Amy estiró un brazo sobre la mesa y le cubrió las manos con las suyas.

—Ya está bien, papá —susurró.

Él la miró con los ojos llenos de lágrimas. Nunca había visto llorar a su papá. Ni siquiera en el funeral de su mamá.

—Siento mucho lo que te hice. De cualquier forma, arderé en el infierno por encerrar a una niña y olvidarme de ella. Pero si tú hubieras muerto allí, yo...

Él rompió a llorar y se encorvó sobre la mesa para cubrirse el rostro con las manos. Amy se movió para sentarse junto a él, le pasó el brazo por los hombros y sintió cómo le temblaba la espalda bajo su palma. Amy apoyó la cabeza contra la de él. Sus propias lágrimas comenzaron a caer, pero no le importó.

Le ardía el rostro, le sangraba el corazón y le temblaba el estómago.

Los dos lloraron.

Lloraron por la madre de Amy, que había muerto demasiado pronto. Por el hombre que había sido su papá y que había muerto con su madre. Por la niña que él había encerrado en el granero. Por los años que habían perdido y los años en que ella había rechazado cada uno de los intentos que había hecho su papá de contactarla. Por la vida desgarrada que él había vivido y la vida desgarrada que ella tenía. Por el poco tiempo que le quedaba a él.

Después de un tiempo, las lágrimas se secaron y simplemente se quedaron allí sentados, el uno contra el otro.

Él quería que lo perdonara, Amy lo sabía. Era lo que había querido durante muchos años. Pero Amy no había podido perdonarlo. Lo único que había sido capaz de hacer había sido distraerse y no pensar más en ello.

Quizás ella había estado haciendo lo mismo que hacía Craig. A lo mejor era incapaz de perdonar. Incapaz de olvidar. Sin embargo, se dio cuenta de que ahora sí podía perdonarlo porque finalmente había encontrado a la niña que había perdido en ese viejo granero.

—Te perdono, papá —susurró.

Él se enderezó y la miró con los ojos rojos e hinchados.

—¿Me perdonas?

—Sí, te perdono. Todo lo que ha pasado me hizo ser quien soy ahora. El pasado es parte de mí. Por eso soy buena encontrando a gente perdida. La ayudo, le salvo la vida y la devuelvo a sus seres queridos.

—Estoy muy orgulloso de ti. Yo estaba enfermo. Si no hubiera bebido, nunca habría...

—Lo sé. Está bien. Ojalá hubieras tenido la fuerza para abstenerte del alcohol. Ojalá yo no hubiera tenido miedo de los monstruos que veía debajo de la cama. Ambos hicimos lo mejor que pudimos dadas las circunstancias.

Él asintió.

—Gracias por entender. Gracias por perdonarme. No sabes lo que significa para mí, Amy. Todos estos años los pasé con un pesar que me carcomía como el ácido. No me queda mucho tiempo, Amy. Y el perdón es el regalo más grande que me podrías haber dado.

Amy encontró fuerzas para sonreír.

—También es un regalo para mí —le dijo.

Se sentaron en silencio durante un largo rato y dejaron que esa nueva realidad los envolviera. Ya no habría más resentimiento, y las partes que ambos habían perdido podrían regresar y volver a vivir.

—¿Y ahora qué? —le preguntó su papá—. ¿Hay algún hombre en tu vida?

Amy inspiró hondo, el doloroso recuerdo de Craig resonaba en su interior.

—Algo así. Pero... pensé que no seríamos compatibles porque yo nunca podría ser feliz en una relación. Mi matrimonio anterior no funcionó, me sentí atrapada. Y pensé que jamás conocería a alguien con quien me sentiría como yo misma.

—¿Pero lo hiciste?

—Sí. Creo que sí.

—¿Y no están juntos?

—No. Terminamos. Pero ahora... no sé, algo cambió en mí.

La verdad era que miraba a su papá y no quería terminar como él: llena de arrepentimiento en los últimos años de su vida. Él había perdido a su esposa, el amor de su vida, y eso lo había destrozado. ¿Y si Amy viviera su vida aquí, tan destrozada y arrepentida como él?

Esa reconciliación cambió las cosas en su alma. Amy ya no les tenía miedo a los espacios cerrados. Ya no tenía miedo de hablar con su padre. El perdonarlo abrió rincones que ella misma había cerrado en su interior hacía muchos años. Y lo que encontró no le dio miedo.

Era sanador. Era valentía. Era aceptarse a sí misma. Era como Craig había dicho. «Te perdiste en algún lugar de ese granero... Debes encontrarte a ti misma primero».

Y, finalmente, lo había hecho. Ahora, hablando con su papá, había encontrado a la niña que había perdido.

Se sintió completa. Fuerte. Amada.

Lo único que le faltaba era el hombre al que amaba.

—Sí, creo que eso es cierto. ¿Y él te merece?

—Sí. Es el hombre más amable y fuerte que conozco. Te caería bien.

—Quizás pueda conocerlo algún día. Disculpa, no quiero insistir. Tú decides.

Amy sonrió.

—No, no, me hubiera encantado, pero él vive en Escocia.

Los ojos de papá se iluminaron.

—¿En Escocia? Volviste a tus raíces entonces, Amy. Eres escocesa de los pies a la cabeza.

—No estoy tan segura de eso. —Se rio—. Él probablemente no estaría de acuerdo.

—¿Y te ama?

—Sí, me ama. Pero tiene miedo de comprometerse. Yo también tenía miedo. Pero ya no lo tengo. Y creo que puedo hacerle ver que él tampoco necesita tenerlo.

Amy se imaginó con Craig: viviendo con él en las Tierras Altas, explorando las montañas juntos y teniendo una familia. Sería un padre maravilloso. Nunca haría nada para lastimarla, ni a ella ni a sus hijos, sino que los protegería.

Sin lugar a dudas, sería una vida difícil allá, en el pasado tan lejano. Una vida llena de trabajo arduo y sin las comodidades ni las medicinas modernas. Pero Amy no le tenía miedo a eso. Daría cualquier cosa por tener la oportunidad de estar con Craig todo el tiempo que pudiera.

Soltó un suspiro.

¿Acaso estaba considerando volver con él? No solo considerando. Ya lo había decidido.

Sin importar lo que él hubiera dicho sobre no poder estar con ella, Amy iría de todos modos. Le abriría los ojos. Se quedaría con él y, al final, Craig se daría cuenta de que ella nunca volvería a mentirle. Siempre le sería leal.

Sí, solo necesitaba hacerle ver eso.

Él necesitaría tiempo para confiar en ella. Pues, Amy le daría ese tiempo.

Y, si todavía no podía confiar en ella o perdonarla, al menos sabría que le había dado todo. Regresaría a su propio tiempo sin arrepentimientos.

—Eso está muy bien —dijo su papá—. ¿Quizás los dos puedan reconciliarse entonces?

—Sí, tal vez podamos.

Amy le tomó la mano entre las suyas y se la apretó. Qué extraño era que fuera precisamente su padre, el hombre al que ella había culpado de sus desgracias durante toda su vida, quien le diera los recursos más importantes.

El perdón. La fuerza. Y la valentía.

CAPÍTULO 37

Castillo de Inverlochy, fines de febrero de 2021

Amy miró el patio vacío, las torres en ruinas y las paredes derruidas. No había rastros ni del foso, ni de la cocina, ni del gran salón. No quedaba nada del establo donde Craig y ella habían hecho el amor por primera vez. La torre Comyn se veía como un muñón. En las ruinas del castillo reinaba el silencio, y solo se oía el viento que agitaba las ramas desnudas de los árboles.

Habían desaparecido todos los olores típicos de un castillo en funcionamiento. Al igual que la gente a la que había conocido. Craig. Owen. Hamish. Fergus. Elspeth.

Amy se preguntó si las piedras guardaban recuerdos de todo lo que había sucedido allí desde entonces. De la gente que había vivido allí. Que había amado. Que había luchado. Que había muerto.

Se ajustó la mochila. Estaba llena de medicinas, binoculares y otras herramientas de búsqueda y rescate, libros sobre herbolaria y sobre cómo hacer cosas útiles, como el papel. Y había empacado tampones. Muchos, muchísimos tampones.

Jenny había insistido en que se llevara la mayor cantidad posible. Qué chica más lista. ¿Qué haría sin ella? A Amy le dolía el corazón al recordar a su hermana y al saber que nunca se volverían a ver.

A Jenny le había costado mucho dejarla ir, y Amy todavía se sentía culpable por dejar a su hermana sola a cargo de su padre. Había puesto su casa y todas sus pertenencias a nombre de Jenny para que ella las pudiera vender si eso era lo que quería. Habían llorado durante horas y horas.

—Todavía me cuesta creerlo —le había dicho Jenny entre lágrimas.

—Solo imagina que me encuentro en un país extranjero sin teléfonos, sin correo electrónico y sin ninguna otra forma de comunicación.

Jenny sollozó.

—¡Será como si hubieras muerto!

—¡No, no! Viviré una vida increíble con un hombre que me hace muy feliz. Es algo que nunca podría tener aquí.

Jenny suspiró y abrazó a Amy.

—Estás loca. Pero te amo de todos modos.

Las hermanas se despidieron y, cuando Amy miró a Jenny por última vez desde la línea de seguridad del aeropuerto, aún veía dudas en los ojos de Jenny.

Amy respiraba entrecortadamente y no se debía a la caminata, sino a que, en unos minutos, si todo salía bien, vería al hombre con el que debería estar.

—Te dije que aún no habías conocido a tu hombre —dijo una mujer junto a ella.

Miró a su lado.

«Por supuesto».

Amy sonrió.

—Hola, Sineag.

—Hola, querida. Veo que decidiste regresar.

—Sí. Así es.

Sineag se volteó, tomó la mano de Amy y se la apretó.

—¡Estoy tan feliz de que regresaras! Oh, tú y Craig hacen una gran pareja.

—¿Sí?

—Oh, sí, muchacha. Y estoy muy impresionada de que fueras lo suficientemente valiente como para cambiar. Ahora estás viviendo a la altura de todo tu potencial y tendrás una vida plena.

Amy sonrió otra vez. La energía positiva de la mujer era contagiosa y se sentía como una fuente burbujeante de alegría.

—¿Quién eres, Sìneag? Es obvio que no eres solo una guía turística.

Sìneag negó con la cabeza, y unas pequeñas arrugas se le formaron alrededor de los ojos al sonreír.

—Si te lo digo, ¿me guardarás el secreto?

—Por supuesto. Sin embargo, te advierto que se lo voy a decir a Craig. Si es que alguna vez quiere volver a hablar conmigo.

—Eso está bien. Confío en Craig.

—¿Entonces?

Sìneag suspiró.

—Soy lo que ustedes llamarían un hada. Una viajera en el tiempo, supongo, como tú.

Amy arqueó las cejas, no estaba segura si le creía; pero, escuchó abierta. Después de todo, ella había viajado en el tiempo, de modo que, ¿por qué no existirían las hadas también?

—Yo estuve allí cuando los pictos esculpieron esas piedras —continuó Sìneag—. De hecho, yo les di la idea. Soy una romántica incurable, no sé si lo has notado.

—Sí. —Amy se rio—. Pero, ¿por qué me ayudas?

Sìneag suspiró.

—Yo no soy humana, ¿sabes? Nunca tendré lo que tú puedes tener: amor. No existen hadas masculinas ni femeninas para mí. Así son las cosas. Nuestra gente... bueno, no somos muchos y, si encontramos pareja, es para toda la vida. Y todos los buenos ya están tomados. —Sìneag sonrió con tristeza—. Por eso decidí que, si yo no podía ser feliz, ayudaría a los humanos. Y eso es lo que he estado haciendo todo este tiempo.

—¿En serio? ¿Eres una especie de celestina a través del tiempo?

—¡Así es! Es solo que no hay muchas parejas a las que pueda hacer felices. No todas las personas son como tú; no todos están dispuestos a cruzar el tiempo por la persona que aman. Pero los que lo hacen...

—Viven felices para siempre.

Sìneag se rio.

—Siempre y cuando estén abiertos al amor y también estén abiertos el uno al otro, ciertamente tienen todas las posibilidades de serlo.

—Bueno, aún pasan cosas en la vida, ¿no?

—Eso es cierto, querida.

En una repentina oleada de agradecimiento y calidez, se volteó para abrazar a Sìneag y sintió el aroma fresco y natural a hierbas, lavanda y árboles.

—Gracias. Yo sé que es posible que Craig no me quiera de regreso, pero haré todo lo que pueda para que cambie de parecer. Y, pase lo que pase, gracias. —Amy miró esos ojos verdes eternos —. Tú me ayudaste a encontrar al amor de mi vida. Tuve una aventura increíble. Y cambié. Nunca olvidaré eso.

Los ojos de Sìneag se llenaron de lágrimas, y en su rostro se extendió una sonrisa grande y encantadora.

—Sí, muchacha. De nada. Ahora, ve a buscar a tu hombre.

CAPÍTULO 38

Craig depositó una moneda de plata sobre la mesa del taller de carpintería.

—Sí, señor, estoy muy agradecido —dijo Fingal, el carpintero.

Era un hombre fuerte, no mucho mayor que Craig, y tenía un rostro inteligente y manos grandes y curtidas por su trabajo.

—Al contrario, soy yo quien está agradecido —le aseguró Craig—. Y una vez que la cama esté lista, te pido que, si puedes, repares el techo del gran salón.

Lo que Craig quería decir era una vez que la cama estuviera bien hecha. Aunque, a juzgar por el acabado y la solidez de los muebles que el carpintero tenía en su casa, era un maestro en su trabajo.

Owen se rio.

—Te dije que había buena gente en la aldea.

—Sí, lo sé. —Craig miró a Fingal—. Pero nunca se puede ser demasiado cuidadoso.

—No se preocupe por mí, señor —le dijo Fingal—. Lo único que quiero es un trabajo honesto para poder alimentar a mi familia.

Craig asintió. La esposa de Fingal estaba sacando un pan del horno, y el aroma hizo que se le hiciera agua la boca. Dos niños y una niña se acurrucaron tímidamente en una cama individual que había en una esquina y observaron a Craig.

—Los Comyn no regresarán —añadió Craig—. Es mejor que todos sigan adelante y se acostumbren a la nueva situación. Y eso también va para mí.

—Sí. La cama estará lista en dos semanas.

Craig asintió, se despidieron, y Owen y él salieron de la casa y caminaron por las calles de la aldea.

El día estaba frío pero soleado. Afuera había niños jugando, corriendo y gritando. El aire fresco olía la nieve recién caída que cubría el suelo en una fina capa.

—Así que una cama nueva, ¿eh? —dijo Owen—. Entonces, ¿también habrá una mujer nueva? Yo te puedo presentar a algunas.

Craig se rio.

—No. Nada de mujeres. No puedo tolerar esa cama. No duermo en ella. Cada vez que la miro, veo a Lachlan. Me recuerda a Hamish y a Amy. Y... a mi mayor error.

Como si necesitara más recordatorios de Amy. Pensar en ella era como respirar con una costilla rota: algo necesario para vivir. Pero doloroso.

Así que se desharía de la cama. La verdad era que Amy y él nunca habían hecho el amor en esa cama, y solo le hacía sentir dolor y angustia. Era hora de empezar de nuevo. Y de darles un nuevo comienzo a los aldeanos.

Él había sospechado mucho de los habitantes de la aldea, pero estaba dispuesto a intentar confiar más en ellos. Owen tenía razón: tenía que abrirse a la gente. E incluso si alguien de la aldea estaba en contacto con los Comyn o los MacDougall, Craig podría descubrirlo más rápido si estaba más cerca de la gente. De hecho, podría pedirles a aquellos en los que confiaba que le hicieran saber si escuchaban algo sospechoso. Los conquistaría con bondad. Y era definitivo: no los trataría como si ellos fueran el enemigo.

—¿Cuál error? —preguntó la voz más dulce del mundo.

Craig se dio media vuelta con el estómago revuelto y la garganta cerrada.

Allí se encontraba ella, con ese extraño abrigo verde oscuro del futuro. Llevaba el cabello atado en un rodete alto en la cabeza, y tanto el cuello como su hermoso rostro quedaban completamente expuestos. Los grandes ojos azules de Amy brillaban y eran tan bonitos como las flores nomeolvides. Amy tenía las mejillas sonrosadas por el frío y curvó los labios en una sonrisa tímida y dulce que él estaba dispuesto a besar durante toda una eternidad.

La gente a su alrededor se detenía y se quedaba mirando, pero Craig solo la veía a ella.

—¿De verdad estás parada frente a mí? —le preguntó Craig.

Sin lugar a duda, eso tenía que ser un truco de la imaginación. ¿De qué otra manera podría estar ella allí?

—Sí, estoy aquí.

Amy extendió la mano y lo tocó. La sensación fue tan electrizante que se sintió como si lo hubiera golpeado una gran fuerza. Excepto que no le causó dolor. Todo lo contrario, se inundó de suavidad y amor.

—Pero, ¿por qué? —Craig no parecía poder encontrar las palabras adecuadas—. ¿Acaso olvidaste algo?

Ciertamente, no podría haber dicho nada más tonto. Después de todo, Owen tenía razón: era un idiota.

—Quiero decir... —comenzó a decir.

—Sí, se me olvidó algo. —Ella se rio; el sonido fue como un arroyo en primavera alimentado por la nieve que se derretía de las montañas.

—¿Qué olvidaste?

—A ti.

Craig tragó saliva, pero su boca permaneció seca.

—¿A mí?

—Sí. A ti. Olvidé decirte que no me iré a ningún lado a no ser que tú vayas conmigo o yo contigo. Y si no confías en mí, lo harás. Me quedaré, cocinaré, limpiaré y haré cualquier cosa hasta que empieces a creer que nunca habrá nadie que te sea más leal que yo, tu esposa.

Craig se sentía mareado, tenía la mente confusa, como si hubiera bebido varias copas de *uisge*. Ella había regresado. Y le pareció que dijo que se quería quedar. Que no se iba a ir a ninguna parte.

—¿Entonces has regresado?

—Sí. Porque te amo y te pertenezco. Y te lo voy a demostrar, no me importa cuánto tiempo me lleve.

Craig se rio.

—No tienes que demostrarme nada, muchacha. Fui un tonto al dejarte ir. Nunca debí haberlo hecho. Te querré de cualquier forma que pueda, siempre que tú me quieras a mí.

—Oh, Craig —susurró Amy.

Ella lo besó, y él la envolvió en sus brazos para acercársela lo más que pudo. Inhaló su aroma, la fragancia a bosque, naturaleza, flores y primavera. El olor a ella. Sabía tan divina como él la recordaba. Entrelazando sus cuerpos y lenguas, Craig la besó sin reservas, como si fuera la primera y la última vez. Porque lo podría ser.

—Nunca más te dejaré ir —murmuró contra los labios de Amy—. Espero que no suene como si te estuviera encerrando.

—Puedes encerrarme todo el tiempo que tú quieras —le dijo—. Siempre y cuando estés conmigo en la misma habitación... y desnudo.

—Oh, claro que sí, muchacha. Entonces considérate mi cautiva.

Y mientras la besaba de nuevo, ante los suspiros de encanto de los aldeanos, Craig pensó que nunca antes había sido más feliz.

EPÍLOGO

Castillo de Inverlochy, junio de 1308

Amy vertió un poco de salsa sobre el jabalí que se estaba asando. El fuego respondió con un siseo, y la cocina se llenó del aroma más delicioso. Gracias al embarazo, ya tenía hambre. Pero, a diferencia de muchas otras mujeres, no sentía náuseas.

Solo tenía un hambre voraz.

Todo el tiempo.

Se volteó para mirar la ajetreada cocina. Varios cocineros y cocineras picaban verduras y amasaban pan. Como nadie la estaba mirando, tomó un cuchillo, cortó un trozo diminuto, lo sopló rápidamente y se lo llevó a la boca.

Aunque le quemó un poco la lengua, lo masticó y cerró los ojos de pura felicidad.

¡Oh, no! Sería mejor que saliera de la cocina antes de que arruinara la comida del banquete y le diera una mala impresión a su suegro.

—¡Todo se ve muy bien, equipo! —los alentó.

El personal de la cocina le respondió con alegres exclamaciones.

—No se preocupe, señora —le dijo Fergus levantando la vista del pescado que estaba limpiando—. La fiesta será un éxito.

Ella sonrió.

—Gracias, Fergus.

Cuando Amy salió al exterior, la envolvió el cálido aire del verano, lleno del aroma a flores. Habían sacado las mesas y los bancos del gran salón al patio, y estaban decorados con ramos de flores silvestres y cubiertos con platos con queso y pan. El murmullo de voces llenaba el lugar, y una lira sonaba de fondo. El portón del castillo estaba completamente abierto.

Craig y ella habían decidido celebrar la fiesta al aire libre para disfrutar del verano y también porque, de ese modo, cabría más gente. Todo el clan Cambel había llegado, así como también los aldeanos de Inverlochy y algunos representantes de clanes aliados que no eran esenciales para la guerra.

El castillo estaba completamente reparado y listo para lo que vendría. Afortunadamente, Roberto I se había recuperado de su enfermedad y había logrado destruir al clan Comyn en el este, su mayor enemigo luego de los ingleses. Gracias a eso, los Cambel pudieron regresar al oeste por un corto tiempo y asistir a la reunión del clan.

Craig tomó la mano de Amy, la hizo girar y le pasó los brazos por la cintura.

—¿A dónde vas tan rápido? —Le dio un beso que hizo que a Amy le temblaran las piernas y que el estómago se le contrajera de euforia.

Ella le rozó el pecho con las manos y se hundió en la delicia que era él.

—A buscarte —le respondió.

—Ah, ¿sí? Pues me has encontrado. Ven conmigo. Quiero hacer un anuncio.

Ella se rio cuando la tomó de la mano y la jaló tras de él. Se sentaron en la mesa de honor del señor y la señora del castillo. Cerca de ellos estaban sentados Dougal, Owen, Domhnall, Marjorie, su hijo Colin de once años y Lena.

Amy ya había conocido a Marjorie, quien había llegado hacía dos días, y las dos se habían entendido de inmediato. Marjorie no era una mujer muy alegre ni muy conversadora, pero había algo muy amable y dulce en ella. Lena era una joven muy bonita y estaba felizmente casada con un MacKenzie del norte.

A Amy la invadió una gran calidez mientras miraba a su nueva familia. Todos parecían haberla aceptado. A Amy le había caído bien Owen desde el principio. Y, como habían pasado más tiempo juntos durante los últimos cuatro meses, se habían vuelto amigos. Ella apreciaba mucho su humor y ligereza, y los dos se la pasaban bromeando.

Todavía se mostraba cautelosa en cuanto a Dougal, su suegro, pero eso se debía al respeto que infundía el gran líder militar.

Ninguno de ellos sabía que era una viajera en el tiempo; solo Owen y los guerreros que habían escuchado la confesión de Amy en la despensa subterránea estaban al tanto de la verdad. Y cada uno de ellos había jurado por su vida que nunca revelaría el secreto. Craig confiaba en ellos, lo que decía mucho. Les había dicho a todos que ella era una prima lejana del jefe MacDougall, que tenía el mismo nombre que su hija y que ella no había corregido la suposición porque había sentido la necesidad de protegerse durante el asedio. Se había criado en Irlanda y nunca había conocido a los MacDougall escoceses, pero alguien de su familia era amigo de los Comyn. Sin embargo, desde entonces, Dougal tenía sus reservas en cuanto a ella, y Amy ansiaba caerle bien y que la perdonara.

—Amigos, familia —dijo Craig y el murmullo de las voces se apagó—. Todos conocen la razón por la que nos hemos reunido aquí. Es para ver a mi familia y para despedirnos, porque mi esposa y yo nos mudaremos a mi propiedad en Loch Awe. Pero también hay otra razón por la que queríamos tenerlos aquí: para anunciar que mi esposa está embarazada.

El patio se llenó de vítores y felicitaciones. Todos los presentes chocaron las copas en un brindis y bebieron. Dougal se puso de pie, le dio una palmada en el hombro a Craig y lo abrazó.

Luego se acercó a Amy con los ojos brillantes, le sostuvo los hombros con las manos y la miró fijo.

—Muchacha —dijo—. Felicidades. No podría estar más feliz por ti.

—¿De verdad?

Él sonrió.

—Creo que no te he recibido lo suficientemente bien en la familia. Y sé que tuviste que mentir al principio. Pero confío en mis hijos, tanto en Craig como en Owen, y ellos piensan muy bien de ti. Así que confío en que eres una buena persona y que serás una buena madre para mis nietos, quienes continuarán el clan Cambel.

Amy sintió una profunda alegría en el pecho.

—Gracias, Dougal —le dijo—. Esto significa mucho para mí. De verdad. Yo no tengo mucho contacto con mi padre, así que me alegra encontrar un padre aquí.

Ella lo abrazó y lo tomó completamente por sorpresa. Dougal le dio un abrazo de oso y casi la aplasta contra su pecho.

—Sí, muchacha, siempre puedes confiar en mí.

La soltó y le apretó los hombros de nuevo antes de regresar a la mesa y vaciar la copa de *uisge* en la boca.

Marjorie fue la siguiente, con el cabello largo y oscuro recogido en una trenza y unos brillantes ojos verdes. Colin estaba a su lado, alto y delgado, aunque ya tenía unos hombros bastante anchos. Colin tenía el cabello oscuro de Marjorie, una melena espesa y brillante con un flequillo que le cubría la frente y le llegaba hasta los ojos verdes ligeramente rasgados, bordeados de espesas pestañas negras. El niño llevaba una espada de madera en el cinturón y Amy lo había visto blandirla con Owen mientras jugaban.

Era la Edad Media y, como Colin había nacido fuera del matrimonio, Marjorie era una mujer deshonrada a los ojos de la Iglesia y la sociedad católica. Sin embargo, a Marjorie no le importaba eso, y a su familia mucho menos, porque todos sabían que nada de eso había sido elección de ella. Ciertamente, a Amy también le traía sin cuidado.

—Me alegro mucho por ti —le dijo Marjorie, apretándole las manos—. No veo la hora de conocer a mi futura sobrina o sobrino.

—Gracias, Marjorie. —Amy le devolvió el apretón—. Eso es lo que me habría dicho mi hermana, Jenny.

—Oh, sí, lamento que no esté aquí contigo.

—Espero que podamos visitarlos en Glenkeld pronto —le dijo Amy para cambiar de tema.

—Sí, eso me encantaría. —Marjorie miró a Colin, que jugueteaba con el mango de su espada de madera—. A Colin le encantaría tener un primo, ¿no es cierto, muchacho?

Colin le sonrió a Amy, y esos resplandecientes ojos verdes se iluminaron más.

—Espero que sea un niño y venga a criarse con nosotros. Yo le puedo enseñar a pelear con una espada y a disparar flechas. Podemos cazar juntos.

Amy le despeinó el cabello.

—Por supuesto, Colin. Mi bebé no podría tener mejor maestro.

—Sí. Mamá me enseñó a pelear con la espada y a disparar un arco; no hay mejor maestra que ella. Mientras el abuelo y mis tíos se vayan a luchar con Roberto, mamá y yo estaremos a cargo del castillo de Glenkeld y lo protegeremos de todos.

Marjorie arqueó las cejas e intercambió una mirada con Amy.

—Espero que nadie nos ataque, Colin. El rey estará en el oeste y toda la acción se concentrará allí.

Colin suspiró.

—No te preocupes, muchacho, ya llegará el momento de que seas un fuerte guerrero. Vamos, ve a felicitar a tu tío.

Colin se movió para abrazar a Craig, pero Marjorie se quedó allí.

—Dios, espero que nadie se entere de que soy la única Cambel que queda en el castillo. Pero, si alguien piensa que una mujer no puede defender su hogar y a su hijo, se llevará una sorpresa muy desagradable.

Amy asintió con la cabeza, asombrada del espíritu y la determinación de Marjorie, aunque, cuando su cuñada se movió para abrazar a Craig, vio un destello de miedo e incertidumbre en sus ojos. Probablemente estaba mostrando más valor del que realmente sentía.

El resto de la gente los felicitó, y todos siguieron bebiendo. La música y el murmullo de las voces se reanudaron y Craig puso un brazo alrededor de los hombros de Amy.

Ella se sintió protegida. Se sintió completa. Se sintió ella misma.

—¿Quieres salir de aquí un momento? —le preguntó a su esposo—. No creo que nos necesiten para divertirse.

—Sí, Amy, cuando quieras —dijo—. ¿Quieres ir al establo?

Ella se rio.

—No. Ven, tomemos un poco de aire en el muro. La vista sobre las montañas debe ser hermosa hoy.

—Sí, mi vida.

Atravesaron la torre oeste y subieron a la muralla, donde pudieron ver el sol descender sobre las montañas. Las Tierras Altas ahora eran verdes y exuberantes, y el río Lochy destellaba en tonos rojos y anaranjados por el reflejo del sol.

La vista le quitó el aliento, pero no tanto como el hombre que se hallaba de pie junto a ella. La mirada de Craig, más intensa que nunca, le encendía un fuego en las venas y era capaz de derretir un témpano. Craig se paró detrás de ella y, cuando la abrazó, colocó las manos sobre su vientre todavía plano y le besó el cuello.

—¿No te pone triste dejar este lugar? —le preguntó Amy.

—La vista desde tu ventana no va a ser mucho peor que esta, muchacha. No será un castillo, pero sí es un hogar.

—Yo sería feliz contigo, incluso si viviéramos en una cueva.

Él se rio.

—Y yo haría de una cueva un castillo por ti. Sabes que tendrás todo lo que desees.

—Lo sé. También sé que nunca en mi vida me he sentido más feliz ni más completa.

—¿A pesar de que no nacerás por cientos de años? ¿No echas de menos tu tiempo?

—Nunca me han importado demasiado las comodidades. Y nunca sentí que perteneciera a ningún lugar tanto como lo hago aquí, contigo. Podría ser mil años en el pasado o mil años en el futuro, pero tú eres mi hogar.

—Y tú el mío —le dijo él.

Entonces la besó. Y Amy se hundió en el calor de la boca y las manos de su hombre.

Con él, ella nunca se sentiría encerrada, perdida o abandonada.

Aunque él tenía a su corazón de cautivo...

Y no podía haber una prisión más dulce que esa.

FIN

Si te gustó la historia de Craig y Amy, no te pierdas la de Marjorie y Konnor en **El secreto de la highlander**

OBTÉN EL EPÍLOGO GRATUITO ADICIONAL DE LA HISTORIA DE Craig y Amy en este enlace:

https://mariahstone.com/epilogoespanol/

EL SECRETO DE LA HIGHLANDER

CAPÍTULO 1

En las cercanías de Loch Awe, Escocia, 2020

La mejor parte de estar en un viaje con su amigo por las Tierras Altas de Escocia era la ausencia de tecnología. A pesar de haber vivido los últimos siete años como civil, Konnor Mitchell no había olvidado el entrenamiento que recibió en el Cuerpo de Marines de los Estados Unidos: no tenía ningún problema a la hora de orientarse con o sin mapas, pescar, cocinar sobre una fogata o dormir en el suelo.

De hecho, la mejor parte de la experiencia de lucha del hombre contra la naturaleza era que su mente se mantenía ocupada y no tenía mucho tiempo para pensar ni en su vida en Los Ángeles, ni en el pasado. Al no contar con teléfonos celulares, ni televisión, ni electricidad, Konnor solo podía confiar en su cerebro, en sus músculos y en su mejor amigo, Andy.

—¿Cuánto falta para llegar a la granja Keir? —Andy alzó la mirada al cielo—. Las nubes están más negras que tu mejor humor.

Un cielo gris plomo colgaba sobre las copas de los fresnos y los pinos de color verde oscuro, como si fuera un cielorraso de hierro. La naturaleza que los rodeaba se hallaba en pausa, como si estuviera a la espera de algo. Las ramas no se movían, el césped no se mecía. El aire estaba húmedo y cálido; olía a bosque, musgo y algo extraño... lavanda, aunque Konnor no había visto ninguna planta de lavanda cerca.

Bajó la mirada al mapa que sostenía en las manos, y captó un movimiento titilante por el rabillo del ojo. Un destello de algo verde entre los troncos de los árboles. Parpadeó, pero no vio nada fuera de lo normal. De seguro se debía a todo el *whisky* que había consumido en el transcurso de la última semana.

—Probablemente terminemos empapados —respondió Konnor—. Llegaremos al anochecer.

Andy y él habían estado haciendo senderismo hacia el norte del *loch* Awe, donde se encontraba la granja. El mapa señalaba unas pequeñas ruinas en el fondo del valle que había a sus espaldas, y si desendían por el camino siguiendo el lago, llegarían a las ruinas de Glenkeld, un castillo medieval.

Habían interrumpido el tour de *whisky* para lo que se suponía que iba a ser una excursión de tres días. Pero como llevaban un paso relajado y se habían bebido varias muestras de *whisky* que habían comprado en varias destilerías, ya llevaban cinco días en la naturaleza. Entre encender las fogatas, montar y desmontar las tiendas de campaña, cocinar salchichas sobre las fogatas y pescar en el *loch* Awe, se habían distraído y habían perdido la noción del tiempo.

El viaje era una suerte de larga despedida de soltero para Andy, que se iba a casar con Natalie, su novia de hacía ocho años y la madre de su hija. Luego de la infancia que había tenido, Konnor no creía que era posible delirar de alegría, pero Andy era un buen hombre y se merecía toda la felicidad del mundo.

Konnor estaba contento por Andy. Sin embargo, no tenía ni idea de cómo lo hacía su amigo. A lo mejor, algunas personas simplemente sabían el secreto de cómo tener una relación feliz, cómo ser un buen marido y un buen padre.

Sin lugar a dudas, él no era una de esas personas.

Andy miró el cielo y frunció el ceño.

—Puede que pase de largo —comentó, aunque su voz no reflejaba ni una pizca de convicción.

—En marcha. Tengo que llamar a mi mamá —dijo Konnor.

Por mucho que estuviera disfrutando esa excursión de senderismo, Konnor necesitaba regresar a la civilización. Estaba al tanto de cómo sonaba un hombre de treinta y tres años diciendo que debía llamar a su mamá, pero su mejor amigo lo conocía lo suficiente como para no hacer bromas al respecto. Konnor apoyaba económicamente a su madre, y para él era muy importante que ella supiera que se encontraba a salvo y protegida, que él nunca dejaría que nadie la volviera a lastimar. Antes de partir a la excursión en la naturaleza, Konnor le había dicho que dejaría el teléfono en el hotel, pero que la llamaría al cabo de tres días.

Andy se apresuró a seguirlo.

—Vamos, amigo, ya la has dejado sola antes. Estabas en el Cuerpo de Marines, por todos los cielos.

Al tener los padres más perfectos del mundo, Andy no tenía ni idea lo mal que la habían pasado Konnor y su mamá. Andy nunca había tenido que ver a la persona más cercana a él ser golpeada hasta quedar hecha polvo sin poder hacer nada al respecto.

Si bien el padrastro de Konnor estaba muerto, le había enseñado una importante lección que le servía de guía aún en el presente. Nunca podía bajar la guardia, nunca podía confiar en que las personas a las que quería estuvieran a salvo sin su protección. De niño, no había podido proteger a su madre, pero ahora sí podía.

—Déjalo estar —respondió Konnor.

Andy asintió, pero no parecía estar impresionado.

—Si tú lo dices, amigo. Oye, Natalie quiere que conozcas a una amiga de ella cuando regresemos a Los Ángeles.

Konnor gruñó. «Aquí vamos». Al menos una vez cada seis meses, Natalie quería arreglarle una cita con alguien.

—Andy... —dijo Konnor con tono de advertencia.

—Estoy de tu lado, amigo, pero, ¿puedes ir, por favor? Solo esta vez. De lo contrario, me va a volver loco.

Konnor soltó un bufido.

—Dicen que eres todo un partido. Un emprendedor exitoso y, al parecer, «un bombón». —Hizo comillas en el aire al decir esto último—. Sácame de la miseria, amigo.

Konnor se bufó.

—Serás más miserable si salgo con ella una vez y nunca la vuelvo a llamar porque Natalie te va a matar. No estoy buscando una relación. Ni ahora, ni nunca.

¿Por qué lo haría? Todas las relaciones que había tenido habían terminado causándole dolor a las mujeres a raíz de lo que ellas describían como una falta de disponibilidad emocional por parte de Konnor.

Andy lo sujetó del hombro.

—Después de todos estos años, sigo creyendo que eres todo un acertijo.

—No hay nada enigmático en mí. Soy una persona simple. No tengo ninguna intención de casarme, ni de tener novia. Nunca.

Caminaron en silencio durante un rato. Un suave susurro de hojas y ramas atravesó el bosque, y el cielo se oscureció aún más. Konnor sintió un pequeño escalofrío en el cuello.

Andy negó con la cabeza.

—Solo te diré una última cosa. Eres miserable y lo sabes.

—Estoy bien —gruñó Konnor—. Estoy genial. Tengo todo lo que necesito.

Un trueno sonó en la distancia, y los dos elevaron la mirada al cielo gris oscuro.

—En marcha —dijo Andy—. Vamos.

Apretó el paso, pero Konnor no lo hizo. Mientras veía a su amigo alejarse cada vez más, se dio cuenta de que necesitaba un momento a solas.

—Ve tú, Andy. Tengo que orinar. Enseguida te alcanzo.

Andy se detuvo y lo observó con cautela.

—¿Estás seguro?

Konnor suspiró.

—Estoy seguro de que la lluvia de verano no me va a derretir.

—De acuerdo.

Andy se apresuró a seguir el sendero. Cuando estuvo fuera de la vista, Konnor tomó una profunda bocanada de aire y exhaló. En realidad, no tenía que orinar. El viento frío sopló más fuerte, y sintió una mezcla de lavanda y césped recién cortado en el aire.

De pronto, la voz de una mujer interrumpió el silencio.

—¡Socorro! ¡Socorro!

Instintivamente, Konnor llevó la mano al sitio donde solía guardar el arma. Por supuesto que no se encontraba allí. La única arma que tenía era la navaja suiza que llevaba en la mochila.

Miró alrededor. A Andy no se lo veía por ningún sitio. Los árboles se mecían, susurrando con el viento, y algunas hojas y ramas salían volando. Una casi le acierta en el ojo y le terminó arañando la mejilla. Un trueno resonó más cerca, y un relámpago iluminó el cielo de granito. La tormenta se ceñía sobre él. ¿Acaso la mujer estaba atrapada en algún lado?

Unas piedras resonaron en alguna parte debajo de donde se encontraba Konnor, quien entrecerró los ojos para observar el sendero, pero no logró divisar a nadie. El viento le trajo un nuevo grito de la mujer. ¿O sería el quejido de los árboles ante la tormenta que se avecinaba sobre ellos?

Cuando volvió a oír el grito, a Konnor se le aceleró el pulso. Venía de debajo, al norte del sendero. Salió corriendo en esa dirección lo más rápido que pudo con la mochila en la espalda.

—¡Socorro!

Pasó como una flecha por delante de árboles y arbustos. Varias ramitas se quebraron, y algunas rocas salieron rodando debajo de sus pies. El aroma a lavanda y césped recién cortado se intensificó. La voz se oía más alta ahora, de modo que la mujer tenía que encontrarse cerca, pero Konnor aún no la veía.

—¡Aquí abajo!

La voz provenía de detrás de unos árboles y arbustos. A través de los troncos, vio el borde de un acantilado. Avanzó por el sotobosque y vio un barranco de unos sesenta metros de ancho. Era como si mucho tiempo atrás un terremoto hubiera partido la tierra en dos allí. Delante de Konnor, había una pendiente rocosa de unos diez metros. Algunos pinos crecían entre las rocas. En el otro extremo, el barranco estaba protegido por una cuesta empinada. Un arroyo fluía a lo largo del fondo yerboso. Parecía un sitio fértil y acogedor, como una suerte de paraíso pequeño y recluido. El sitio tenía algo que se sentía mágico, misterioso e irreal.

Había una mujer en el fondo del barranco. Estaba sentada sobre una pequeña pila de escombros y se sostenía un hombro.

—¿Te encuentras bien? —gritó Konnor para hacerse oír sobre el sonido del viento.

Ella elevó la mirada y, aún desde la distancia, Konnor pudo ver una sonrisa deslumbrante. Tenía el cabello largo y de color rojizo y llevaba puesto un vestido verde que parecía una prenda medieval.

—Oh, muchacho, ¿me puedes ayudar? —le preguntó—. Me lastimé el brazo y no puedo subir.

El viento se intensificó, y la siguiente ráfaga lo dejó sin aliento. Miró la pendiente. Era muy empinada, pero más o menos divisaba un sendero para descender. La pregunta era si podría volver a subir por allí cargando a una persona herida.

Primero, debía bajar y ver qué le había pasado en el brazo.

—No te muevas —le dijo—. Voy a bajar.

—¡Oh, qué Dios te bendiga, muchacho!

Un trueno hizo temblar la tierra, y un relámpago abrió el cielo en dos. Unas gruesas gotas comenzaron a caer sobre el rostro de Konnor. Debía darse prisa.

Apoyó la mochila en el suelo y comenzó a descender por la pendiente. Varias rocas y piezas de escombros crujieron bajo sus pies. Se aferró a los arbustos y al tronco de algún que otro pino que crecía entre las rocas. Las gotas de lluvia comenzaron a caer más rápido, y tuvo que parpadear varias veces.

Una de sus piernas se resbaló, y Konnor perdió el equilibrio. La tierra y el cielo le dieron vueltas. Recordó el entrenamiento militar y mantuvo los brazos cerca del cuerpo para evitar que los órganos recibieran golpes. Algo impactó contra su tobillo, y un dolor cegador lo atravesó. Recibió un duro golpe en la cabeza que hizo que el mundo le explotara.

Cuando por fin dejó de rodar, se quedó recostado y quieto. Sintió como si lo hubieran pasado por una picadora de carne. Con un gran esfuerzo, hizo el mareo a un lado y abrió los ojos. La lluvia caía del cielo plomizo, y parpadeó. El tobillo le dolía como mil demonios. ¿Se lo había roto? Soltó un gruñido y se sentó. Movió la pierna, y las venas se le encendieron fuego. Maldición. Su botiquín de primeros auxilios había quedado en la mochila.

La muñeca también le dolía. Sin lugar a dudas, tendría un moretón por la mañana. El reloj Swiss, un regalo de Andy, tenía una delgada rasgadura en el cristal. Por fortuna, aún funcionaba. Era a prueba de agua y tan confiable como un automóvil alemán. Konnor detestaría perderlo.

Miró alrededor. Había una pila de escombros y argamasa gris cerca. La mujer se sentó y lo miró fijo con una mueca de empatía. La lluvia caía pesadamente alrededor de ellos y, aunque la ropa de Konnor se estaba empapando, la de la mujer no se veía ni humedecida.

«Qué extraño».

—¿Te duele? —le preguntó.

Konnor reprimió otra oleada de náuseas y tragó saliva.

—Puedes apostarlo. Tengo malas noticias. No creo que salgamos de aquí sin ayuda, no mientras me encuentre en este estado y mucho menos con esta tormenta.

Como para confirmar sus palabras, un rayo iluminó el cielo, y un trueno resonó sobre ellos.

Konnor soltó una maldición.

—Supongo que no tienes un teléfono, ¿no?

Ella se mordió el labio y abrió los ojos de par en par.

—No. Esa es la única cosa de tu tiempo que me asusta.

Él parpadeó. ¿La acababa de oír bien o se había golpeado la cabeza tan fuerte que estaba alucinando las cosas que oía?

—¿Cómo te llamas?

—Me llaman Sìneag.

—Sìneag. Yo soy Konnor. Encantado de conocerte. Tenemos que buscar algún tipo de refugio hasta que pase la tormenta, y tengo que mirar tu hombro.

—Oh, sí. A lo mejor, podemos refugiarnos aquí, cerca de las ruinas. —La pila de escombros formaba un hueco en el punto en que se conectaba con el acantilado. Allí crecía un roble antiguo, y su copa espesa ofrecía una suerte de techo.

—Sí —dijo Konnor—. Eso servirá.

Intentó incorporarse, pero el dolor que sentía en el tobillo era atroz. Ella se paró de un salto y se apresuró a su lado. Le tomó el brazo, se lo pasó por los hombros y lo levantó con una fuerza que lo sorprendió. ¿Sería que no sentía ningún tipo de dolor? Como si Konnor no pesara nada, Sìneag lo ayudó a alcanzar el pequeño refugio y luego lo dejó deslizarse contra la pared del acantilado, al lado de los escombros.

Era un alivio estar lejos de la lluvia que repiqueteaba y del viento. El suelo aquí estaba frío y seco. El aire estaba cargado del aroma de la lluvia y la tierra mojada, pero el olor que predominaba era el de lavanda y césped recién cortado. Parecía venir de Sìneag.

Ella se sentó al lado de él y, ahora que la lluvia no lo hacía parpadear a cada segundo, Konnor la observó con detenimiento. Ella se apartó un mechón de cabello del rostro con forma de corazón. Sus ojos eran grandes, tenía una boca con forma de fresa y unas pequitas que le decoraban la piel blanquecina. Su cabello era rojizo y bailaba con las ráfagas del viento. Parecía Caperucita Roja, excepto que su capa era verde y no llevaba ninguna cesta.

—No te has lastimado el hombro, ¿cierto? —preguntó Konnor.

Una expresión de culpa le cruzó el rostro.

—No, pero te puedo ayudar.

Konnor hizo una mueca. Le había mentido y había puesto su vida en peligro. ¿Para qué?

—Casi me rompo el cuello intentando ayudarte —le dijo, y en su voz sonó la ira contenida. Ella debía tener un buen motivo para haber tramado semejante ardid y no le daba la sensación de que fuera una peligrosa asesina serial. Esperaba que Andy regresara a buscarlo cuando pasara la tormenta. Debería poder ver con facilidad la mochila que había dejado al costado del sendero.

Sìneag se las ingenió para lucir avergonzada y enfadada a la vez. Sus ojos verdes se oscurecieron y se volvieron duros como piedras.

—No tienes amor en tu vida, ¿cierto? —le preguntó.

Konnor parpadeó. Se debió haber golpeado la cabeza más fuerte de lo que creía porque esa conversación era de no creer.

—¿Cómo?

—¿Tienes a alguien? ¿Alguien a quien ames?

«Diablos». Tenía que estar malinterpretándola.

—Mira, lo siento si te di la impresión equivocada, pero no estoy buscando nada. Solo estoy de viaje con un amigo.

Ella se rio, el sonido fue dulce y puro.

—¡Oh, no! —exclamó—. No fue esa la intención de mi pregunta. Disculpa. De todos modos, no puedo estar con un mortal.

¿Un mortal? ¿Y eso qué significaba? ¿Acaso era algún tipo de celebridad en ese sitio y se estaba burlando de él? La náusea se le subió a la garganta. Sí, seguro que tenía un traumatismo en la cabeza.

—Está bien —dijo—. Espero que eso haya quedado claro.

—Solo quería saber si alguien como tú, un hombre con un alma fuerte y un corazón suave, tiene a alguien especial en su vida.

Konnor comenzó a sentir un gruñido en el estómago, pero se contuvo de soltarlo. ¿Acaso ese era el día de molestar a Konnor acerca de su vida romántica? Primero Andy, y ahora una completa desconocida.

—No.

—¡Qué bien! —exclamó y aplaudió con las manos—. No vi a nadie en tu corazón, pero quería estar segura.

—¿Cuál es el objetivo de todo esto?

—Es por tu propio bien, ya lo verás.

¿Lastimarse era por su propio bien? Ella comenzaba a poner a prueba su paciencia. Como dueño de una empresa de seguridad personal, tenía que lidiar con todo tipo de clientes. A veces, le brindaba servicios de protección a celebridades de Hollywood y multimillonarios o a miembros de sus familias, de modo que había conocido a unos cuantos excéntricos en el pasado. Sin embargo, nunca antes había tenido una conversación como esa. ¿Acaso el trauma cerebral lo estaba haciendo alucinar?

—¿De qué hablas? —preguntó.

Ella se rio entre dientes, y la risa dulce le hizo acordar al sonido de campanillas.

—Estoy poniendo a prueba tu paciencia, ¿no? Eres un buen hombre. No hubiera hecho esto por una persona mala. Es solo que estas... —señaló la pila de escombros y lo que parecían los restos de un muro—. Estas son las ruinas de una antigua fortaleza picta que fue construida sobre una piedra mágica.

Sìneag miró fijo una piedra grande y plana que yacía hundida en la tierra. Tenía algo que parecía un tallado antiguo y simple: un río que fluía en un círculo con una suerte de camino que lo atravesaba. Cerca del tallado había un grabado de una mano similar a la marca de un zapato sobre el cemento fresco. Qué extraño.

—Dicen que hay un túnel que cruza el tiempo y se abre para aquellos que tocan la piedra. Al otro lado del túnel, se halla la persona destinada para ellos.

Konnor arqueó una ceja.

—Maravilloso —murmuró—. Qué historia de locos.

—Y hay una persona para ti —continuó Sìneag.

—Oh, ¿de verdad?

—Al otro lado del túnel del tiempo, hay una persona que te hará feliz. Alguien que te ayudará a sanar todas tus heridas y a dejar de huir de todos tus secretos. Una mujer a la que de verdad puedes amar. Una mujer que te puede amar.

—¿En el pasado? ¿Acaso los *highlanders* tienen historias de viajes en el tiempo?

La dueña de una de las destilerías que habían visitado durante el tour de *whisky* le había contado muchas historias sobre el folclore de las Tierras Altas. Le había contado historias sobre *kelpies*, hadas y *silkies*, unos seres mitológicos que podían adoptar la forma de foca o humano mutando la piel. Pero jamás había mencionado nada sobre viajar en el tiempo.

—Sí, aunque no muchos las conocen. La mujer de la que te hablo está tan lastimada como tú y necesita a alguien que la ayude a salir a flote. Dime si tú no necesitas eso también.

Él negó con la cabeza.

—Lo que necesito es que me dejen en paz.

Ella sonrió.

—Ustedes, los humanos, me desconciertan. Se inventan cualquier tipo de excusa para aferrarse a sus creencias. El destino te va a mostrar que estás equivocado, Konnor Mitchell. Recuérdalo: Marjorie te va a curar el alma.

Konnor se apretó la mano contra la herida. ¿Estaba alucinando o la roca con los grabados estaba brillando? No. No era una alucinación. De las hendiduras de la piedra salía un brillo apenas visible.

—Pero, ¿qué diablos? —Elevó la vista, pero Sìneag no estaba más allí. Miro alrededor. —¿Sìneag?

Los únicos sonidos que se oían eran el de la lluvia que caía sobre el barro y el de las hojas; el aroma a lavanda y césped recién cortado había desaparecido.

«¿A dónde diablos se fue?»

—¿Sìneag?

Parecía que la piedra estaba vibrando. Konnor olvidó el dolor y la molestia y clavó la mirada en el grabado. ¿Qué estaba sucediendo? Los tallados brillaban con intensidad: las olas en tonos azules, y la línea recta, en marrones. Y la mano... Era como si lo invitara a apoyar su palma sobre ella. ¿Qué daño podía haber? Con lentitud, Konnor movió la mano y la colocó sobre la hendidura que había en la piedra. Un zumbido le recorrió los dedos, como el rugido distante de un terremoto. Era como si la piedra fuera un imán y su mano estuviera hecha de metal. Curiosamente, en sus pensamientos solo había un nombre.

«Marjorie».

Se cayó hacia adelante, y la superficie dura y húmeda desapareció; quedó reemplazada por el aire fresco y frío. No vio nada.

No oyó nada. Tenía la audición amortiguada, como si estuviera sumergido en el agua.

Cada vez se hundía más y más... hasta que la oscuridad lo consumió.

*Sigue leyendo **El secreto de la highlander***

The Marriage of Time

The Surf of Time

The Tree of Time

A CHRISTMAS REGENCY ROMANCE:

Her Christmas Prince

GLOSARIO DE TÉRMINOS

birlinns: bote de madera propulsado por velas y remos que se utilizaba en las islas Hébridas y en las Tierras Altas del Oeste en la Edad Media

claymore: espada ancha de empuñadura larga y de doble filo que se blande con las dos manos y utilizaban los *highlanders*

coif: cofia o gorro que usaban los hombres y las mujeres en la Edad Media

cuach: copa con dos asas

cruachan: grito de batalla del clan Cambel

handfasting: ritual de unión de manos; una tradición celta en la cual una pareja une las manos con un lazo que simboliza la eternidad

highlander: habitante de las Tierras Altas de Escocia

kelpie: espíritu del agua capaz de tomar diferentes formas, usualmente la de un caballo

laird: título que se le da al jefe de un clan

lèine croich: abrigo largo y fuertemente acolchado

loch: lago

mo gaol: mi amor

sassenach: sajón; inglés o inglesa

GLOSARIO DE TÉRMINOS

slàinte mhath: salud

uisge beatha: agua de la vida o aguardiente

CÓMO ESCRIBÍ ESTE LIBRO

Este libro, y en realidad toda la saga *Al tiempo del highlander*, fue inspirado por ustedes, mis lectores. Cuando les pregunté qué les gustaría leer a continuación, la respuesta más popular fue: novelas románticas de viajes en el tiempo con *highlanders*. Desde que salió *Forastera*, siempre quise escribir sobre mis propios escoceses musculosos.

Para mí, uno de los períodos más fascinantes de la historia escocesa es la primera guerra de independencia. La historia de Roberto I es increíble. Él fue un hombre extraordinario, a juzgar por lo que hizo. Fue completamente destruido por Eduardo I en 1306 y, sin embargo, ya en 1307, comenzó a ascender. Un verdadero David contra Goliat, casi sin ejército, sin dinero y sin esperanza.

Comenzó a ascender gracias a los *highlanders* que lo apoyaron sin importar lo que pasara: los Cambel (que en la actualidad se llaman Campbell). Y hacia finales de 1308, venció a sus enemigos escoceses: los MacDougall, los Comyn y al conde de Ross. Inglaterra, entonces gobernada por el rey Eduardo II, se distrajo con otros eventos políticos, lo que le brindó un gran respiro a Roberto I.

Al escribir novelas románticas de viajes en el tiempo, ciertos tropos y temas populares son difíciles e incluso imposibles de escribir. Uno de ellos es el tropo 'de enemigos a amantes'. Por lo general, el viajero en el tiempo es un forastero y no tiene referencias ni relaciones con las personas que viven en el pasado.

A pesar de ello, quise aceptar el desafío y creo que encontré uno de los pocos casos en los que el viajero en el tiempo puede ser visto como un enemigo por los habitantes de la época. Me encantó escribir cada página de esta novela. Para mí, una de las partes más interesantes de ser escritora es la investigación. Disfruté mucho investigar cómo los oficiales de búsqueda y rescate rastrean a las personas, la historia de la guerra y, sobre todo, los términos en gaélico.

Espero que hayan disfrutado este libro y se queden conmigo a esperar las próximas entregas de la saga, porque, realmente, ustedes han inspirado muchas ideas fantásticas.

¡Y no veo la hora de que descubran más!

Con mucho amor,

Mariah

ESTÁS INVITADO

¡Únete al boletín de noticias de la autora en mariahstone.com para recibir contenido exclusivo, noticias de nuevos lanzamientos y sorteos, enterarte de libros en descuento y mucho más!

¡Únete al grupo de Facebook de Mariah Stone para echarle un vistazo a los libros que está escribiendo, participar en sorteos exclusivos e interactuar directamente con la escritora!

RESEÑA

Por favor, deja una reseña honesta del libro. Por más que me encantaría, no tengo la capacidad financiera que tienen los grandes publicistas de Nueva York para publicar anuncios en los periódicos o en las estaciones de metro.

¡Sin embargo, tengo algo muchísimo más poderoso!

Lectores leales y comprometidos.

Si te ha gustado este libro, me encantaría que te tomes cinco minutos para escribir una reseña en Amazon.

¡Muchas gracias!

Mariah

ACERCA DEL AUTOR

Cuando Mariah Stone, escritora de novelas románticas de viajes en el tiempo, no está escribiendo historias sobre mujeres fuertes y modernas que viajan a los tiempos de atractivos vikingos, *high-landers* y piratas, se la pasa correteando a su hijo o disfruta noches románticas con su marido en el Mar del Norte. Mariah habla seis idiomas, ama la serie *Forastera*, adora el sushi y la comida tailandesa, y dirige un grupo de escritores local. ¡Suscríbete al boletín de noticias de Mariah y recibirás un libro gratuito de viajes en el tiempo!

  facebook.com/mariahstoneauthor
  instagram.com/mariahstoneauthor
  bookbub.com/authors/mariah-stone
  pinterest.com/mariahstoneauthor
  amazon.com/Mariah-Stone/e/B07JVW28PJ